Von Samantha Roosen sind bei BASTEI-LÜBBE erschienen:

11 708 Kämpfen um zu lieben
11 742 Der Sohn des Paten
11 835 Wie Samt und Seide
11 886 Indianapolis

# Samantha Roosen
# Die Frau aus Boston

BASTEI-LÜBBE-TASCHENBUCH
Band 11 926

Erstveröffentlichung
Copyright © 1993
by Gustav Lübbe Verlag GmbH, Bergisch Gladbach
Printed in France März 1993
Einbandgestaltung: Manfred Peters
Titelfoto: COMSTOCK-Foto-Agentur
Satz: Fotosatz Schell, Bad Iburg
Druck und Bindung: Brodard & Taupin, La Flèche
ISBN 3-404-11926-6

Der Preis dieses Bandes versteht sich einschließlich
der gesetzlichen Mehrwertsteuer

# 1

Wer sich je die Mühe gemacht hat, fern der großen Städte und abseits von Klondike und den Niagarafällen nach dem alltäglichen Kanada zu suchen, der lernt dabei eine der wichtigsten Verkehrsadern kennen, den Trans Canada Highway.

Auf direktem Wege verbindet er Vancouver mit Toronto, der Metropole am Ontario See. Doch bevor man diese — nach eigenem Verständnis — »schönste Stadt Kanadas« erreicht hat, bedarf es staubiger Meilen, auf denen es nichts zu bewundern gibt außer schier endlosen Weizenfeldern und ab und zu einem Getreidespeicher. Auch im Bundesstaat Sascatchawan stellt die monotone Einöde das Durchhaltevermögen eines jeden Reisenden auf eine harte Probe. Unwillkürlich wird er fragen, was Menschen dazu bewegen kann, in dieser gottverdammten Gegend ihr Leben zu verbringen.

Darauf hätte auch ich keine Antwort geben können, und als ich den riesigen Greyhound am Horizont auftauchen sah, konnte ich mir vorstellen, wie sehr selbst die Fahrer diesen Streckenabschnitt haßten.

Auch der Chauffeuer »meiner« Tour machte da schwerlich eine Ausnahme. Er würde sich nach dem Ende seiner Fahrt sehnen, und er würde fluchen, jetzt in diesem Moment, in dem er sich Swift Current, einem der wenigen Stops seiner Tour, näherte. Die 15 Personen, die sich vor dem baufälligen Stationsgebäude drängten, bedeuteten mindestens eine gute halbe Stunde Aufenthalt. Keiner von uns Hinterwäldlern würde eine Reservierung besitzen, geschweige denn das Fahrgeld im voraus bezahlt haben. So oder ähnlich stellte ich mir seine Gedanken vor, und ich hatte recht.

In einer Staubwolke kam der Bus zum Stehen. Die Türen öffneten sich.

»Vorwärts, Leute! Ich habe nicht den ganzen Tag Zeit!«

Die Stimme des Fahrers erinnerte an das Gebell eines wütenden Hundes. Er blickte starr geradeaus. Das Staccato der Fingerspitzen auf dem schwarzen Lenkrad unterstrich seine zornige Ungeduld.

»Glauben Sie wirklich, ich würde mich schneller bewegen, wenn Sie den Takt dazu schlagen?«

Der Fahrer — Joel Hancock, wie ich später erfuhr — musterte mich mit verkniffener Miene. Selten mußte es jemand gewagt haben, so mit ihm zu sprechen, bestimmt aber keiner seiner Fahrgäste und schon gar nicht eine Frau.

Nun hielt ich ihm den Reservierungsschein und den Zahlungsbeleg entgegen und zog fragend die Augenbrauen hoch, als er nicht sofort darauf reagierte.

Mein Vater, den sein wettergegerbtes Gesicht und seine Kleidung aus derbem Baumwolldrillich als Farmer auswiesen, tauchte hinter mir auf.

»Irgend etwas nicht in Ordnung, Annie?« fragte er besorgt.

Ich schüttelte unwillig den Kopf: »Es hat alles seine Richtigkeit. Allerdings scheint dieser Gentleman zu glauben, daß er einen Viehtransport fährt. Wenn er sich zu der Ansicht durchgerungen hat, daß wir Menschen sind, wird er mir auch helfen, mein Gepäck zu verstauen.« Kein Lachen, noch nicht einmal ein Augenzwinkern nahm meinen Worten die Härte, und doch schien irgend etwas an mir zu sein, das es Hancock unmöglich machte, mir mit gleicher Münze heimzuzahlen.

Er nahm die Belege entgegen, murmelte etwas Unverständliches, stand dann aber doch auf und kletterte steifbeinig aus dem Bus.

»Sonst noch jemand, der Gepäck unterbringen will?« grunzte er mürrisch und griff nach meinem Seesack und dem abgewetzten Lederkoffer.

»Oh, nein, Mister. Wir sind nur hier, um Annie zu verabschieden. Sie fährt nach Boston auf die Universität. Sie hat ein Stipendium, wissen Sie ...«

»Tante Marge! Ich glaube nicht, daß es irgend jemanden interessiert.«

»Annie.« Wie sehr ich das haßte! Ich war nicht Annie. Ich war Ann. Doch Tante Marge, mit dem wäßrigen, in die Vergangenheit gerichteten Blick ihrer 78 Jahre, würde es nie begreifen. Ebensowenig wie Edna, meine Mutter, die mich nun anstarrte, als sei ich ein Wundertier. Denselben Blick hatte sie benutzt, als ich es zum ersten Mal gewagt hatte, meinem Vater zu widersprechen.

Nein! Mama hatte nie gelernt, für ihr Recht zu streiten, und doch hatte ich manchmal den unterschwelligen Verdacht gehabt, daß sie es getan hätte ... wenn die Umstände anders gewesen wären.

Nun aber nahm sie das Leben, ihr Leben, so, wie es war: eine endlose Kette von Plage und Arbeit. Und sie hatte, seit ich denken konnte, mich dazu erzogen, es genauso zu sehen. Immer im Glauben an die Heilige Schrift, die auf ihrem Nachttisch lag, gleich neben dem Röhrchen mit Baldriantabletten und dem Haushaltsbuch, in welches sie allabendlich ihre Ausgaben peinlich genau einzutragen pflegte.

In der Bibel stand geschrieben: »Das Leben ist ein Jammertal.« Ich jedoch, mit meinen 21 Jahren, war weit davon entfernt, dieses Dogma zu akzeptieren.

Ich würde leben, was das Leben mir anbot, und was es nicht freiwillig hergab, das würde ich mir eben nehmen müssen, so, wie in all den Jahren zuvor.

Hancock hatte mein Gepäck in den Bunker zwischen den Rädern des Greyhound geworfen und die Stahlklappe zugeschlagen.

Ich hielt es für angebracht, die Zeit zu nutzen und mich von meiner ebenso zahlreichen, wie wohlmeinenden Verwandtschaft zu verabschieden.

»Paß auf dich auf, Annie! — Vergiß nicht zu schreiben! — Wenn du irgend etwas brauchst ...«

Endlich schlossen sich die Türen. Ein letztes pflichtschuldiges Winken. Dann lehnte ich mich zurück und schloß für einen Moment die Augen, während sich die Räder des Greyhound langsam zu drehen begannen.

»Good bye, Swift Current. Hello, Boston!«

Liza Minelli, die ich zutiefst verehre, kam mir in den Sinn und mit ihr der Song, der ihre Karriere entschied: »It's up to you, New York.«

Ich summte die Melodie und ballte die Fäuste, so als müsse ich mir selbst Mut machen für meinen Start.

Ich würde kämpfen müssen, dessen war ich mir bewußt. Aber was, bei Gott, hatte ich, seit ich fähig war, mir selbst die Zähne zu putzen, anderes getan?

## 2

Da war die Schule in Swift Current gewesen, keinesfalls selbstverständlich für ein Mädchen, sie zu besuchen.

Damals waren Sterrin und ich die einzigen Mädchen unter 17 rauflustigen Jungen. Miss Stockwell, unsere Lehrerin, tat wenig, um mich davor zu bewahren, ein ums andere Mal das Ende einer Keilerei auf dem Boden des Schulhofes zu erleben. Nicht, daß ich es darauf angelegt hätte, den Jungen zu beweisen, daß ich ihnen an Kraft und Geschicklichkeit ebenbürtig war. Doch welches Mädchen von 8 oder 9 Jahren läßt sich schon gern als Zimtzicke beschimpfen, nur, weil sie keinen Gefallen daran findet, kleine grüne Frösche mit einem Strohhalm aufzublasen, bis sie elendiglich zerplatzen?

Zudem lehnte ich es ab, den Rest der Klasse mit dem Ergebnis meiner Hausarbeiten zu beglücken und so den Jungen freie Nachmittage zu garantieren. Die Resultate von Sterrins Arbeiten hingegen waren so, daß es besser war, nichts vorzuweisen, als ein solch wirres Durcheinander als das Werk eigener Bemühungen auszugeben.

Trotzdem ließ man Sterrin in Frieden.

Heute kenne ich den Grund, warum die Jungen sie verschonten, und für Sterrin empfinde ich, um ehrlich zu sein, ein gewisses Maß an Zustimmung und Verständnis.

Damals aber war ich schlicht und einfach neidisch auf sie. Ihre Eltern waren reich, jedenfalls nach den Maßstäben eines kanadischen Grenzdorfes. Wir waren arm, wie die meisten in Swift Current.

Sterrin hatte wundervoll glänzende, dunkelbraune Locken. Meine Strähnen erinnerten in ihrer Farbe an ausgebleichten Mais. Sterrin war schon als Kind von schlanker und doch weicher Gestalt. Ich hingegen bestand nur aus Armen und Beinen, die viel zu lang waren, um zu meinem Körper zu passen. Sie waren für jemand anderen bestimmt gewesen, der nun mit meinen Armen und mit meinen Beinen durch die Welt lief. Daß dieser Jemand darüber ebenfalls unglücklich sein mochte; diese Vorstellung nutzte mir wenig. Ich fühlte mich von der Natur so sträflich vernachlässigt, wie sich ein Mädchen von neun Jahren nur fühlen kann.

Damals erwachte in mir zum ersten Mal der Ehrgeiz, besser, klüger und erfolgreicher zu werden als all die Schönen und Reichen dieser Welt. Für dieses Ziel war mir keine Anstrengung zuviel.

Wenn ich nach Hause kam mit zerkratztem Gesicht, zerrissenen Strümpfen und staubverklebtem Haar, war Mamas einzige Reaktion ein demütiges Kopfschütteln nach dem Motto: Ich habe es ja immer gesagt.

Ich hätte sie auslachen mögen für ihre Geduld, und sie bestärkte meinen Willen, es ihnen heimzuzahlen, ihnen allen und am Ende der Sieger zu sein.

Dann kam für mich das letzte Jahr in Miss Stockwells muffigem Klassenzimmer. Und plötzlich ließen mich die Jungen in Frieden. Ich war nicht so dumm und selbstüberzeugt zu glauben, daß ich diese Tatsache mir selbst zu verdanken hatte, oder daß Sterrins Charme erloschen war.

Vielmehr war es so, daß der Anführer der Horde fortzog. Marvin Gates hieß der Junge. Er war älter und demzufolge stärker als all die anderen. Und er besaß etwas, das ich später lernen würde, als »Führungsqualität« zu umschreiben.

Wo immer seine feuerroten Locken auftauchten, verstummte jedes Gespräch, und es gab nur noch eine Meinung, nämlich seine. Wie alle Rothaarigen war er von heller, fast weißer Hautfarbe. Das Gesicht, die breiten Schultern, selbst die Arme Tummelplatz für unzählige Sommersprossen. Seine dunkelvioletten Augen besaßen eine seltsame Macht, die auch mich — und ich bin gern bereit, es einzugestehen — gefangennahm.

Es gab sogar eine Zeit, da hätte die kleine dumme Ann alles getan, um von Marvin als gleichberechtigt anerkannt und in seine Bande aufgenommen zu werden.

Er jedoch beachtete mich nicht, scheuchte mich fort wie eine lästige Fliege, wann immer ich es wagte, in seine Nähe zu kommen. Er tat auch nichts, um seine »Männer«, wie er die Jungs aus dem Dorf nannte, daran zu hindern, mich zu schikanieren.

In jenem denkwürdigen Sommer des Jahres 1976 zogen seine Eltern hinauf nach Skagway, und Marvin mußte mit ihnen gehen.

Ich atmete auf, war dankbar, glücklich, erleichtert... und in einem verborgenen Winkel meiner

Seele traurig. Zu gern hätte ich Marvin bewiesen, daß ich seiner Freundschaft würdig war. Irgendwann hätte ich es geschafft, dessen war ich sicher, und ich war es auch heute, 6 Jahre später, als ich an diesen Abschnitt meines Lebens zurückdachte. Hier, auf den ausgesessenen Polstern des Greyhound.

Swift Current lag Stunden hinter uns. Der rotgoldene Schein der Abendsonne verzauberte selbst die eintönige Szenerie längs des Highways.

## 3

Ich blickte durch das schlierige Glas der Scheiben und sah gerade noch das Hinweisschild zum Lake Manitoba an uns vorbeiflitzen. In etwa einer Stunde würden wir Winnipeg erreichen, die nächste Station auf meiner Reise gen Osten.

Mittlerweile spürte ich jeden einzelnen Knochen in meinem Körper. Der sandige Staub schien durch die Poren bis in meine Gelenke zu kriechen. Ich dachte an Tante Marge, die ihre rheumatischen Schmerzen zum Thema einer jeden Unterhaltung machte und das schon seit Jahren. Stets hatte ich ihre Tiraden mit einem Schulterzucken abgetan. Nun begann ich zu erahnen, was es heißt, bei jeder noch so kleinen Bewegung im voraus zu wissen, daß sie wehtun wird.

Für den Aufenthalt in der Hauptstadt von Manitoba waren exakt 45 Minuten angesetzt. Jedenfalls stand es so im Begleitschein meiner Reisepapiere. Ich beschloß, die Zeit zu nutzen, indem ich meinem lädierten Körper Bewegung verschaffte und mich auf einem Wege mit etwas Eßbarem und einigen Zeitschriften versorgte.

Doch schon bei der Einfahrt in den Terminal an der Selkirk-road geriet mein Entschluß ins Wanken.

Vielleicht vergaß ich zu erwähnen, daß ich bis zu diesem Tag nur ein einziges Mal Swift Current entkommen war. Die Reise hatte mich nach Regina geführt, wohin mich das Gremium der Technical University of Boston beordert hatte. Doch jetzt wurde ich von dem hektischen Chaos um mich herum geradezu erschlagen.

Mit einem letzten Quietschen der Bremsen kam der Greyhound zum Stehen. Die übrigen Passagiere verließen den Bus. Im Gegensatz zu mir schienen sie sich genau auszukennen; selbst die alte Frau mit dem zerschlissenen Plaid und dem antiquierten Hut, deren Schnarchen mich während der letzten Stunden so genervt hatte. Die Geste, mit der sie einen Gepäckträger der Greyhound-Linie zu sich beorderte, konnte man nur als herrisch beschreiben, und der Mann in dem dunkelgrünen Overall beeilte sich tatsächlich, ihren schrillen Befehlen zu folgen.

Neiderfüllt sah ich ihr nach, wie sie sich den Weg durch die Menschenmenge bahnte.

»Nun Miss? Wollen Sie wirklich während der ganzen Zeit hier sitzen bleiben? Dieses Vergnügen werden Sie in den nächsten 24 Stunden auch noch haben. Bis Sudbury.«

Ich spürte die verräterische Röte, die meinen Hals hinaufkletterte. Das machte mich zornig, und die Erinnerung an das Selbstbewußtsein, das ich dem Fahrer noch in Swift Current demonstriert hatte, war keineswegs dazu angetan, dieser für mich so peinlichen Situation mit einem Lachen zu begegnen.

Der Mann wußte um meine Gedanken. Doch das breite Grinsen in seinem Gesicht war frei von Schadenfreude. Nun schob er seine Dienstmütze zurück und kratzte sich den fast kahlen Schädel.

»Wir sind früh dran, heute abend. Ich habe ein paar Minuten Zeit. Wenn Sie wollen, trinken wir einen Kaffee zusammen. Ach übrigens. Mein Name ist Hancock. Aber Sie können ruhig Joel zu mir sagen.«

Fieberhaft suchte ich nach Worten für eine passende Abfuhr. Doch noch während ich dies tat, erlahmte meine Energie bei dem Gedanken an Essen und Trinken. Ich weigerte mich einzugestehen, daß ich Angst hatte und unsicher war inmitten dieses quirlenden Ameisenhaufens. Ehe ich es verhindern konnte, stammelte ich meine Zustimmung.

Bald darauf saßen wir uns in einem Coffeeshop gegenüber. Er lag abseits des Gedränges, und allein hätte ich ihn niemals erreicht.

»Und nun wollen Sie also nach Boston auf die Universität.«

Ich antwortete mit einem Nicken. Schließlich hatte man mir beigebracht, nicht mit vollem Mund zu reden. Ohne Zögern war ich über die Sandwiches hergefallen, die Hancock, ohne mich zu fragen, bestellt hatte. Jeder, der neun Stunden in einem Bus oder Zug verbracht hat, kann dieses Gefühl nachvollziehen und wird mir verzeihen.

Hancock sah lächelnd zu, bis ich den letzten Bissen mit einem Schluck Kaffee hinuntergespült hatte.

Dann aber schien es, daß er eine Antwort erwartete, und ich beschloß, ihm den Gefallen zu tun.

»Ich habe ein Stipendium für das ›Institute of Technology‹«, sagte ich, und der Stolz in meiner Stimme war bestimmt nicht zu überhören, als ich hinzufügte: »Sie haben nur drei Freiplätze. Einer davon geht in diesem Jahr an mich.«

Das ungläubige Staunen, mit dem Hancock mich betrachtete, tat wohl. Seine Worte allerdings brachten mich auf den harten Boden der voreingenommenen Männerwelt zurück.

»Was will so ein hübsches Mädchen wie Sie mit all diesem technischen Zeug?«

»Das gleiche, was ein ebenso hübscher Junge damit anfängt, wenn er das Examen bestanden hat. Einen Job daraus machen. Was sonst?«

Hancock schüttelte den Kopf: »Ich habe eine Tochter. Schätze, Sie und Carolin sind im selben Alter. Vor einem halben Jahr ist sie nach Edmonton gegangen, arbeitet in einer Klinik und hofft auf einen Studienplatz, den sie vielleicht nie erhalten wird. Sie vergeudet dabei die schönsten Jahre ihres Lebens. Gott begreife diese jungen Frauen! Warum könnt ihr nicht zufrieden sein mit dem Platz, den euch die Natur gegeben hat?«

»Sie meinen, wir sollen gut sein in der Küche, gut für die Kinder und gut im Bett?« fragte ich betont freundlich. »Nun, Joel. Das aber würde bedeuten, daß auch Sie Abschied nehmen müßten von den Errungenschaften der Zivilisation. Denn es wäre ein Schritt zurück und zwar bis in die Steinzeit.«

Hancock quittierte meine Ironie mit einem Seufzen.

»Genau wie meine Carolin. Ein falsches Wort, und schon zeigt sie die Krallen. Nächtelang hat sie mich in Grund und Boden argumentiert, mir ihre Ansichten, ihre Meinung um die Ohren geschlagen. Schließlich habe ich nachgegeben, habe sie gehen lassen. Eines aber sage ich Ihnen, Miss …?«

»Griffith. Ann Griffith.«

»Also gut, Ann. Eines sage ich Ihnen. Ich habe es nicht getan, weil sie mich überzeugt hat, sondern weil ich es einfach nicht mehr ertragen konnte, als rückständig und autoritär beschimpft zu werden.«

»Wäre Carolin ein Sohn, so hätte dieser Machtkampf gar nicht erst stattgefunden.«

Ich sah, daß Hancock seine Stirn in Falten legte und meine Worte zu überdenken schien. Zufrieden lehnte ich mich zurück, und betrachtete ihn mit dem klinischen Interesse eines Forschers. Ich war gespannt, was Joel auf diese uralte und doch immer wieder aktuelle Feststellung zu antworten hatte.

Als er endlich begann, blickte er zur Seite, und mir war, als spräche er nicht zu mir, sondern zu Carolin, die mir so ähnlich war.

»Ich bin Busfahrer. Seit über 20 Jahren. Ich brauchte dafür keine teure Ausbildung und erst recht kein Studium. Es ist ein harter Job, das können Sie mir glauben. Ich kann es mir nicht leisten, nachlässig zu sein. Auf keiner einzigen Meile. Denn ich trage Verantwortung. Und zwar für die Menschen, die ich mit meinem Bus ans Ziel bringe.

In 20 Jahren hat es bei mir nicht einen einzigen Unfall gegeben. Und wissen Sie, wem ich das zu verdanken habe? Nicht der Technik, nicht irgendeinem

Schutzengel, sondern einzig und allein Betty, meiner Frau.

Wenn ich mich vor einer Fahrt von ihr verabschiede, weiß ich, daß sie sich um alles kümmern wird. Um das Haus, um die Kinder. Kein Problem, das sie nicht allein lösen könnte. Sie nimmt mir alle Sorgen ab. Ich brauche mich mit nichts zu belasten und kann mich völlig auf meinen Job konzentrieren.

Daran hat sich in all den Jahren nichts geändert, und ich sage Ihnen, Ann, das, was meine Betty für mich und unsere Familie getan hat, verlangt mehr Bewunderung als jedes Diplom und jeder gottverdammte Doktortitel!«

Er schwieg, und ich wußte, daß es besser war, besser für mich, dieses Gespräch zu beenden.

Ein Busfahrer war dabei, mit seinen schlichten Worten mein Weltbild zum Einsturz zu bringen, mein Selbstverständnis zu erschüttern und ad absurdum zu führen. Ich fühlte mich unbehaglich und nervös.

Entweder, Hancock bemerkte nichts davon, oder aber, er wußte um die Turbulenzen meiner Gedanken. Jedenfalls sah er eine Chance, bei mir dort Erfolg zu haben, wo er bei seiner eigenen Tochter versagt hatte. Er begann erneut, und plötzlich hatte seine Stimme einen beschwörenden Klang.

»Hören Sie, Ann. Ich kenne Sie kaum, und ich habe weder das Recht, noch die Absicht, Sie in Ihrer Entscheidung zu beeinflussen.

Ich bin nun schon über 50. Vielleicht liegt es daran, daß ich Sie, daß ich Carolin und all die anderen jungen Mädchen nicht recht verstehe.

Was ist in euren Augen so schlimm daran, für eine

Familie dazusein? Ist es wirklich so furchtbar, für den Mann zu sorgen, den ihr liebt? Kinder gesund großzuziehen, sie zu selbständigen Menschen zu machen, ist das keine verantwortungsvolle und doch wunderbare Aufgabe?

Ihr brecht die Regeln, stemmt euch gegen die Traditionen, fordert alles für euch. Aber was, mein Kind, seid ihr bereit, dafür zu geben?«

Oh, verdammt? Ich hatte es kommen sehen. Nun war ich das Forschungsobjekt, sollte die Ziele einer Welt beschreiben, die mir selbst noch fremd war, von der ich nur wußte, was ich von ihr für mich verlangen würde.

Liebe, aber auch Respekt hatten aus dem geklungen, was Hancock über seine Frau Betty gesagt hatte. Sie schienen Partner zu sein, gleichberechtigte Partner.

Welch ein Gegensatz zu meiner eigenen Familie. Zu Dad, der sich vorbehielt, auch die kleinste Entscheidung allein zu treffen, der, so lange ich zurückdenken konnte, niemals einen Einwand hatte gelten lassen. Und zu Mama, die in demutsvoller Ergebenheit zu allem ja und amen sagte.

Joel Hancock's Betty hatte sich ihren Stolz bewahrt. Mama hatte ihn irgendwann einmal verloren. Auf dem Weg zwischen Küche und Kinderzimmer war er ihr abhanden gekommen, und sie hatte weder den Mut, noch die Selbstachtung gehabt, nach ihm zu suchen. Betty Hancock lachte oft und gern, tat, was sie tun mußte, aufrecht und aus eigenem Verständnis heraus.

Mama lachte so gut wie nie und schlich gramgebeugt durch ihren grauen Alltag.

»Ich denke, Joel, man kann Ihre Ansichten nicht verallgemeinern. Es gibt nur wenige Männer, die so zu ihren Frauen stehen, wie Sie es tun. Aber erklären Sie mir eines. Wenn Sie sich schon dazu durchgerungen haben, Ihre Ehe als gleichberechtigte Partnerschaft zu sehen, warum gehen Sie dann den Weg nicht bis ans Ende und überlassen es Ihrer Tochter, zu bestimmen, was sie aus ihrem Leben macht?«

Joel Hancock sah mich an und schüttelte lächelnd den Kopf. Seine Augen jedoch blickten traurig. Ich war verblüfft. Resignierte Hoffnungslosigkeit war so ziemlich das letzte gewesen, mit dem ich gerechnet hatte.

»Ich habe Sie nicht ohne Grund eingeladen, mit mir diesen Kaffee zu trinken«, sagte er nach einer Weile. »Ich dachte, dieses Mädchen hat Angst. Es ist zum ersten Mal auf sich allein gestellt. Es wird dir zuhören. Es wird dir antworten. Und du wirst vielleicht endlich verstehen, was euch Kinder — und genau das seid ihr — dazu treibt, die Welt auf den Kopf zu stellen.«

Wieder dieses Kopfschütteln, das mich so sehr irritierte.

»Aber auch Sie, Ann, haben mich nicht verstanden, und ich glaube, Sie wollen es auch gar nicht.

Es ist doch vollkommen gleichgültig, welche Stellung man einnimmt, was man tut. Nur wie, *das* ist der Punkt.

Respekt und Achtung verdient man nicht, indem man Forderungen aufstellt und versucht, der Welt neue Maßstäbe aufzuzwingen. Und das gilt für alle, egal, ob Mann oder Frau.«

Die Durchsage aus dem Lautsprecher rettete mich vor der Antwort. Mein hastiges Aufspringen erinnerte verdächtig an Flucht, und mein energisches Veto gegen Joel Hancock's Absicht, für uns beide zu zahlen, war nichts, als der schlechte Versuch, mir selbst meine Eigenständigkeit zu beweisen.

Joel brachte mich zum Bus.

»Gott schütze Sie, Ann«, sagte er.

Ich nickte beklommen. Dann stieg ich ein. Diesmal war der Greyhound bis auf den letzten Platz besetzt. Es gelang mir, einen Sitz am Fenster zu ergattern. Ich sah hinaus zu Joel. Die Stelle, an der er noch eben gestanden hatte, war leer. Plötzlich erschien es mir beinahe lebenswichtig, den Mann noch einmal zu sehen. Ich stand auf und versuchte, das Fenster herunterzuschieben. Doch die Scharniere waren verklemmt. Sie gaben nicht einen Zentimeter nach, so sehr ich auch daran herumzerrte. Verbissen kämpfte ich meinen aussichtslosen Kampf gegen die Tücke des Objekts und bemerkte dabei nicht, wie die Türen sich schlossen.

Als sich der Bus mit einem Ruck in Bewegung setzte, landete ich unsanft auf meinem Platz, und alles, was mir blieb, war ein letzter Blick zurück.

Ich versicherte mir, weder traurig noch einsam zu sein. Schließlich war ich es auch am Beginn meiner Reise nicht gewesen, und da waren es immerhin meine Eltern, die ich zurückgelassen hatte. Joel Hancock war nichts als eine Zufallsbekanntschaft, und ich beschloß, ihn, samt dem, was er zu mir gesagt hatte, aus meinem Gedächtnis zu streichen.

Dummerweise jedoch ist mein Gehirn keine Maschine, die man nach Belieben an- und ausschalten oder programmieren kann. Joel Hancock hatte sich darin festgesetzt, und seine Worte ließen mich nicht los, verfolgten mich geradezu. Besonders ein Satz hatte es auf mich abgesehen: »Was, mein Kind, seid ihr bereit, zu geben?«

»Eine ganze Menge«, antwortete ich meinem Quälgeist und dachte dabei an die Jahre, die hinter mir lagen.

## 4

Ich hatte die zehnte Klasse mit Auszeichnung absolviert, und damit war für meinen Vater, also selbstredend auch für meine Mutter, das Thema »Ann will etwas lernen« abgeschlossen und vorbei. Gut und gern 250 Meilen trennten Swift Current von Saskatoon, und damit vom nächstgelegenen College.

Selbst ich mußte einsehen, daß es illusorisch war, zu glauben, diese Strecke auf irgendeine Art und Weise Tag für Tag bewältigen zu können. Aber auch, wenn nicht 250 Meilen, sondern nur eine Straße zwischen mir und dem Ziel meiner Träume gelegen hätte – ich war überzeugt, Dad wäre niemals von seinem kategorischen Nein abgewichen.

Trotzdem ließ ich nicht locker.

»Sterrin ist sogar auf einem Internat«, heulte ich.

Selten habe ich Dad so wütend erlebt wie in jenem Moment.

»Aber du bist nicht Sterrin, und wir sind nicht die Barnhams!«

Heute gebe ich zu, daß die Anspielung auf das wohlhabende Elternhaus meiner Klassenkameradin nicht gerade taktvoll war. Damals aber war ich enttäuscht, verzweifelt und 15 Jahre alt.

Sterrin hatte sich wieder einmal als die Glücklichere von uns beiden erwiesen. Ich haßte sie dafür, mehr noch als zu den Zeiten, in denen Marvin Gates ihr sein Lächeln geschenkt hatte. Reichte es der Natur denn nicht, sie zur Schönheit zu machen? Daß sie außerdem reich war, erschien mir ungerecht, und ich haderte mit meinem Schicksal.

Nacht für Nacht saß ich in meinem Bett und weinte vor Wut. Ich verfluchte das elende Leben, zu dem ich verurteilt war, und hatte nicht die leisesten Gewissensbisse, jeden, selbst Gott dafür verantwortlich zu machen.

Dann geschah etwas, für das ich bis zum heutigen Tag keine Erklärung finde. Es sei denn, daß Gott meine täglichen Beschimpfungen nicht mehr hören konnte und beschlossen hatte, die ungläubige Ann Griffith auf den rechten Weg zu bringen, in dem er ein Wunder geschehen ließ.

Ohne daß ich es bemerkte, war ein halbes Jahr an mir vorbeigeschlichen.

Anfangs hatte ich noch die wahnwitzigsten Pläne geschmiedet; Pläne, die samt und sonders fatale Ähnlichkeit aufwiesen zum Lebensweg der Heldinnen aus den Groschenromanen, die man im Drugstore von Mister Flimm erwerben konnte.

Zu meiner Ehrenrettung sei gesagt, daß ich stets

rechtzeitig genug den Absprung schaffte in die graue Realität. Ich war eben nicht »Gloria de la Louche« oder »Hillary Morningstar«. Ich war und blieb Ann Griffith aus Swift Current, und daran würde sich auch nichts ändern.

Ich haderte nicht länger mit meinem Schicksal. Ich fluchte nicht mehr, tat, was mir aufgetragen wurde und langweilte mich dabei zu Tode.

Dann kam der 28. Juli. Es war ein Sonntag. Wir hatten gerade zu Mittag gegessen. Ich stand in der Küche und half Mama beim Abwasch. Als es an der Haustür klopfte, achtete ich nicht darauf. Erst Dad's ungeduldige Stimme erinnerte mich an meine Pflichten. Ich warf das Geschirrtuch beiseite und eilte auf den Flur. Durch das Graugelb der Milchglasscheiben erkannte ich Miss Stockwells knochige Gestalt. Ich öffnete.

Außer den Menschen unserer unmittelbaren Verwandtschaft hatten wir, besser gesagt meine Eltern, nur wenige Freunde. Meine ehemalige Lehrerin gehörte nicht dazu.

Tatsächlich war auch ich ihr, seit ich die Schule verlassen hatte, nur ein-, höchstens zweimal auf der Straße begegnet und war mit pflichtschuldigem Gruß an ihr vorbeigegangen.

»Hallo, Ann.« Der durchdringende Blick aus den Raubvogelaugen verfehlte seine Wirkung. Ich hatte längst erkannt, daß Martha Stockwell, bei all ihrer zur Schau getragenen Strenge und Autorität, nichts war, als von armseligem Grau. Sie kuschte artig, sobald ein männliches Wesen auch nur die Augenbraue hob. Auch Marvin Gates und seine Bande hatte seinerzeit nicht lange gebraucht, um sie zu durchschauen.

»Ich möchte mit deinen Eltern reden«, sagte Miss Stockwell.

Ich ging voraus ins Wohnzimmer. Dad lag auf der Couch, so, wie er es nach dem Essen immer zu tun pflegte. Es machte mir ein diebisches Vergnügen, ihn in seiner geheiligten Mittagsruhe zu stören; unverschuldet zu stören, denn was konnte ich schließlich dafür, daß Martha Stockwell ihn zu dieser unpassenden Zeit zu sprechen wünschte?

»Miss Stockwell!« verkündete ich lauter, als es nötig gewesen wäre. Dad rappelte sich auf und beäugte die Lehrerin ungnädig über den Rand seiner Brille hinweg.

»Ich hoffe, ich habe Sie nicht gestört.«

Die gestammelten Worte reizten mich zum Lachen. Selbst ein Blinder hätte sehen können, daß genau dies der Fall war.

Nun hatte mein Vater sich zurechtgesetzt und bedeutete Miss Stockwell, ebenfalls Platz zu nehmen.

»Geh' und hilf deiner Mutter«, brummte er, und der Blick, mit dem er mich durchbohrte, ließ keinen Zweifel daran, wem er die Schuld für diese Störung anlastete.

»Wenn Sie gestatten, Mister Griffith; ich möchte, daß Annie an der Unterredung teilnimmt. Schließlich ist sie der Grund, warum ich heute zu Ihnen komme.«

In mir erwachte die Neugier. Ich blieb, wo ich war, und verzieh großmütig, daß man von mir als »Annie« gesprochen hatte.

»Wie Sie sich bestimmt erinnern, war Annie die beste Schülerin ihres Jahrgangs.«

Mein Vater hielt es nicht für nötig, auf diese Feststellung zu antworten. Er überließ Miss Stockwell ihrer steigenden Nervosität und warf einen bedeutungsvoll sehnsüchtigen Blick zu der Uhr über der Anrichte. Sein Opfer bemerkte es, atmete tief durch und stürzte sich dann kopfüber in sein Anliegen.

»Das Ministerium, das das Schulwesen in unserem Land betreut, hat ein Projekt verabschiedet. Es geht dabei um eine Art Fernstudium. Man will damit erreichen, daß auch Kinder aus entlegenen Gebieten, wie zum Beispiel dem unseren, eine höhere Schuldbildung bekommen.

Wir Lehrer haben nun die Aufgabe, geeignete Kinder vorzuschlagen. Man hat uns zu verstehen gegeben, daß anhand der Leistungen von uns vorgeschlagener Schüler auch unsere eigene Qualifikation gemessen wird.

Darum bin ich heute zu Ihnen gekommen. Ich möchte Sie bitten, Mister Griffith, Annie zu erlauben, an dem Projekt teilzunehmen.«

Für einen Moment setzte mein Herz aus. Von der Antwort meines Vaters hing meine Zukunft ab, und ich war so gespannt, daß ich den Atem anhielt.

Das Schweigen hinter Martha Stockwells Worten dehnte sich aus wie eine unendliche Wüste.

»Und was soll uns diese Angelegenheit kosten?«

Selbstbeherrschung hatte noch nie zu meinen Tugenden gezählt. Das war eine Chance, ein Wunder, an das ich nicht mehr zu glauben gewagt hatte, und alles, was Dad dazu einfiel, war so etwas Nebensächliches wie Geld!

Mit geballten Fäusten und die Fingernägel in die

Handflächen gebohrt, stand ich da und biß mir auf die Lippen. Auf keinen Fall durfte ich jetzt mit einer unbedachten Äußerung herausplatzen.

»100 Dollar im Monat ... vielleicht auch etwas mehr.«

»Auf jeden Fall ist es zuviel.« Dad stand auf. Das Gespräch war für ihn beendet. »Ich denke nicht daran, eine solche Summe in diesen Unsinn zu verschwenden. Meine Tochter wird irgendwann einmal heiraten und Kinder haben. Dazu braucht sie sich nicht mit Schulweisheiten vollzustopfen, nur um Ihnen, Miss Stockwell, die Pension zu garantieren!«

»Ich bitte Sie! Überlegen Sie es sich noch einmal. 100 Dollar sind doch kein Vermögen.«

»Für mich schon.« Mein Vater ging zur Tür. »Guten Tag, Miss Stockwell!«

Und Martha Stockwell gehorchte. Sie gehorchte tatsächlich! Ihre einzige Gegenwehr war ein ergebenes Seufzen.

Das war zuviel. Das war mehr, als ich ertragen konnte. Ich sammelte den ganzen Mut meiner 15 Jahre in einem einzigen Wort: »Nein!«

Mein Vater duldete keinen Widerpsruch. Noch dazu in Anwesenheit einer Fremden aufzubegehren, kam in seinen Augen einer Todsünde gleich. Ich wußte das, und doch gab es für mich kein Zurück. Wie ein Reisender, der seine letzten Kräfte mobilisiert, um doch noch auf den anfahrenden Zug aufzuspringen, hetzte ich meiner Chance hinterher, stürzte mich auf sie und hielt sie mit beiden Händen fest.

»Ich werde die 100 Dollar bekommen«, stammelte ich. »Irgendwie. Vielleicht ... Mister Flimm sucht eine Aushilfe für sein Geschäft.«

»Eine Aushilfe und kein dummes, vorlautes Ding, wie du es bist!« bellte mein Vater und versetzte mir eine schallende Ohrfeige. Bei aller Strenge hatte er noch nie seine Hand gegen mich erhoben. Daß er es jetzt tat, war nichts, als die hilflose Reaktion eines Erwachsenen, der spürt, daß er einen Fehler gemacht hat und es einem Kind gegenüber nicht zugeben will.

Nun betrachtete er die Hand, die mich geschlagen hatte, als hätte er sie noch nie zuvor gesehen.

»Du willst also wildfremde Leute um Arbeit bitten?«

Ich nickte energisch. Sekunden verstrichen. Ich sah Mama, die in der offenen Küchentür stand und mich entsetzt anstarrte. Ich sah Miss Stockwell, die in diesem Moment garantiert und mit Begeisterung in einer Erdspalte verschwunden wäre, hätte sie nur die Möglichkeit dazu gehabt. Zwei erwachsene Frauen, die nichts taten, um mir, ihrer Tochter und Schülerin, zu helfen.

Und ich sah Dad, noch immer in den Anblick seiner Hand versunken. Nun blickte er auf. Verlegenheit stahl sich in sein Gesicht. Als er mich anschaute, war er sehr ernst.

»Ann Griffith. Du bist ein freches, unbeherrschtes Kind. Aber gut, du sollst deinen Willen haben. Wenn sie eines Tages den Sargdeckel über mir schließen, will ich nicht, daß es heißt: Er hat sich an seiner Tochter versündigt.«

»Du meinst ... du, du wirst ....!« Vor Aufregung begann ich zu stottern. Dann stolperte ich vorwärts, fiel meinem Vater um den Hals, lachte und weinte zugleich.

Im nachhinein betrachtet war dies der erste Moment in meinem Leben, in dem ich ganz einfach glücklich war.

Vier Wochen später erhielt ich die Unterlagen für das erste Semester. Schon beim flüchtigen Durchsehen beschlich mich der Verdacht, daß die Ansprüche des College im fernen Regina das, was ich bisher in puncto Schule erlebt hatte, um Längen in den Schatten stellten. Es würde alles andere als ein Spaziergang sein, zumal Miss Stockwell, die ich in meiner Not um Rat fragte, in vielem noch unwissender war als ich selbst. Ihre wirren Versuche, mir das jeweilige Problem zu erläutern, schadeten mehr, als daß sie halfen, und ich mußte erkennen, das – zumindest in meinem speziellen Fall – das Wort »Fernstudium« eine freundliche Umschreibung für die Aufgabe war, ohne jede Unterstützung in einem Labyrinth von Texten und Fragen herumzuirren.

Natürlich gab ich nicht auf.

Schon der Gedanke, Dad einzugestehen, daß die Probleme mich zu erschlagen drohten, verursachte mir geradezu körperliche Schmerzen. Verbissen kämpfte ich mich durch den Dschungel, saß Tag für Tag über meinen Büchern und verfluchte den rußigen Gestank der Petroleumlampe in meinem Zimmer, der meine Augen tränen ließ und es mir unmöglich machte, bis spät in die Nacht hinein weiterzuarbeiten.

Nie werde ich den Tag vergessen, an dem ich meinen ersten Test zensiert zurückerhielt.

Der große Umschlag in meiner Hand schien Zentner zu wiegen. Ausgerechnet an diesem Morgen hatte mein Vater das Haus noch nicht verlassen. Er saß am Küchentisch und schien alle Zeit der Welt für sich gepachtet zu haben.

Als ich eintrat, stellte er seinen Kaffeebecher zur Seite.

»Post für unsere Studentin?« fragte er. »Na los. Mach' ihn auf, den Brief.«

Meine Handflächen waren nicht feucht, sie waren naß.

Mama legte das Geschirrtuch aus der Hand, setzte sich kerzengerade auf einen der Küchenstühle und sah mich erwartungsvoll an. Das Interesse meiner Eltern war nicht geheuchelt. Und natürlich hatten sie ein Anrecht darauf, das erste Ergebnis ihrer Investition zu erfahren. Doch meine Unsicherheit, wieviel ich erreicht haben mochte, war so groß, daß ich lieber allein gewesen wäre.

Ich schloß die Augen und betete um einen Zauber — einen fliegenden Teppich oder ähnliches — der mich samt dem Brief davontrug. Natürlich geschah nichts dergleichen. Schließlich nahm ich den Umschlag und riß ihn der Länge nach auf.

Da waren sie. Meine Arbeiten. 30 Blatt DIN-A-4. Fast schon ein kleines Buch. Hastig überflog ich die Seiten. Wo waren die Korrekturen, wo die Bewertung? Die Blätter raschelten zu Boden, als ich auf der letzten Seite angekommen war. Buchstaben und Zahlen verschwammen vor meinen Augen.

»Nun?«

Ich ließ das Blatt sinken. »Sie geben mir summa. Für jedes einzelne Fach.«

»Ist das gut?«

Ich konnte kaum glauben, was ich da las, und schüttelte den Kopf.

»Dann wirst du dir eben mehr Mühe geben müssen.«

Man kann sich die Verblüffung meines Vaters vorstellen, als ich nach seinen Händen faßte und sie so fest drückte, wie es die Kraft eines 16jährigen Mädchens nur zuläßt. »Sie geben sie mir ›mit Auszeichnung‹, Dad! Besser geht es nicht. Ich habe keinen einzigen Fehler gemacht. Sie ... sie gratulieren mir dazu. Hier. Lies selbst.«

Mein Vater kramte nach seiner Brille, rückte sie umständlich auf seiner Nase zurecht, bis er sie endlich an der richtigen Stelle plaziert hatte und verlas dann mit ernster lauter Stimme Auswertung und Kommentar.

Ich schwöre, ich übertreibe nicht, wenn ich nun behaupte, daß er mich, nachdem er geendet hatte, bewundernd, geradezu ehrfürchtig anblickte.

Dieser Tag veränderte mein Leben in Swift Current.

Obwohl Dad, ohne zu murren, die Schulgebühren bezahlte, hatte er mir gegenüber keinen Zweifel daran gelassen, daß mein Ehrgeiz in seinen Augen nichts war als reine Zeitverschwendung; schlimmer noch, daß es auf eine fast schon abartige Veranlagung hindeutete, die es galt, geheimzuhalten.

Der Brief aus Regina verwandelte diese Ansicht ins genaue Gegenteil: vergleichbar mit den Sonnenstrahlen, die im April den Schnee von einem Tag auf den anderen zum Schmelzen bringen.

Unnötig zu erwähnen, daß in einem Dorf wie dem unseren jeder von meinen Studien wußte, dafür hatte allein Martha Stockwell ausgiebig gesorgt. Bisher jedoch hatten Dad und Mama alle neugierigen Fragen zurückhaltend, verlegen oder überhaupt nicht beantwortet.

Nun aber bekam jeder, wirklich jeder — ob er wollte oder nicht — zu hören, wie ich in welchem Fach abgeschnitten und was die Professoren dazu geschrieben hatten.

»Ann vom College« verdrängte die graue Maus, die durch ihre Kinderzeit gehuscht war, immer auf der Flucht, immer auf Abwehr bedacht.

Ein Stück der Maus jedoch blieb bei mir und hielt mich davon ab, im warmen Glanz des unerwarteten Ruhmes ein Sonnenbad zu nehmen. Die Tatsache, daß die Jungen im Dorf es nun nicht mehr wagten, mich zu hänseln, zu verspotten, verschaffte mir ein gewisses Maß an Befriedigung. Schade nur, daß Marvin Gates nie von meinem Erfolg Kenntnis erhalten würde. Ebensowenig wie Sterrin.

Ich träumte sie mir herbei, alle beide, und ich malte mir aus, wie wir uns gegenüberstehen würden. Marvin, der Bauernlümmel, Sterrin, die nichts aufweisen konnte als dieses alberne Internat und Ann vom College. Ann mit den fabelhaften Zensuren und den Begleitschreiben, die von Mal zu Mal einer Laudatio ähnlicher wurden.

Jeden dieser Träume beendete ich wahlweise mit einem Schluß, der einem Triumph gleichkam.

Szene eins: Marvin stand da, so, wie ich ihn in Erinnerung hatte. Lachend und selbstüberzeugt. Die beängstigend strahlenden Augen riefen mich an seine Seite. Dann küßte er mich — vielleicht hielt er auch nur meine Hand —, und der schönen dummen Sterrin blieb nichts, als in der Bedeutungslosigkeit zu verschwinden.

Szene zwei: Marvin flehte mich an, mein Freund sein zu dürfen, und schlich gramgebeugt davon, als ich ihm diese Gunst souverän verwehrte.

## 5

Während ich mich meiner alten Kinderträume erinnerte, verfolgte der Greyhound seinen Weg durch die nicht enden wollende Nacht. Das Dröhnen des Motors vereinigte sich mit dem summenden Geräusch der Räder zu einem monotonen Wiegenlied, das keine Höhen und Tiefen kannte. Einzig bei mir versagte die einschläfernde Wirkung. Ich rutschte auf den unbequemen Polstern hin und her und versuchte zum tausendsten Mal, eine Position einzunehmen, in der es möglich war, ebenso ruhig und tief zu schlafen wie die Menschen um mich herum.

War es nun meine unterschwellige Nervosität, meine Unerfahrenheit oder am Ende die Tatsache, daß sich mein Platz durch einen besonders schlechten Zustand auszeichnete? Was auch immer der Grund sein mochte, ich war einfach nicht in der Lage, mich dem Gleichmaß der Schaukelei hinzugeben und die Augen zu schließen. Total übernächtigt würde ich wohl in Sudbury ankommen, wenn überhaupt am Ende meiner Reise noch etwas von mir übrig sein sollte.

»Reiß' dich zusammen!« sagte ich zu mir selbst und zwar in dem energischen Ton, in dem ich immer zu mir sprach. »Denk' an deine Fahrt nach Regina. Auch die hast du überlebt. Also stell' dich nicht so an.«

Ich wagte es nicht, mir zu widersprechen, wenn ich auch schüchtern dagegenhielt, daß eine Tour von zweieinhalb Tagen wohl kaum mit den vier Stunden zu vergleichen war, die ich seinerzeit, noch dazu in Begleitung meiner Eltern, zurückgelegt hatte.

Ein gutes Vierteljahr war seitdem vergangen. Was heißt vergangen? Es war ... vorbeigeschwebt; heiter und leicht. Die zwei Wochen vor dem Termin in Regina hingegen hatten für mich die Hölle bedeutet. 14 Tage voller Hoffen, ohne die Möglichkeit, irgend etwas im Vorfeld zu meinen Gunsten zu entscheiden.

Wieder versank ich in meinen Erinnerungen.

Die Sylvesternacht des Jahres 1982, diese Nacht mit all ihren guten Vorsätzen, die meist schon am nächsten Morgen in der Kiste der unerreichten Ziele vergraben werden, sah eine zwanzigjährige Ann, der nur noch wenige Monate bis zum Schlußexamen blieben.

Der Gedanke daran löste alle möglichen Gefühle in mir aus. Zum Feiern jedoch war mir nicht zumute.

Ich würde bestehen. Daran gab es keinen Zweifel. Sogar mit Auszeichnung. Doch was war dann?

Eine unendlich trostlose Wüste tat sich dahinter auf, und es gab bisher keinen Silberstreif am Horizont. Und diese Wüste hieß Swift Current, wo ich, wie mein Vater prophezeit hatte, irgendwann heiraten und Kinder kriegen würde.

Mein Vater war stolz auf mich. Zugegeben. Ebenso Mama, was allerdings müßig ist, zu erwähnen. Aber dieser Stolz hatte seine Grenze. Diesseits »Ann vom College«. Bewundert, angestaunt ... abgehakt, vorbei. Jenseits »Ann von der Universität«. Unerreichbar, fern jeder Wirklichkeit.

Niemals würden meine Eltern mir ein Studium finanzieren, und sie konnten es auch nicht. Kein Argument der Welt war in der Lage, das fehlende Geld herbeizuzaubern.

Ich war Realist genug, dies einzusehen und hängte mich an die Vision der fünf wundervollen Monate des Lernens und der Selbstbestätigung, die noch vor mir lagen.

Der Abschluß Ende Mai. Ich verbannte dieses Datum aus meinem Gedächtnis. Mochten andere den letzten Tag ihrer Schulzeit herbeisehnen, ihn als Befreiung erachten. Ann Griffith würde sich an diesem Tag fühlen wie jemand, der zum Tode verurteilt war.

Die Monate zwischen Januar und Mai rannten unerbittlich davon und ließen mich allein zurück.

Dann hielt ich den letzten der braunen Umschläge in der Hand. Diesmal machte mein Herz nicht die leisesten Anstalten, seinen Platz zu verlassen, und meine Hände vermochten nicht den Umschlag zu öffnen, der das Todesurteil meiner Träume enthielt.

Ich warf ihn auf den Wohnzimmertisch und überließ es Dad, ihn zu öffnen und die Urkunde wieder und wieder mit lauter Stimme zu verlesen. Onkel Paul, Tante Marge, die Mortons von der Nachbarfarm und natürlich Miss Stockwell waren gekommen und drängten sich in unserer guten Stube, um den großen Augenblick mitzuerleben. Sie alle beglückwünschten mich. — Wozu?

Ließen mich hochleben. — Warum?

Prophezeiten mir eine glänzende Zukunft. — Wo? Etwa in Swift Current, inmitten einer Schar von Kindern, die sich einen Dreck darum scheren würden, ob ihre Mutter »Ann vom College« war oder nicht?

In diesem Moment ging ein Ruck durch den Bus. Bremsen quietschten. Die Fahrgäste wurden aus ihrem Schlaf gerissen. Ein ausgesprochen fetter Mann, dem es zu Beginn unserer Fahrt nur mit äußerster Mühe gelungen war, sich auf seinen Platz zu zwängen, verlor das Gleichgewicht und stürzte kopfüber auf den schmutzigen Boden des Mittelganges.

Ich hatte mehr Glück, denn es gelang mir, mich an der Rückenlehne vor mir abzustützen, als der Greyhound mit einem Satz abrupt zum Stehen kam.

Für Bruchteile von Sekunden war es still. Dann brach die Sintflut aus, die immer dann entsteht, wenn Menschen in Panik geraten. Schrille Stimmen, Flüche, Kinderweinen, und mittendrin der dicke Mann, der sich vergeblich bemühte, wieder auf die Beine zu kommen. Niemand war da, ihm zu helfen. Auch ich saß wie gelähmt auf meinem Platz.

Zu meiner Ehrenrettung allerdings sei gesagt, daß ich die einzige war, die nun nicht aufsprang und nach vorn rannte, um zu sehen, was passiert war.

»Bitte beruhigen Sie sich! — Gehen Sie zurück auf Ihre Plätze!« Die Stimme des Fahrers klang verzerrt, und das lag nicht an dem Mikrophon, in das er sprach. Ich konnte sehen, wie er mit auffordernden Handbewegungen die Worte unterstrich. In seinem Bemühen erinnerte er an meine Mutter, wenn sie versuchte, unsere Hühner aus ihrem Kräutergarten zu vertreiben.

Das reizte mich zum Lachen, und ich gab diesem Drang nach in dem Bewußtsein, daß ich nicht zu Schaden gekommen war.

Genau wie Mamas Hühner gehorchten auch meine Mitreisenden nur sehr zögerlich. Noch während der Fahrer ausstieg, begann bereits die Diskussion über Ursache und Folgen unseres unerwarteten Stopps. Die Vermutungen reichten von einem geplatzten Reifen — was mir einigermaßen logisch erschien — über ein verirrtes Stück Vieh, das vor die Räder des Greyhound gelaufen war, bis zu dem Verdacht auf Sabotage. Die beiden letzten Möglichkeiten waren in meinen Augen absurd.

Ein Tier, welches in der Lage war, ein Ungetüm wie den Greyhound zu stoppen, mußte eine bestimmte Größe aufweisen und hätte sich wohl kaum überfahren lassen, ohne einen Ton von sich zu geben. Und Sabotage? Maskierte Raubüberfälle gehörten in die Zeit der Postkutschen und des legendären Pony-Express. Und selbst damals hätte auch der dümmste aller Banditen gewußt, daß ein Transportmittel wie der Greyhound keine lohnenden Reichtümer befördert.

Als wolle er meine Gedanken bestätigen, kletterte der Fahrer in diesem Moment in den Bus zurück und teilte uns mit, daß eine ungesicherte Baustelle der Grund gewesen war.

Erleichterung, daß der Beinahe-Unfall keinen längeren Aufenthalt nach sich ziehen würde, machte sich breit ... und ein Hauch von Enttäuschung. Der Berg aus aufgerissenem Asphalt, Sand und Steinen, an dem wir kurze Zeit später vorbeifuhren, hatte wenig Sensationelles.

Trotzdem. Ich konnte mir vorstellen, wie sich der Mann dort vorn hinter dem Lenkrad nun fühlen mußte. Allein seine Geistesgegenwart hatte verhindert, daß es hier in der nachtschwarzen Einöde nicht zu einer Katastrophe gekommen war. Gedankt hatte es ihm niemand. Sicherheit war im Fahrpreis inbegriffen und somit eine Selbstverständlichkeit. Ich dachte an Joel Hancock und daran, daß er diesem Anspruch 20 Jahre lang gerecht geworden war. Gerade, als ich mich zu einem sentimentalen »Gott schütze Sie, Joel« durchgerungen hatte, erinnerte ich mich an seine verständnislose Haltung meinen Lebenszielen gegenüber, und ich überließ ihn der Fürsorge seiner vorbildlichen Betty — ohne Segen.

Statt dessen lehnte ich mich zurück und belohnte mich für meine Tapferkeit während der letzten Viertelstunde mit der Erinnerung an einen weiteren Meilenstein in meinem Leben.

Im Trubel meiner — wenn man so will — Abschlußfeier im Wohnzimmer unseres Hauses hatte niemand bemerkt, daß der große braune Umschlag außer meiner Urkunde noch einen Brief enthielt.

Es war Kate, die jüngste Tochter der Mortons, die ihn fand und unter dem Tisch ganz beglückt mit ihm herumspielte.

Wenn man Müttern, die das Heranwachsen ihrer Kinder hingebungsvoll beobachten, Glauben schenken darf, so gibt es für Babys nichts Schöneres als Papier, egal ob alte Zeitungen oder 100 Dollar-Scheine, in winzig kleine Fetzen zu zerreißen. Und genau das tat Kate Morton.

Irgendwann bemerkte jemand die braunen und

weißen Streifen auf dem Teppich und bückte sich, um die Unordnung zu beseitigen.

»Oh! Da war ja noch etwas für Annie. Hoffentlich nichts Wichtiges.«

Mit einem Aufschrei stürzte ich mich auf die unselige Kate, entriß ihr die Überreste meines Eigentums und glättete sie sorgfältig auf der Tischplatte. Was ich entziffern konnte, versetzte mich in den Zustand, in dem sich Lots Weib laut Aussage der Heiligen Schrift befunden hat, als sie ihren Blick gen Sodom und Gomorra wandte: Ich erstarrte zur Salzsäule.

Meine Eltern, Onkel Paul, selbst die rheumageplagte Tante Marge bemerkten es, und es veranlaßte sie, fieberhaft nach den Resten des Briefes zu fahnden. Auch Sam Morton beteiligte sich an der Suche, während sich seine Frau vergeblich bemühte, ihre diebische Tochter davon zu überzeugen, daß dies ein ungeeignetes Spielzeug für sie sei und schließlich mit dem schreienden Bündel das Zimmer verließ.

Erwartungsvoll andächtige Stille senkte sich über den Raum, als endlich der letzte Papierschnitzel gefunden war und ich damit beginnen konnte, das Puzzle zusammenzusetzen.

Da lag sie nun. Die zerfetzte und zerknitterte Antwort auf Gebete, die ich nie gesprochen, Hoffnungen, die zu träumen ich mir verboten hatte. Trotzdem hatte ich den Vordruck, in dem man nach meinen Berufsplänen fragte, ausgefüllt und abgeschickt. Wenigstens schwarz auf weiß festhalten wollte ich meinen unerfüllten Wunsch, und so hatte ich dem Gremium mitgeteilt, daß ich beabsichtige, Bauwesen zu studieren, Schwerpunkt Hoch- und Tiefbau, und das Ganze mit dem Ziel, als erster weiblicher constructional engineer in die Geschichte einzugehen.

Wie gesagt. Ich tat es, um meinen Traum geschrieben zu sehen. Ansonsten hätte ich mir vielleicht – vielleicht – Gedanken darüber gemacht, auf Medizin oder Jura auszuweichen, Studiengänge, die bereits damals längst nicht mehr eine Domäne der Männerwelt waren.

So aber hatte ich meiner Phantasie freien Lauf gelassen und war dabei der Faszination erlegen, die Bauwerke wie die Golden Gate Bridge oder das Empire State Building auf mich ausübten, und das, obwohl ich sie nur von Abbildungen her kannte.

Wenn ich schon in Gedanken nach den Sternen griff, warum sollte ich mich dann mit dem Mond begnügen?

Und nun verschwamm die Schrift vor meinen Augen, schmolz zusammen zu den magischen Worten: Institute of Technology, Boston. Ich mußte sie wieder und wieder vor mich hingesprochen haben, denn Tante Marge verlangte lautstark Aufklärung über mein undeutliches Gemurmel.

Es dauerte eine geraume Zeit, bis ich mich von meiner Wolke in die Wirklichkeit zwischen Anrichte, Standuhr und Wohnzimmertisch zurückzwang.

»Sie geben mir ein Stipendium«, sagte ich, und meine Stimme klang vor Aufregung so heiser wie das Krächzen der Krähen auf den Feldern. »Ein Vollstipendium. Das heißt, sie zahlen alles. In ... in zwei Wochen erwarten sie mich in Regina, um mich kennenzulernen und um mit mir zu sprechen.«

»Dann ist es also noch nicht perfekt.«

Die ruhige Feststellung meines Vaters griff nach mir wie eine Eishand.

»Oh, doch«, versicherte ich hastig. Die aufkeimenden Befürchtungen, die mich plötzlich wie lästiges Hautjucken befielen, durften sich nicht in mir ausbreiten. »Wie an jeder Universität gibt es auch in Boston einen Fond, aus dem die Stipendien finanziert werden. Ein Ausschuß bestimmt über ihre Vergabe.«

Ich bemühte mich angestrengt, meinen eigenen Worten Glauben zu schenken und versuchte, mein Gesicht zu einem Lächeln zu verziehen, das aber eher einem Grinsen gleichkam. »Sie haben ein Recht darauf zu erfahren, wem sie zwei Jahre lang die Ausbildung an einer der besten Schulen in ganz Amerika finanzieren.«

»Aber zwei Jahre? Wenn du Boston verläßt, bist du 23! Ich war 18, als ich dich zur Welt brachte.«

In diesem Moment verspürte ich fast so etwas wie Mitleid mit Mama.

Nicht mit meiner Mutter, die ich — das war so sicher, wie der Tag lang ist — verlassen würde, sondern mit der Frau, die blutüberströmt dastand, die Zipfel ihrer Küchenschürze zwischen den Fingern knetete und nicht wußte, wohin mit ihrem Blick.

Da hatte sie es zum ersten Mal gewagt, hatte den Versuch unternommen, der Welt die Meinung der Edna Griffith mitzuteilen, und dieser Höhenflug der Selbständigkeit war kläglich zerschellt in einem Fiasko aus hilfloser Verlegenheit und falscher Scham.

## 6

Noch heute gilt das freie Amerika als eine, wenn nicht gar *die* prüde Nation unserer Erde. Aber das ist nichts im Vergleich zu dem, was damals, also vor gut 10 Jahren, jede Diskussion über Sexualität und somit auch das Wunder der Geburt im Keim erstickte.

Nun werden Sie mir entgegenhalten, daß zu jener Zeit ein Phänomen seinen Höhepunkt bereits überschritten hatte, das auch heute noch als »Flower power« oder »Ära der Blumenkinder« je nachdem Unverständnis oder erinnerungsschwere Sehnsüchte hervorruft.

Dazu möchte ich Ihnen folgendes sagen: Auch diese — nach Auffassung vieler meiner Freunde — faszinierendste und beste aller Welten dieses Universums hatte nicht die Macht, unseren gesamten Kontinent in einen Rausch an Licht und Farbe zu versetzen. Nicht jeden erreichte die Botschaft vom »Hotel California«, und nicht jeder machte sich blumenbekränzt und in zerrissenen Jeans auf nach San Francisco. Und ganz bestimmt nicht Ann Griffith und ihre Leidensgenossen in der öden Einsamkeit von Swift Current, der Kleinstadt in Kanada.

Soviel zu dem »make love, not war« und zurück zu der fatalen Lage, in der sich meine bedauernswerte Mutter befand.

Natürlich ist die Entstehung neuen Lebens auf einer Farm kein Geheimnis. Egal, ob ein Hengst eine Stute deckte oder eine Sau ihre Ferkel zur Welt brachte: wir Kinder waren dabei, standen im Weg, staunend und ohne auch nur das geringste zu begreifen. Daß der schreiende Säugling in der Wiege auf ganz ähnliche Art zustande und letztlich auf die Welt gekommen war — irgendwann wußte es jeder von uns, auch ich.

Gesagt hat es uns niemand.

Ich trug das »grüne Kleid« kurz nach meinem fünfzehnten Geburtstag. Der Junge, der mir dazu verhalf, war Kevin. Er hatte Pickel, roch nach Schweiß, und es war Thanksgiving Day.

Kevin war 18 oder 19 Jahre alt. So genau weiß ich es nicht mehr. Sein Großvater war im biblischen Alter von 89 Jahren gestorben und hatte seinem Enkel die Farm am Old Wives Lake vermacht. Was ihn dazu bewogen hatte — dieses Geheimnis nahm er mit in sein Grab.

Tatsache aber war, Kevin galt von nun an als begehrenswert. In dem gleichen Maße, in dem ein hohes Bankkonto krumme Rücken geradebiegt, schwand Kevin's Akne mit dem beträchtlichen Landbesitz, den er nun sein eigen nannte.

Ann vom College fand ihn nach wie vor abstoßend und unsympathisch. Annie Griffith hingegen beschloß, im Buhlen um Kevin's Gunst den Sieg davonzutragen. Annie setzte sich durch, und als Kevin zur Thanksgiving Party auf seinem Grund und Boden einlud, sagte sie ja.

Die Erlaubnis meiner Eltern war mir gewiß. Es gab keine Familie mit Töchtern im Dorf, die Kevin nicht mit offenen Armen als Schwiegersohn aufgenommen hätte.

Warum Kevin gerade mich auswählte, warum er ausgerechnet mich zum Ziel seiner Nachstellungen machte in jener Nacht — ich werde es nie verstehen. Zwar hatte sich mein Körper inzwischen den Abmessungen meiner Arme und Beine angeglichen, aber auch jetzt war ich beileibe keine Schönheit.

Trotzdem setzte Kevin seine nicht vorhandenen Verführungskünste bei mir ein und untermauerte sie mit einem prickelnden Gebräu, das er Champagner nannte. Heute weiß ich, es war billiger Sekt. Die Wirkung allerdings war die gleiche.

Irgendwann zuckte Ann die Schultern und zog sich kopfschüttelnd zurück, während Annie willig und mit albernem Kichern ihrer vermeintlichen Siegesbeute folgte, hinein in die kalte Dunkelheit der Wiese hinter dem Farmhaus.

Um es kurz zu machen: Es war grauenvoll, es war ekelhaft, und zu allem Überfluß tat es auch noch weh.

Als Kevin endlich am Ziel seiner Bemühungen angelangt war und mit dem Ausdruck glasiger Einfalt auf mich herabstarrte, war der glitzernd klebrige Zukkerguß des Alkohols aus meinem Blut geschwunden, und ich erkannte, daß mein Sieg in Wirklichkeit eine Niederlage war. Mehr noch. Eine schmutzige, häßliche Erniedrigung. Ich haßte Kevin für das, was er mit mir getan hatte, und ich haßte mich, denn ich hatte es geschehen lassen.

Fragen Sie mich bitte nicht, wie und auf welchem Weg ich in dieser Nacht unsere Farm erreichte. Ich könnte keine Antwort darauf geben.

Am nächsten Morgen grinsten mich die Grasflecken in meinem Kleid höhnisch an. Ich riß es von der Stuhllehne und stopfte es in den Ofen, der — Gott sei es gedankt — in meinem Zimmer stand. Dann machte ich Feuer. Der billige Stoff tat mir den Gefallen, bis auf den letzten Saum zu verbrennen. Der widerliche Nachgeschmack aber blieb an mir haften wie ein fauliger Gestank. Nie wieder sollte ein Mann die Gelegenheit haben, mich derartig zu demütigen. Das schwor ich mir an jenem Novembermorgen.

Bevor Sie weiterlesen, bitte ich Sie, nicht darüber zu lachen. Ich fragte mich allen Ernstes, was Poeten wie Byron oder Komponisten wie Mozart an dieser viehischen Scheußlichkeit inspiriert haben mochte. Liebe? Nein, Danke! Davon war ich gründlich geheilt.

Von all dem durften meine Eltern natürlich nichts wissen. Ich schwieg, kaute an meiner Frustration, bis ich sie endlich hinuntergewürgt hatte, und hoffte dabei inständig, daß Kevin ebenso leiden und, was noch wichtiger war, den Mund halten würde.

Er tat mir den Gefallen, zumindest, was meine zweite Bitte betraf, und ich Dummkopf war ihm auch noch dankbar dafür.

Erst viel später sollte ich erfahren, daß ihn nicht eine ritterliche Anwandlung dazu getrieben hatte, sondern die himmelstürmende Erleichterung, daß sein Abenteuer mit dem »frigiden Stück Holz«, als das er mich bezeichnete, ohne Folgen geblieben war. So war ich noch mit 21 Jahren in den Augen meiner Eltern die unschuldige Annie, die von nichts wußte.

Hier schließt sich der Kreis und erklärt die Gewissensqualen meiner Mutter an jenem denkwürdigen Tag im Mai 1982.

In die peinvolle Stille hinein hörte man Baby Kates

noch immer fortwährendes Protestgeschrei. Endlich entschied mein Vater, daß der Inquisition genüge getan war. Er räusperte sich. Dann sagte er:

»Ich denke, mein Kind, du bist alt genug, um zu entscheiden, was gut für dich ist. Wenn du also glaubst, daß Boston deine Zukunft bedeutet, dann geh. Meinen Segen hast du.« Er stand auf und umarmte mich feierlich.

Leider bin ich für patriarchalische Gesten vollkommen unzugänglich. Und so mußte ich in diesem Augenblick all meine Kräfte zusammennehmen, um nicht in ein schallendes Gelächter auszubrechen. Aber ich jubilierte innerlich, daß nun meiner ersehnten Zukunft keine Grenzen mehr gesetzt waren.

Zwei Wochen später stiegen wir in den Bus nach Regina. Mein Vater, meine Mutter und ich.

Dad trug den schwarzen Anzug, der nur bei wichtigen Anlässen, wie zum Beispiel Beerdigungen, aus seinem mit Lavendel und Naphtalin ausgelegten Karton hervorgeholt wurde.

Mama saß neben ihm in dem dunkelblauen Kleid mit den weißen Tupfen, das sie wie ihren Augapfel hütete, denn »Es ist aus reiner Seide, Annie. Wenn du eines Tages heiratest, wirst du auch ein solches Kleid bekommen.« Ich dachte an Kevin und unterdrückte ein Schaudern. Heirat hatte nach meinem Verständnis den gleichen Stellenwert wie lebenslange Haft, und dies erschien mir als ein viel zu hoher Preis für ein Stück Seide, selbst wenn es weiße Tupfen hatte und obendrein einen Spitzenkragen.

Ich für meinen Teil hatte es nicht als nötig erachtet,

mein Äußeres den schicksalsträchtigen Ereignissen, die mich in Regina erwarteten, anzupassen.

Die graue Leinenbluse und das verschwommene Schottenmuster meines knielangen Rockes hätten modisch ambitionierte Geschlechtsgenossinnen mit Sicherheit dazu veranlaßt, eine Kleidersammlung für mich zu veranstalten. Mir war es gleich. Ob meine Haare in Verbindung mit dieser Kombination noch gelber wirkten, als sie es ohnehin schon waren, ob durch diese Kleidung mein Alter in Lichtgeschwindigkeit nach oben schnellte — nichts konnte so nebensächlich sein wie solche Überlegungen.

Wir erreichten Regina um die Mittagszeit und fanden ein Café in der Nähe der ganz im Oxford-Stil erbauten Universität, wo Professor Ambrose Willoby und die übrigen Kuratoriumsmitglieder auf mich warteten.

Als ich mich von meinen Eltern verabschiedete, schienen meine Beine aus dem weichsten Kautschuk zu bestehen, der je produziert worden ist. Ich zwang sie, mir zu gehorchen.

Eine endlose Viertelstunde lang wartete ich vor einer turmhohen, messingbeschlagenen Tür aus schwarzer Eiche. Ich sah an ihr hinauf ... sah an ihr hinauf ... an ihr hinauf ... hinauf ... Morpheus, der Gott des Schlafes, dem schon die alten Griechen ihre Körper anvertrauten, wenn die Müdigkeit sie ergriff, hatte ein Einsehen mit der übernächtigten Ann und nahm sie zu sich in das Land, das keine harten Sitzbänke in Greyhound-Bussen, keinen Durst und keine Kopfschmerzen kennt.

## 7

Wir machten Station in Sudbury, ohne daß ich es bemerkte, und als wir Boston am 26. August erreichten, hatten die Zwischenstopps in Toronto, Buffalo und Albany, die ich in souveräner Manier zu überbrücken wußte, mein Selbstbewußtsein in schwindelerregende Höhen emporgetragen. Ich beschloß, mir von der Hauptstadt von Massachusetts keine Angst einjagen zu lassen.

Nachdem ich mein Gepäck in einem der Schließfächer verstaut hatte, brachte mich ein Taxi vom Terminal zum Haupttor der University of Boston. Nur wenige Stunden später sollte ich herausfinden, daß ich mir die Fahrt kreuz und quer durch die Stadt hätte sparen können, denn die tatsächliche Entfernung betrug kaum mehr als eine Meile. Bei meiner Ankunft ahnte ich noch nichts davon, lehnte mich aufatmend im Fond des Wagens zurück und genoß das Gefühl, mein Abenteuer »Greyhound« mit Auszeichnung bestanden zu haben.

Da stand ich nun. Hinter mir rauschte laut und grell der Verkehr auf der mehrspurigen Straße.

Vor mir erhob sich ein schmiedeeisernes Tor. Zwischen seinen Säulen aus grauem Bruchstein schien es gleichsam dazu bestimmt, den Campus der altehrwürdigen Universität vor der Oberflächlichkeit des 20. Jahrhunderts zu schützen.

Die University of Boston verstand sich als Lehrmeisterin der heiligen Dreieinigkeit des Business: Wissen — Erfolg — Macht. Diese drei Komplexe waren eng miteinander verknüpft, denn: ohne Wissen kein Erfolg und ohne Erfolg keine Macht. Die Absolventen, die am Ende des letzten Semesters nach der feierlichen Abschlußzeremonie auf dem grünen Rasen vor der Memorial Hall jubelnd ihre Baretts in die Luft schleuderten, taten dies in der Überzeugung, die Elite ihrer Generation zu sein. Diesen Ruf galt es zu verteidigen, und so zählten — das hatte man mir in Regina offen und ohne die mindeste Zurückhaltung deutlich gemacht — die Bostoner Aufnahmebedingungen zu den härtesten zwischen Chicago und Galveston.

Mochten sie sich in Oakland mit der liberalen Einstellung rühmen, farbigen Studenten Tür und Tor zu öffnen, mochte man in San Francisco die Gleichstellung der Geschlechter sogar auf seinem Banner manifestiert haben — hier in Boston zählte nichts als Leistung.

Auch das hatte man mir zu verstehen gegeben, und ich glaubte daran mit leuchtenden Augen und zerfließend vor Dankbarkeit. Schließlich war ich selbst der lebende Beweis ihrer Thesen.

Als sich das Tor vor mir auftat, fühlte ich mich wie Parzival beim Eintritt in die Gralsburg.

Schmetternde Fanfaren hatten ihn am Ziel seiner Reise empfangen. Ich hörte den Autolärm der Gegenwart.

Trotzdem erfüllte mich ein Gefühl von Ehrfurcht, als ich nun auf den quaderförmigen Bau zuging, den Efeu und Weinlaub wie einen Mantel umgaben.

Das Gefühl hielt an, während ich die ausgetretenen

Stufen der breiten Treppe hinaufstieg, und es machte mich blind und taub für die Welt um mich herum.

Dann stand ich im Arbeitszimmer von Professor Lawrence Bainbridge, dem leitenden Direktor. In Regina hatte man mir gesagt, daß mir diese unübliche Ehre zuteil werden würde, da Professor Bainbridge es sich nicht nehmen lassen wollte, den ersten weiblichen Studenten an seiner Universität persönlich willkommen zu heißen.

Ich konnte das verstehen. Schließlich verkörperte ich eindeutig den Beginn einer neuen Ära.

Die hagere asketische Gestalt wirkte seltsam deplaziert hinter dem wuchtigen Schreibtisch aus poliertem Ebenholz. Der Blick der glanzlosen Augen machte deutlich, daß dieser Mann es nicht gewohnt war, daß man seine Ansichten in Frage stellt.

Ich fühlte, wie meine Handflächen vor Unsicherheit feucht wurden.

Gleich würde Professor Bainbridge auf mich zugehen, um mich zu begrüßen. Er würde seine Hand ausstrecken, und was er dann zwischen seinen Fingern spüren würde, wäre ein glitschiger, naßkalter Fisch. Verstohlen trocknete ich den Fisch in den Rockfalten.

»Um es gleich zu sagen, Griffith. Ich habe nicht zu Ihren Befürwortern gehört. Nach meinem Verständnis ist dieses Studium für eine Frau denkbar ungeeignet. Erwarten Sie also keine Sonderbehandlung und erst recht keine Unterstützung.«

Klirrend zerbrachen Dankbarkeit und Ehrfurcht. Ich senkte den Blick und sah die Scherben zu meinen Füßen.

Nur der Respekt vor der Stellung dieses Mannes

hielt mich davon ab, diesem Angriff mit einer entsprechenden Antwort zu begegnen.

Doch aus Annie war aus eigener Kraft Ann vom College geworden. Sie würde sich nicht aufhalten lassen. Boston war ihr Start, und sie würde dieses Rennen für sich entscheiden.

Daß Bainbridge — noch vor Sekunden hatte ich ihn selbst in Gedanken immer Professor Bainbridge genannt — daß dieser Mann sich dazu verstieg, mich von vornherein zu deklassieren, machte mich zornig.

Die Tatsache, daß ich eine Frau war, schien in seinen Augen einer Behinderung, einem körperlichen Gebrechen gleichzukokmmen.

Ich blickte weiter zu Boden und sortierte die Scherben, um mich vor einer unbedachten Äußerung zu bewahren.

»Sollten Sie mir zustimmen, bin ich gern bereit, Sie einer passenden Universität zu empfehlen. Wenn Sie sich tatsächlich für das Bauwesen interessieren, wäre zum Beispiel Tuscon genau das Richtige für Sie. Die Fakultät Architektur genießt einen ausgezeichneten Ruf.«

Die plötzlich so fürsorgliche Stimme, die Aura selbstherrlicher Arroganz, in der Bainbridge gleich einem Halbgott erstrahlte, war mehr, als ich ertragen konnte.

»Darf ich Ihnen eine Frage stellen, Sir?«

Ein Nicken war die einzige Antwort, die ich bekam. Und trotzdem spürte ich die Irritation, die widerwillige Achtung meines Gegenübers. Daß er sich so verhielt, lag vielleicht daran, daß seine wohlberechnete Bosheit kein hitziges Kontra bei mir ausgelöst hatte.

Ich hielt seinem durchbohrenden Blick stand. Nichts an mir verriet die Angst, die mich bis in die letzte Zelle meines Körpers frieren ließ. Ich wußte genau: mit dem, was ich jetzt sagen würde, setzte ich alles, was ich bisher erreicht hatte, aufs Spiel.

Angelegentlich wanderten meine Augen über die langen Reihen ledergebundener Bücher in den Eichenregalen an der Stirnseite des Raumes.

»1787 schuf Madison die Verfassung unseres Landes. Ich bin sicher, daß sich in Ihrer Bibliothek eine Abschrift davon finden läßt.«

»Selbstverständlich. Aber ich begreife nicht, was das mit Ihrem Fall zu tun hat, Griffith.«

»Die amerikanische Verfassung«, wiederholte ich. »Ich nehme an, Sir, der Inhalt ist Ihnen geläufig.«

»Das versteht sich von selbst.«

»Vor 200 Jahren hat man bestimmt, Amerika zu dem Land zu machen, in dem jeder — hören Sie, Sir: jeder! — das Recht hat auf seine Chance. Und genau dieses Recht nehme ich für mich in Anspruch. Ich will meine Chance, und ich will sie hier. Hier in Boston. Hier an Ihrer Universität!«

Die Maus kam zum Vorschein und begann ihre zerstörerische Arbeit an meinen Nerven. Ich schüttelte mich, um sie zu vertreiben.

Bainbridge fixierte mich mit seinem toten Raubvogelblick. Die Maus stellte sich auf die Hinterpfoten, bleckte die Zähne und grinste höhnisch. Die Fische in meinen Händen fühlten sich ganz in ihrem Element.

Und plötzlich kam Bainbridge — Professor Bainbridge — mir entgegen. Er streckte die Hand aus. Er nickte, und mit etwas Phantasie konnte man ein Lächeln in seinem Gesicht erkennen.

»Langsam beginne ich zu verstehen, warum Willoby sich so sehr für Sie eingesetzt hat, Griffith. Also gut. Sie sollen Ihre Chance erhalten. Willkommen in Boston.«

Er griff nach meiner Hand. Die Fische zappelten auf dem Trockenen und verendeten kläglich. Die Maus suchte fluchtartig das Weite. Zu spät. Die Falle schnappte zu. Die Maus war tot.

Eine gute Stunde später verließ ich den Campus in einem Hochgefühl, das Parzival samt Gral und Fanfaren in den Schatten stellte.

## 8

Ich hatte mich eingeschrieben, alle Formalitäten erledigt und im Sekretariat sogar die Adresse einer Misses Goodworth erhalten, die bereit war, mich für die Dauer meines Studiums bei sich aufzunehmen.

Mochte sich in Professor Bainbridge auch ein Sinneswandel vollzogen haben, so stand doch unverrückbar fest, daß meine Unterbringung in einem der Häuser auf dem Campus mit den Statuen der Universität nicht in Einklang zu bringen war. Ich beeilte mich, diesem Punkt voll und ganz zuzustimmen.

Die Aussicht, mit 10 oder 20 Kommilitonen natürlich nicht das Bett, aber doch Tisch und Badezimmer teilen zu müssen, war eine Horrorvision, die mich bereits während der Busfahrt verfolgt hatte.

Besagte Misses Goodworth war in der Vergangenheit bereits des öfteren Gastdozentinnen in ähnlich problematischer Situation zur Hilfe gekommen. So jedenfalls hatte es mir der Mann im Sekretariat anvertraut, und ich hatte in Gedanken hinzugefügt, daß sich auch Boston, bei aller Abwehr weiblichen Studenten gegenüber, einer Tatsache nicht verschließen konnte: Wollte man weiterhin dem Ruf gerecht werden, nur fachlich brillante Kapazitäten als Lehrkräfte zu verpflichten, kam man auch hier auf Dauer nicht an den Frauen vorbei.

Drei Monate später.

Schmutziges, graues Wasser schwappte gegen die goldene Insel, auf der ich mich befand, und drohte sie zu verschlingen. Ich versuchte, die Erdschollen festzuhalten, doch sie zerrissen unter meinen Händen, und die nächste Flutwelle spülte sie fort. Eine winzige, ausgesprochen häßliche Maus sprang mich an und nistete sich bei mir ein, ohne daß ich mich dagegen wehren konnte. Ich saß am Fenster, blickte hinaus auf den Bedford-Square und versuchte, die Ursache meines Dilemmas zu analysieren.

Es war ein Sonntag. Draußen schien die Sonne, aber ihre Strahlen erreichten mich ebensowenig, wie das harmonische Bild gediegenen Wohlstandes, das den Villen, die man vor etwa 100 Jahren hier erbaut hatte, mit dicker Farbe aufgemalt war.

Ich hätte glücklich sein müssen inmitten dieser friedvollen Umgebung. Misses Abigail Goodworth und ich waren uns vom ersten Moment an sympathisch gewesen. Die Zimmer, die sie mir zur Verfügung gestellt hatte, waren großzügig und trotz ihrer etwas altmodischen Einrichtung mit einem Komfort ausgestattet, den ich bisher nicht gekannt hatte. Vom Bedford-Square war das Gelände der Universität bequem zu Fuß zu erreichen, und genau da begann mein Elend … und die Maus grinste.

Im Trubel der Anfangstage hatte ich es nicht bemerkt. 97 Studienanfänger schienen genau so fremd und unerfahren wie ich, stolperten durch die endlosen Gänge, landeten zur falschen Zeit im falschen Hörsaal.

Kurze Zeit später jedoch begann das Bild sich zu ändern. Ich war und blieb Ann aus Swift Current. Meine Kommilitonen aber wurden samt und sonders wieder zu Collegeabsolventen, arrogant, selbstüberzeugt und von grenzenlosem Egoismus.

Ich war nach Boston gekommen, um zu studieren. Sie, um eine einzige riesengroße Party zu feiern. Ich gewann den Eindruck, als nutzten sie die Zeit im Hörsaal ausschließlich, um sich von Aktivitäten zu erholen, die nichts, absolut gar nichts mit Statik, Baugeometrie und Rechtslehre gemein hatten.

Ich konnte diese Einstellung nicht akzeptieren und erst recht nicht verstehen. Doch im Grunde genommen ging es mich nichts an. Schließlich war ich nicht für ihr Tun verantwortlich.

Ohne nach rechts und links zu schauen, verfolgte ich meinen Weg. Ich trug Scheuklappen, und ich trug sie gern. Niemand beachtete mich, und es machte mir nichts aus. Sie begrüßten einander mit lässigem »Hey!«, und ich kannte kaum einen einzigen von ihnen mit Namen.

Wäre es nach mir gegangen, so hätte sich an diesem paradiesischen Zustand nichts geändert.

Dann aber standen die ersten Tests bevor. Und plötzlich verlor ich meine Tarnkappe. Für wenige Tage wurde ich zur Traumfrau einer ganzen Fakultät. Ich stand auf meinem Piedestal und glotzte auf die buhlenden Massen, die mich umtanzten wie das legendäre goldene Kalb im Buch der Bücher. Im Gegensatz zu jenem bedauernswerten Tier jedoch bin ich ein denkender Mensch, und ich begriff sehr schnell, was es an »Annie Darling« zu bewundern gab. Und Annie Darling sagte: »Nein!«

Sie sagte es zu Dave, sie sagte es zu Richard und auch zu Jordan, obwohl oder gerade weil letzterer sie an Marvin Gates erinnerte. Der Junge in dem dunkelblauen Kaschmir-Pullover mit dem Emblem der Universität, der seinen sündhaft teuren Sportwagen mit frechster Selbstverständlichkeit auf dem Parkplatz für die Dozenten abzustellen pflegte, hatte genausowenig Anrecht auf meine Arbeit wie der ungekrönte König einer Horde von Bauernlümmeln. So kam es, wie es kommen mußte.

Als Professor Bainbridge mich vor versammeltem Auditorium zum leuchtenden Beispiel hochstilisierte, hätte ein ganzes Mäuseheer keine Chance bei mir gehabt. Und genau in dieser Sternstunde begann ein Alptraum sich zu wiederholen.

Marvin und seine Bande waren Kinder gewesen, und sie hatten sich an mir gerächt, so wie Kinder es eben tun: plump und grausam. Sie hatten mich an den Haaren gezogen, mich verprügelt und mich eine Zimtzicke geschimpft.

Jordan und seine Freunde waren keine Kinder. Als sie begannen, mich für mein »Nein« bezahlen zu lassen, ahnte ich nicht, zu welch subtiler Bösartigkeit sie fähig waren.

Ich verstärkte das Material, aus dem meine Scheuklappen bestanden, und begab mich dann auf die Suche nach meiner Tarnkappe. Doch ich konnte sie nicht finden.

Indessen konstruierten meine Peiniger ihr mörderisches Spiel, schleichend harmlos, so daß ich es zuerst noch nicht einmal bemerkte. Ich war tatsächlich so naiv, an puren Zufall zu glauben, als plötzlich jedes Buch, jede Abschrift, die ich in der Bibliothek ausleihen wollte, vergriffen war. Als die Schienen an meinem Zeichentisch unmerklich verstellt waren und ich dadurch zu falschen Ergebnissen kam, ignorierte ich die feixende Schadenfreude. Ich redete mir ein, es handele sich um alberne Schuljungenstreiche. Wirklich schlimm aber waren die psychischen Faustschläge. Egal, ob während der Vorlesungen, in der Mensa oder selbst auf dem Campus, überall wurde ich wie eine Aussätzige behandelt, eine Leprakranke, mit der Kontakt zu haben eine lebensgefährliche Bedrohung darstellt. Keine wie auch immer geartete Frage meinerseits wurde einer Antwort gewürdigt.

Dafür aber bekam ich Fotografien. Hochglänzend und in Farbe kannten sie nur ein Motiv: Mich selbst. Der Sucher der Kamera verfolgte mich, lauerte mir auf, gab mir nicht die geringste Chance zur Flucht.

Halt! werden Sie nun erstaunt fragen. Ann Griffith legt keinen Wert auf ihr Äußeres. Ann Griffith ist es egal, was man über sie denkt. Ann Griffith weiß, daß sie häßlich ist und klug. Sie ist keine Sterrin, und darum ist sie auch nicht dumm und schön. Das alles ist ihr bewußt. Warum also läßt sie sich von ein paar albernen Bildern beeindrucken?

Ich will es Ihnen sagen. Weil diese »albernen Bilder« nicht nur häßlich waren, sondern abstoßend und widerlich. Oder wie würden Sie es empfinden, zum Beispiel auf dem Klo abgelichtet zu werden? Einmal stand ich vor meinem Reißbrett und bohrte mir gedankenverloren in der Nase. Das grelle Blitzlicht ließ mich zusammenfahren. Doch da war es schon zu spät. Am nächsten Tag fand ich die Fotografie zwischen meinen Unterlagen.

Als ich nun an diesem Sonntag aus dem Fenster blickte ohne etwas zu sehen, wußte ich, daß ich kurz davor stand, die Nerven zu verlieren. Meine Arbeiten hatten begonnen, Fehler aufzuweisen. Dementsprechend schlecht waren sie bewertet worden. Und das war erst der Anfang. Wenn es mir nicht gelang, die Lawine zu stoppen, die Bremse zu finden auf dieser Talfahrt, so würde ich vor den Scherben meines Traumes stehen, noch ehe das erste Semester beendet war.

Die graue Masse in meinem Kopf weigerte sich, ein Gehirn zu sein. Sie schwabberte träge zwischen den Schädelknochen, und das einzige Signal, was sie aussandte, war müdes, trostloses Selbstmitleid.

Irgendwo im Haus verlor sich das melodische Bimmeln der Türglocke zwischen den Samtportieren und Bildern, die Misses Goodworth in ernsthaftem Stolz ihre Ahnengalerie nannte.

Als es kurz darauf an meine Tür klopfte, reagierte ich erst darauf, als der Versuch ein zweites Mal unternommen wurde.

»Besuch für Sie, Ann.«

Meine Hauswirtin war die personifizierte Mißbilligung. Ich achtete nicht darauf. Ich sah den Jungen. Ich sah Jordan, Jordan B. Lorimer III., so sein vollständiger Titel.

Mein Herz machte sich selbständig und sprang unkontrolliert in mir herum.

»Darf ich hereinkommen?«

Zögernd gab ich den Weg frei, und als Misses Goodworth, quasi als Gipfel ihrer Ablehnung, nun die Augenbrauen bis an den silbernen Rand ihres Haaransatzes hinaufschraubte, drehte ich mich um und überließ es Jordan, die Tür hinter sich zu schließen.

Oft genug war ich im Kino dem Zauber einer solchen Szene erlegen. Und nun sagen Sie bitte nicht, Ihnen selbst wäre es noch niemals so ergangen. Denken Sie nur an eine gewisse Katie Scarlett oder eine Jennifer Cavilleri.

Sobald die Lichter wieder angingen, haben Sie darüber gelacht, genau wie ich es tat. Aber was geschah in der schützenden Dunkelheit zuvor? Hätten Sie nicht alles gegeben, um mit der Cinderella auf der Leinwand zu tauschen, die wunderschön war, sogar mit tränennassem Gesicht, die immer das Richtige im richtigen Moment sagte, die gewann, selbst, wenn sie verlor?

Und nun stand ich da, in einer ebensolchen Szene, stand da mit meinen Strähnenhaaren und brauchte keinen Spiegel, um zu wissen, daß mein Gesicht mit hektischen roten Flecken übersät war und daß weder Puder noch Make-up die Pickel an meinem Kinn verdeckten.

Daß Jordan Lorimer aller Wahrscheinlichkeit der

Hauptverantwortliche war für die Fotos und all das übrige, hatte für mich in diesem Moment absolut keine Bedeutung.

Ich rettete mich auf die Sandbank der Arroganz. »Was verschafft mir die Ehre?« fragte ich, und meine Stimme hatte dabei den Charme einer heiseren Katze.

Jordan ließ sich Zeit. Er setzte sich, schlug ein Bein über das andere und lehnte sich dann in die mit geblümtem Chintz bezogenen Polster zurück. Ich war viel zu nervös, um mich zu fragen, was sich hinter der trägen Melancholie seiner Augen verbarg, und außerdem benötigte ich meine ganze Aufmerksamkeit dazu, mein unverschämt freches Herz einzufangen und es an den Platz zu befördern, wohin es gehörte.

»Ich will mich bei dir entschuldigen, in unser aller Namen entschuldigen. Es war nicht fair, was wir mit dir gemacht haben. Tut mir leid.«

Wissen Sie, wie das ist, wenn ein erwachsener Mann, noch dazu mit Locken und dunklen Augen, wie ein zerknirschter Schuljunge vor einem steht? Wenn er demütig um Verzeihung bittet und Ihnen mit jeder Geste, jedem Blick zu verstehen gibt, daß er bereit ist, alles zu tun, damit Sie ihm nicht mehr böse sind?

Wenn ja, dann werden Sie verstehen, warum ich nur so und nicht anders handeln konnte, wie ich es nun tat.

Ich gab die Verfolgung meines Herzens auf, entließ es in die Freiheit und stammelte so etwas wie »Auch ich habe Fehler gemacht«, oder so ähnlich.

Jordan belohnte mich mit einem verträumt strahlenden Blick und einem Lächeln, welches mir zu verstehen gab, daß ich ihn soeben vor dem ewigen Fegefeuer bewahrt hatte.

»Chuck gibt am nächsten Wochenende eine kleine Party«, sagte er. »Nichts Großartiges. Einfach reden und Musik hören. Eben das Übliche. Darf... darf ich dich dazu einladen?«

Scarlett und Jennifer hätten jetzt mit einer ungewöhnlichen, ganz tollen Antwort den krönenden Abschluß inszeniert. Ich hingegen war nicht sicher, ob ich überhaupt der Sprache mächtig war und begnügte mich mit einem schlichten »Gern«.

## 9

Die folgenden Tage verbrachte ich in dem Hochgefühl, meine goldene Insel zurückerobert zu haben.

Der Kurztest in Statik, den wir Mitte der Woche zu absolvieren hatten, war für mich ein Kinderspiel. Gregory fragte mich um Rat, und ich half ihm bis über die Grenze des Erlaubten hinweg.

»Hey, Ann!« In meinen Ohren klang es wie ein Adelstitel.

Am Freitag plünderte ich mein Portemonaie und unternahm eine Einkaufsorgie durch die Geschäfte entlang der Lower Cambridge Road.

Nicht, daß Sie denken, es hätte nur eines Jordan Lorimer bedurft, um aus der Ann, die Sie bisher gekannt haben, ein modebewußtes College-Girl zu machen. Zu jenem Zeitpunkt war ich vom Aussehen und vom Selbstverständnis einer Jennifer Cavilleri noch meilenweit entfernt, und doch spürte ich — vielleicht aus einem schüchternen Anflug weiblicher

Intuition heraus — daß die Zeit gekommen war, mich von knielangen Faltenröcken und Blusen undefinierbarer Farbe zu verabschieden.

So erstand ich nach langem Zögern die erste Jeans meines Lebens und ließ mich von der Verkäuferin, die meine Unsicherheit bemerkte und schamlos ausnutzte, überreden, ein passendes Oberteil zu erstehen, daß ebenso spitzenbesetzt wie teuer war.

Als ich mich im Spiegel betrachtete, kam mir der Verdacht, daß ein blasses Pink zu den Farbschattierungen zählte, die mir absolut nicht zu Gesicht standen.

Ich nahm die Zweifel, packte sie zu den übrigen in eine dunkle Kiste und schlug den Deckel zu.

Der Sonnabend bewies die Richtigkeit der These von der unendlichen Zeit. Als Jordan pünktlich um 20 Uhr seinen Wagen in der Auffahrt zum Stehen brachte, saß ich seit geschlagenen drei Stunden am Fenster, sozusagen abholbereit. Meine Stimmung entsprach der eines verliebten Teenagers.

Ann vom College sah es mit Unbehagen und zog sich dann in ihren Schmollwinkel zurück.

Misses Goodworth war sogar noch weiter gegangen und hatte mir nach Jordans erstem Besuch ihre Bedenken auseinandergesetzt.

»Damit Sie mich nicht falsch verstehen, meine Liebe«, hatte sie gesagt, »Sie sind jung, und ich gönne Ihnen Ihre Freiheiten. Doch ich muß gestehen, ich schätze es nicht, wenn Mädchen Ihres Alters ... hm, nun ja. Ich will damit sagen, wie leicht man ins Gerede kommt.« Und dann war sie rot geworden, genau wie Mama seinerzeit.

Ich hatte mir nicht die Mühe gemacht, ihre ängstliche Sorge um meinen guten Ruf zu zerstreuen. Daß sie der Ansicht war, ich sei schön genug, um das Objekt männlicher Begierde zu sein, hatte ein Gefühl der Zufriedenheit in mir ausgelöst — allen Kevins dieser Welt zum Trotz —, und als mich Jordan nun mit bewunderndem Blick ansah und nach meiner Hand faßte, verabschiedete ich mich von Misses Goodworth und verließ das Haus in einer Weise, die man nur als »hinausrauschen« bezeichnen konnte.

Chuck wohnte, zusammen mit drei weiteren Kommilitonen, im zweiten Stock eines schmucklosen Gebäudes mitten in der City. Das Apartment gehörte seinem Vater, Harold Vingrave, wie Jordan mir während der Fahrt augenzwinkernd mitteilte.

»Er hat es nicht nötig, sich mit den spartanischen Rattenlöchern abzufinden, die sie uns anderen zumuten«, sagte er.

Schon im Treppenhaus war dröhnende Musik zu hören, und ich fragte mich, warum die Bewohner der unteren Etage diesen Lärm still und ergeben hinnahmen.

Monate später sollte ich erfahren, daß der ehrenwerte Mister Vingrave — ein Vorzeigeamerikaner im Range eines Generals der US Navy — die Räumlichkeiten für seine eigenen Freizeitvergnügen nutzte, die er stets als »Dienstreisen« zu deklarieren verstand, und die das Licht der Öffentlichkeit scheuen mußten wie der Teufel das Weihwasser.

Hätte mir dieses Wissen bereits an jenem Abend zur Verfügung gestanden, hätte ich gewußt, was mit den »golden boys« und ihren Praktiken fast schon zwangsweise einherging, so wäre ich nicht in Jordans Sportcoupé eingestiegen ... oder vielleicht doch. Bestimmt aber hätte ich das, was in dieser Nacht mit mir geschah, zu verhindern gewußt.

So aber ging ich lachend und dumm meinem Waterloo entgegen. Chuck begrüßte mich in seiner überschwenglichen Art und drückte mir ein Glas in die Hand, dessen Inhalt die Farben des Regenbogens nachzeichnete. So etwas hatte ich noch nie gesehen.

»Eine britische Spezialität«, befriedigte Jordan meine offensichtliche Neugier. Dann fügte er lässig hinzu: »Einmal im Jahr zitiert man den armen Chuck heim nach Merry Old England. Dann feiern sie dort eine Art Familientreffen auf irgendeinem öden, zugigen Schloß. Gehört seinem Großvater.«

»Eine gräßliche Sache«, bestätigte der Abstamm englischer Aristokratie. »Aber man lernt auch so allerlei.«

Ich begriff nicht, warum sowohl Jordan als auch Chuck in brüllendes Gelächter ausbrachen, bezog es auf die Rezeptur in meinem Glas und lachte, als wüßte ich ebenfalls und bestens Bescheid.

»Also dann, Cheers!«

Hätte ich in diesem Moment, anstatt die Welterfahrene zu spielen, meine Sinne genutzt, so wäre mir die gespannte Erwartung meines Gastgebers aufgefallen.

Ich tat es nicht, wiederholte »Cheers« und nahm den Schierlingsbecher wie vormals Sokrates.

Das Ende des griechischen Philosophen ist bekannt. Meines war nicht von jener endgültigen tötlichen Konsequenz. Hätte ich jedoch 36 Stunden später die Wahl gehabt, ich glaube, ich wäre ihm freudig ins Nirwana gefolgt.

Ja, hätte ich!!

Die Wirklichkeit sah mich noch immer lachend, trinkend und kosmopolitisch. Annie Darling begrüßte die übrigen Partygäste. Sie kannte jeden von ihnen. Seit exakt einer Woche waren es ihre Freunde. Annie Darling wunderte sich über die Begleiterinnen eben dieser Freunde, denn sie erschienen ihr schrill und vulgär. Gut, daß sich Jordan, ihr Jordan, durch einen weitaus besseren Geschmack auszeichnete.

Die Musik stürzte aus allen Winkeln des Raumes gleichzeitig auf mich ein. Was heißt Musik? In meinen Ohren war es eine Kakophonie, ein disharmonisches Lärmen. Mein Trommelfell rebellierte gegen diese Vergewaltigung, und ich gab ihm voll und ganz recht. Wir schienen allerdings mit unserer Meinung alleinzustehen. Chuck, Jordan und die Übrigen machten den Eindruck, als fühlten sie sich ausgesprochen wohl innerhalb dieses psychodelischen Weltuntergangs.

Und erst die Mädchen. Junge Frauen, wie ich!

Auf der freien Fläche unter dem venezianischen Kronleuchter ließen sie es geschehen, daß ihre Körper dem wilden Rhythmus folgten. Sie tanzten nicht, sie wurden getanzt, steigerten sich in einen Zustand der Ekstase, vergaßen die Welt und am Ende sich selbst.

Die wohlerzogenen College-Boys verfolgten das Schauspiel mit offenkundigem Gefallen. »Zeig mir, was du hast. — Come on, baby, zeig's mir!« Und die Mädchen zeigten es. So eindeutig, so unmißverständlich waren ihre Gesten, daß selbst ich begriff. Es war mir peinlich. Mehr noch. Ich schämte mich für meine Geschlechtsgenossinnen, für das, was sie taten.

Jordan hatte mich völlig vergessen. Er saß auf der Lehne eines Sessels. Leicht vorgebeugt lauschte er dem, was Chuck gerade zu ihm sagte. Aus seiner Reaktion entnahm ich, daß er trotz des Lärms jedes einzelne Wort verstanden hatte.

Ich hingegen drehte mein leeres Glas zwischen den Händen. Entrüstet begann ich mich zu fragen, warum ich überhaupt zu dieser Party eingeladen worden war. Von der Begrüßung abgesehen schien keiner meiner Freunde Wert darauf zu legen, mit mir zu sprechen. Den Mädchen unter dem Kronleuchter ging es nicht anders. Im Gegensatz zu mir jedoch hatten sie auch nicht das Verlangen danach. Aber ich war nicht wie sie! Nichts und niemand hätte mich dazu überreden können, es ihnen gleichzutun, mich derart ordinär zur Schau zu stellen.

»Woran denkst du?« Ohne, daß ich es bemerkt hatte, war Jordan hinter mich getreten.

»Daran, was eure Freundinnen dazu treibt, sich so gehen zu lassen«, antwortete ich wahrheitsgemäß.

»Unsere ... Freundinnen?« Jordan verschluckte sich an unterdrücktem Gelächter, hatte sich aber sofort wieder in der Gewalt.

»Du würdest so etwas niemals tun, hab ich recht?«

»Ganz bestimmt nicht!« Ich bestätigte meine Aussage mit einem energischen Kopfschütteln. »Im übrigen möchte ich jetzt gehen. Bitte, sei so gut und bring mich nach Hause.«

Jordan gab sich überrascht. »Gefällt dir unsere Party am Ende nicht?« Dann plötzlich wandelte sich sein Blick in den Ausdruck schwerster Selbstanklage. »Ich habe dich vernachlässigt, sträflich vernachlässigt. Da schleppe ich dich hierher und überlasse dich dann dir selbst. Asche über mein Haupt! Aber Chuck wollte unbedingt etwas mit mir besprechen. Verzeihst du mir?«

Demütige Hundeaugen flehten um Gnade. Meine Wut schmolz dahin wie Butter in der Sonne.

Augenblicke später saß ich zwischen Chuck und Jordan auf der ledernen Couch. Der Regenbogen in meinem Glas wartete darauf, getrunken zu werden. Richard gesellte sich zu uns. Er bat mich um Hilfe bei der Lösung eines mathematischen Problems.

Das war mein Stichwort, und ich stürzte mich in meinen Samariterdienst, begrub meine Zuhörerschar unter einem Berg von Wissen, war klug und geistreich und fragte keinen Wimpernschlag danach, ob geometrische Berechnungen tatsächlich ein geeignetes Thema für eine Party darstellten.

Chuck erneuerte meinen Regenbogen, und ich registrierte es mit einem dankbaren Lächeln. Die Mädchen unter dem Kronleuchter wurden zur Staffage.

Das Interesse der Elite von morgen galt ausschließlich mir, galt allein Ann vom College, Ann von der Universität.

Und Ann wurde schöner. Mit jedem Satz, den sie sagte. Mit jedem Glas, das sie trank.

Sie sah die grenzenlose Bewunderung der Jungen, die gebannt an ihren Lippen hingen. Sie warf ihre goldschimmernde Haarmähne zurück. Nicht einmal ein mikroskopisch kleiner Pickel beleidigte das Ebenmaß ihres Gesichtes. Ihre Augen glänzten wie zwei jadegrüne Bergseen.

Immer geistreicher, immer klüger wurden ihre

Monologe. Die Zuhörerschaft verdoppelte, verdreifachte sich. Richards Zwillingsbrüder waren gekommen, ebenso die von Chuck und Jordan. Und dann stürzte Ann ins Nichts, in ein dunkles schwarzes Loch, tiefer und tiefer. Sie überschlug sich, hielt die Arme schützend vor das Gesicht, als sie gegen die Stahlwände des Tunnels prallte. Das Echo des Schmerzes durchlief ihren Körper in Wellen und konzentrierte sich schließlich in ihrem Gehirn zu einer Eisenkugel, die alles daransetzte, ihre Schädeldecke zu durchschlagen.

## 10

Stunden später.

Grelles Sonnenlicht peinigte meine Augen, obwohl ich die Lider geschlossen hielt. Meine Kehle brannte wie Feuer, und als ich zu schlucken versuchte, stellte ich fest, daß sich meine Zunge in eine faulige, wabbernde Masse verwandelt hatte.

Mir war nicht schlecht, mir war auch nicht elend. Mir war übel. Um es ganz präzise auszudrücken: kotzübel.

Ich stemmte die Ellenbogen in die Kissen und richtete mich auf. Nachdem ich das Milchglas vor meinen Augen entfernt hatte, erkannte ich meine Umgebung. Es war mein Zimmer am Bedford-Square, und ich lag vollständig angekleidet auf dem Bett. Nur meine Schuhe standen fein säuberlich neben meinem Nachttisch.

Ich vergeudete einige Minuten damit, mich zu fragen, wann und vor allen Dingen wie ich hierher gekommen war.

Bald jedoch mußte ich mir die Hoffnungslosigkeit meiner Bemühungen eingestehen und entschloß mich dazu, meinem Körper eine andere, nicht minder schwere Aufgabe abzuverlangen.

Nach mehreren Versuchen gelang es mir tatsächlich, mich auf die Bettkante zu setzen. Schwindel erfaßte mich. Mein Zimmer startete zu einer Karussellfahrt. Ich mußte mich am Holzrahmen festhalten, um nicht aus der Gondel zu fallen.

Als es klopfte, reagierte ich nicht darauf. Das Öffnen der Tür jedoch brachte mein Karussell mit kreischenden Bremsen zum Stehen.

Misses Goodworth trat ein, kam auf mich zu und baute sich vor mir auf. Ihr besorgtes Kopfschütteln beantwortete ich mit einem verständnislosen Blick und einem würgenden Geräusch, das sie veranlaßte, in Panik aus dem Zimmer zu rennen und umgehend mit einer Plastikschüssel zurückzukehren.

Ich erbrach mich. Hustete und spuckte, bis mein Magen auch den letzten Tropfen seines Inhaltes herausgegeben hatte.

Wortlos ergriff Misses Goodworth nach der ekligen Schüssel, stellte sie beiseite und half mir dann auf den endlosen Meilen zum Bad. Ich spülte mir die Tränen aus dem Gesicht, bis meine Haut brannte und putzte mir die Zähne, putzte sie ein zweites und ein drittes Mal. Ganz allmählich begann sich der Schwamm in meinem Mund in meine altvertraute Zunge zurückzuverwandeln. Auch der widerliche Geschmack verschwand. Die Eisenkugel in meinem Gehirn war zu einem stählernen Band geworden, das meinen Kopf umschloß und nun von außen versuchte, sein zerstörerisches Werk zu vollenden.

Ich ließ mich in den Sessel fallen, in dem mich Jordan vor ewigen Zeiten um Vergebung gebeten hatte.

Misses Goodworth hatte eine Kanne mit Kaffee auf den Tisch gestellt, dazu zwei Tassen aus hauchfeinem Porzellan.

Noch immer sprach sie kein Wort. Nun setzte sie sich mir gegenüber, und allein, wie sie es tat, ließ keinen Zweifel daran, daß sie ebenso Aufklärung verlangte über die Ereignisse der vergangenen Nacht wie ich selbst.

»Ich bin enttäuscht von Ihnen, Ann«, hörte ich sie sagen, nachdem wir gut zehn Minuten damit verbracht hatten, uns anzuschweigen.

»Sie wollten nicht auf meine Warnung hören. Nun sehen Sie, was dabei herausgekommen ist. Die Kontrolle derart zu verlieren! Das hätte ich nie von Ihnen gedacht. Und mit dieser Meinung stehe ich keinesfalls allein. Die beiden jungen Damen, die Sie hergebracht haben, waren mindestens genau so entsetzt wie ich.«

Schemenhaft tauchte die Vision grellgeschminkter Mädchen unter einem Kronleuchter vor mir auf.

»Junge Damen?« wiederholte ich, nicht gerade sehr geistreich.

»Die Schwestern zweier Ihrer Studienkollegen. Sie waren ausgesprochen zurückhaltend mit dem, was sie mir anvertrauten, und Ihnen, meine Liebe, bleibt zu hoffen, daß sie es auch weiterhin sein werden.«

Mein Gehirn schien zu spüren, daß dies der falsche Moment war, um sich wegen eines simplen Stahlbandes hinter stumpfer Apathie zu verschanzen. Es beschloß zu funktionieren und als erstes der Frage auf den Grund zu gehen, durch welche Art von Fehlverhalten Ann sich die zornige Empörung der »jungen Damen« zugezogen hatte.

»Ich kann mir nicht vorstellen, daß sie mich so genau beobachtet haben«, sagte ich bestimmt und mit erstaunlich sicherer Stimme. »Sie und ihre Freundinnen haben den ganzen Abend damit verbracht, nach einer Musik zu tanzen, die ebenso laut wie gräßlich war.«

»Ja, es wurde getanzt auf der Party. Das weiß ich bereits, und ich weiß auch, daß Sie, Ann, keinen Hehl aus Ihrer Abneigung gemacht haben und das nur, weil keiner der jungen Herren Sie aufgefordert hat.« Misses Goodworth erschauerte vor dem Bild, das ganz offensichtlich ihre Phantasie beherrschte. »Ich kann ja verstehen, daß Sie unglücklich waren darüber, daß Sie das Gefühl hatten, neidisch sein zu müssen. Aber daß Sie sich deswegen betrinken, den ... den jungen Herren in aufdringlichster Form Avancen machen, sich ihnen geradezu an den Hals werfen und schließlich sogar die Besinnung verlieren; nein, meine Liebe! Ein solches Benehmen ist unter aller Kritik.«

Ich war wie vor den Kopf geschlagen. Ich, Ann Griffith, sollte einen Mann um Sex angewinselt haben? Allein der Gedanke daran war zu absurd, um wütend darüber zu sein. Es war zum Lachen, und genau das tat ich. Ich lachte, bis mir die Tränen über die Wangen liefen; doch schon in diesen Augenblicken hysterischer

Fröhlichkeit beschlich mich Mißtrauen, die mäusegraue Angst, daß mehr hinter diesem fatalen Abend steckte, als der Wunsch einiger Jungen, die schöne, kluge Ann willenlos betrunken zu sehen.

Vordergründig aber war ein bedeutend realeres Problem zu lösen. Ich brauchte Misses Goodworth nur anzusehen, um zu erkennen, daß sie bereits jetzt erwog, meinem Bleiben in ihrem Haus ein Ende zu setzen. Ich glaube nicht, daß ich zu jenem Zeitpunkt erwähnenswerte Menschenkenntnis besaß, und doch erahnte ich, daß es für mich nur einen Weg geben konnte: den der demütigen Entschuldigung und des feierlichen Versprechens, von nun an den Alkohol zu meiden und brav und ergeben auf die Ratschläge zu hören, mit denen mein selbsternannter Mentor mich von nun an leiten würde.

―――――――――― **11** ――――――――――

Für das, was am folgenden Tag geschah, also 36 Stunden, nachdem ich zum ersten Mal von Chuck Vingraves Regenbogengift gekostet hatte, ist es leider notwendig, das Rad der — besser, dieser — Geschichte um einige Wochen zurückzudrehen, zu den Anfängen meiner Bostoner Zeit.

Professor Bainbridge hielt sich an das, was er mir zum Abschluß in seinem Büro gesagt hatte: »Willkommen in Boston.«

Trotzdem hatte ich der ersten seiner Vorlesungen mit gemischten Gefühlen entgegen gesehen.

Eine kurze Begrüßung, ein knapper Abriß des Bauwesens im allgemeinen, dann aber war er sehr schnell zu seinem Spezialgebiet übergegangen und hatte uns in boshaftem Telegrammstil um die Ohren geschlagen, was uns in puncto Statistik unter seinem Patronat bevorstand.

Am Ende war die Betroffenheit selbst bei Jordan & Co. zu spüren gewesen. Auch mir ging es nicht anders.

Statik und alles, was damit zusammenhängt, ist zweifelsfrei eine der Grundfesten, auf die sich das Studium des »constructional engineer« gründet. Aber dann waren da noch Konstruktion, Mathematik, Bauverfahrenstechnik, um nur einige weitere Fächer zu nennen.

Sollten sich diese in ihren Anforderungen als ebenso brutal erweisen, so sah ich beim besten Willen keine Möglichkeit, diesen Stoff auch nur annähernd zu bewältigen.

Dabei hatte gerade ich kein Recht auf solch negative Gedanken. Es gab die Mitglieder des Gremiums, die mir das Studium ermöglicht hatten, Professor Bainbridge, den ich mit meiner geharnischten Antrittsrede überzeugt hatte und schließlich und als erste ich selbst: Ann von der Universität.

Ich mußte und würde es schaffen!

Unterstützung seitens der Dozenten bekam ich nicht, und ich hatte sie auch nicht erwartet.

Ich spürte statt dessen ablehnende Skepsis, sagte mir aber, daß ich weder Lust noch Zeit hatte, mich darum zu kümmern. In einem Fachbereich jedoch erlebte ich ein Wunder.

Rechtslehre hieß das Zauberwort, und die Dozentin

Dr. Joan Tomansky. Ihr Gebiet war im Konzert der »Großen« eher eine Nebensache, ein lästiges Übel, das zu ertragen man gezwungen war. Dr. Tomansky aber verstand es, die trockenen Paragraphen, die endlosen Abhandlungen über Gewährleistungspflicht, Personalrecht und ähnlich langweilige Themen so darzustellen, daß sie lebten. Ich war fasziniert. Ich war geblendet.

Allein das äußere Erscheinungsbild dieser Frau war ein Erlebnis. Großgewachsen — tatsächlich überragte sie selbst Professor Bainbridge um Haupteslänge — dachte sie nicht im Traum daran, ihre schlanke Gestalt im dezenten Dunkel eines traditionellen Leinenkostüms zu verstecken.

Dr. Tomansky liebte die Farben, kräftige, ausdrucksstarke Farben. Strahlendes Blau, ein Gelb, gegen das der Schein der Sonne nichts war als ein müdes Leuchten, und ein sattes warmes Grün zählten zu ihren Favoriten. Diese Farben dominierten in ihrer Garderobe, und der Fundus schien unerschöpflich. Selten habe ich ein Kleidungsstück mehr als einmal an ihr gesehen.

Später sollte ich erfahren, daß nicht ein überdimensionaler Kleiderschrank, sondern die Kunst der Kombination dafür verantwortlich war.

Damals starrte ich sie an wie ein Weltwunder, wann immer ich ihrer tizianroten Lockenmähne ansichtig wurde.

Ich verfolgte sie mit meinen Blicken, wenn sie auf schwindelerregend hohen Bleistiftabsätzen den Gang hinunterschwebte.

Wenn sie sprach, wagte ich kaum zu atmen, aus

Angst, eines der lebenswichtigen Worte zu überhören, die ihre tiefrot geschminkten Lippen formten. Ihre Augen unter dem dichten Kranz schwarzgetuschter Wimpern waren von mystisch goldenem Braun.

Nie war ich einer solchen Frau, einem solchen Menschen begegnet. Dr. Tomansky hatte es nicht nötig, sich irgendwo und vor irgendwem zu verstecken. Sie legte es förmlich darauf an, im Mittelpunkt zu stehen. Selbst ihre laute Art zu sprechen machte deutlich, daß sie — erstens — nicht die Absicht hatte, auch nur eine Silbe zu wiederholen und — zweitens — immer bereit war, zu dem zu stehen, was sie gesagt hatte.

Eine Maus, gleich welcher Farbe, hatte keine Chance bei dieser Frau.

Ich verehrte Dr. Tomansky, betete sie förmlich an und wünschte mir nichts sehnlicher, als irgendwann einmal so zu sein wie sie.

Als ich nun im Schlamm meines Elends zu versinken drohte, stellte ich mir vor, wie Joan Tomansky sich an meiner Stelle verhalten würde. Leider wurde mir im selben Moment bewußt, daß meine Göttin sich niemals einfältig und dumm in eine solche Situation gebracht hätte.

Die Nacht zum Montag verbrachte ich in der Hölle.

Wäre meine Geschichte zur Zeit des Mittelalters angesiedelt, so könnte ich nun mit Fug und Recht behaupten, händeringend in meinem Verlies auf und ab gegangen zu sein.

Nun. Ich war in keinem Verlies, und ich rang auch nicht die Hände. Ich saß ganz still auf meinem Bett und befaßte mich ernsthaft mit dem Gedanken, mir das Leben zu nehmen.

## 12

Am nächsten Morgen schlich ich durch die Straßen, erreichte das Gelände der Universität, holte tief Luft und rannte dann quer über den Rasen auf die Gebäude zu, ohne auch nur ein einziges Mal stehenzubleiben.

Mit gesenktem Blick quetschte ich mich auf meinen angestammten Platz im Hörsaal. Dr. Arnold Peachtree würde über geologische Besonderheiten referieren und ihre Bedeutung in Verbindung mit dem Errichten freitragender Bauwerke.

Dr. Peachtree galt als Kapazität. Dessen war er sich voll und ganz bewußt. Der ihm vor Urzeiten übertragene Lehrstuhl war Inhalt seines Lebens, und die Verantwortung, das Pflichtbewußtsein, vor allen Dingen aber die Wahrung der Tradition Sinn und Zweck seines Wirkens.

Unnötig zu erwähnen, welche Haltung er mir gegenüber einnahm. Dr. Peachtree haßte mich. Nicht persönlich, aber als Frau, als Fremdkörper an »seiner« Universität.

Als Professor Bainbridges liberale Einstellung mir gegenüber bekannt wurde, entschloß er sich zu einer Privatfehde, zu einem heiligen Krieg, in dem ich die Ungläubige war, die es zu vernichten galt. Den Kreuzrittern gleich war auch Dr. Peachtree jedes Mittel recht. Er dachte nicht daran, aus seiner Abneigung ein Geheimnis zu machen. Und nun hatte ich irgend etwas Schmutziges getan, und dies würde Wasser sein auf den Mühlen seiner Aversion. Die phantastische Chance für Jordan und seine Gesinnungsgenossen, ihre Rache an mir mit einem weiteren Höhepunkt zu krönen.

Ich war überzeugt davon, daß sie in »ehrlicher Entrüstung« Peachtree bereits informiert hatten, und nur die müde Apathie der Hoffnungslosigkeit hielt mich an meinem Platz. Ich sah die feixenden Blicke, fühlte die spannungsgeladene Atmosphäre. Selbst Jordan machte sich nicht die geringste Mühe, seine ironische Heiterkeit zu verbergen.

Die Tür öffnete sich, und Joan Tomansky ging mit energischen Schritten zum Pult.

»Dr. Peachtree ist erkrankt und wird seine Vorlesung zu einem späteren Termin nachholen.

Sie werden also das Vergnügen haben, statt geologischen, juristischen Problemen Ihre Aufmerksamkeit schenken zu dürfen.«

Niemand lachte. Spannung wich knisternder Nervosität.

Chuck, drei Reihen vor mir, sprang auf und hastete die Stufen hinunter auf das Pult zu.

Dr. Tomansky zog die Augenbrauen hoch.

»Nun, Vingrave? Wie darf ich das verstehen? Als Attentat oder als Heiratsantrag?«

»Da ... da ... da liegt ein Umschlag. Ein grauer Umschlag. Ich habe ihn liegenlassen. Versehentlich.«

Chuck streckte die Hand aus. Zu spät. Rot lackierte Fingernägel hielten das Corpus delicti in die Höhe. Goldbraune Augen betrachteten es prüfend.

»Darf ich wissen, warum Sie Ihr Eigentum hier vorn auf diesem Pult deponieren?«

»Ich ... ich sagte doch. Es war ein Versehen.« Flehentliche Hilferufe seiner Blicke blieben unbeantwortet. Es war, als hätte er aufgehört zu existieren. Jordan und Geoffrey blickten durch ihn hindurch. Ihre Gesichter waren erstarrt zu den völlig ausdruckslosen Masken smarter Jungs aus gutem Hause.

Auch ich saß ganz ruhig da. Was immer dieser Umschlag enthielt, es hatte mit mir zu tun.

Wie um meine Gedanken zu bestätigen, entzifferte in diesem Moment eine laute Stimme den Namen, der quer über das Papier geschrieben stand.

»Dr. Arnold Peachtree. Wenn ich es richtig verstehe, ist er der Empfänger dieser Sendung. Seltsam. Finden Sie nicht auch? Ich war immer der Überzeugung, daß unsere hausinterne Zustellung reibungslos funktioniert.«

»Ich dachte, so erhält er ihn am schnellsten«, lautete die flügellahme Antwort.

»Und nun sind Sie Opfer Ihres eigenen Mißtrauens gegen eine simple Einrichtung wie unseren Postdienst geworden. Eines Tages werden Sie in Ihrem Beruf nicht umhinkommen, grenzüberschreitende Kommunikationstechniken anzuwenden. Sie sollten sich bereits jetzt und im kleinen daran üben. Die Zeiten der reitenden Boten und der Brieftaube sind doch nun wirklich vorbei.«

Bei diesen Worten ließ Dr. Tomansky den Brief in ihrem Aktenkoffer verschwinden. In der Stille glich das Geräusch der zuschnappenden Schlösser dem Knall einer Explosion.

»Da dieses Schreiben so wichtig zu sein scheint, Vingrave, werde ich für Sie den Postillion spielen und es persönlich meinem Kollegen überbringen. Wie Sie vielleicht wissen, wohnen wir nur wenige Häuser voneinander entfernt. Es macht mir also nichts aus. Und nun wollen wir uns dem eigentlichen Grund unseres Hierseins widmen.«

Chuck glich einem geprügelten Hund. Winselnd und jaulend lief er zu seinem Platz und fixierte von dort aus den Koffer, der seinen Knochen enthielt.

Die Vorlesung begann.

Ich erwähnte bereits, daß alles, was Dr. Tomansky zu sagen hatte, meiner schrankenlosen Aufmerksamkeit sicher war. Heute jedoch gelang es mir nicht, mich gebührend zu konzentrieren.

Genau wie Chuck starrte ich auf den Koffer. Mein Sitzplatz verwandelte sich in einen Berg glühender Kohlen.

Kurz vor dem Ende des Referats hielt ich es nicht mehr aus und verließ den Hörsaal. Natürlich hatten alle es bemerkt, daran bestand kein Zweifel, aber das war in dieser Situation für mich absolut zweitrangig. Ich mußte diesen elenden Briefumschlag in die Hände bekommen, mußte wissen, was darin über mich geschrieben stand.

---

## 13

Ich eilte durch die Gänge, die Treppen hinunter und erreichte den Ausgang, durch den die Dozenten den Hörsaal verließen, in einem Zustand keuchender Auflösung. So fand mich Dr. Tomansky, als sie wenige Minuten später die Tür öffnete.

Unter dem Röntgenblick ihrer Augen brachen meine mühsam zusammengezimmerten Erklärungsversuche zusammen, und ich heulte los wie ein kleines Kind.

»Geben Sie mir den Brief, Bitte! Ich muß wissen, was drinsteht.«

»Das einzige, was du tun mußt, ist, dich durch Tränen nicht noch häßlicher zu machen, als du ohnehin schon bist.«

Jedes einzelne dieser Worte war eine Kugel. Keine von ihnen verfehlte ihr Ziel. Als ich zerfetzt und tot am Boden lag, bückte sich Dr. Tomansky, klaubte auf, was von Ann Griffith übriggeblieben war und setzte es in liebevoller Sensibilität wieder zusammen.

»Putz dir die Nase und dann komm! Ich weiß ein Café, ganz in der Nähe. Dort können wir ungestört miteinander reden.«

Ich versicherte mich, daß jeder meiner Knochen an seinen angestammten Platz zurückgelangt war, und gehorchte.

Eine gute halbe Stunde später saßen wir uns bei »Henry's« in einer der Nischen gegenüber.

Dr. Tomansky bestellte zwei Espresso und ließ dann die Schlösser ihres Aktenkoffers auffedern. Zu meiner Verzweiflung aber holte sie nicht den elendigen Umschlag hervor, sondern eine Packung Zigaretten und Streichhölzer.

»Rauchst du?«

Ich verneinte und beobachtete fasziniert, wie das Streichholz zwischen ihren Fingern den Tabak der schwarzen Zigarette in Brand setzte. Rote Lippen formten sich zu einem Kreis und hielten das goldfarbene Mundstück.

»Was glaubst du, enthält dieser Umschlag? Nur irgendein Pamphlet oder noch mehr ... Fotos?«

»Woher ...? Wieso ...?«

Dr. Tomansky blickte dem Rauch ihrer Zigarette nach und meinte gedankenvoll: »Ich bin der Ansicht, es ist allerhöchste Zeit, daß dir jemand die Augen öffnet. Und ich denke, ich sollte diejenige sein.«

Und dann begann sie, von mir zu sprechen. Erbarmungslos und ohne Gnade zerrte sie mich vor mein Spiegelbild und – glauben Sie mir – es war alles andere als angenehm.

»Nach Ansicht der hochverdienten Mitglieder unseres Gremiums bist du, was deine Intelligenz betrifft, ein Diamant reinsten Wassers. Warum, zum Teufel, benutzt du sie nicht?

Du bist hierher gekommen, um deine Karriere zu starten. Karriere, hörst du!?

Aber es wird dir nie gelingen, es sei denn, du beabsichtigst, dein Leben in irgendeinem Labor zu fristen, oder damit, daß du mit deinem Wissen endlos langweilige Bücher füllst, die niemand jemals lesen wird.

Wenn das dein Traumziel ist, dann sag es mir. Ich verschwende nicht gern meine Zeit!«

Kampflustig funkelte sie mich an, und ich konnte mich des Verdachtes nicht erwehren, daß sie aufspringen und mich mit ihren glänzend roten Nägeln erneut in Stücke reißen würde, sollte ich es wagen, die falsche Antwort zu geben.

Seltsamerweise hatte Annie aus Swift Current samt ihrer treuen Begleiterin, der Maus, in diesem Moment keine Chance bei mir. Ann von der Universität jedoch stand tränenüberströmt vor den Scherben ihres eigenen Ichs, das nie etwas anderes gewesen war als eine Illusion, ein Wunschbild.

Ich fühlte mich verlassen ohne die beiden, war weder Fisch noch Fleisch, war nackt, ohne den schützenden Mantel einer Rolle, hinter der ich mich verstecken konnte.

Dr. Tomansky wartete noch immer auf eine Antwort, und ich krächzte »Nein«.

Ein anerkennendes Lächeln belohnte mich. »Tapferes Mädchen! Und nun wollen wir herausfinden, was du eigentlich willst. Erzähl' mir deine Geschichte.«

Wie Sie bereits wissen, war Annie ein scheues, in sich gekehrtes Wesen. Ann hingegen war bis an die Zähne mit Abwehr bewaffnet und hatte gerade den ersten Versuch der Abrüstung teuer bezahlt. Beiden war ihre Existenzberechtigung genommen worden, und die Ann Griffith, die übrigblieb, begann tatsächlich, vor einer Frau, die sie bewunderte, verehrte und absolut nicht kannte; von der sie ungefragt mit »du« angeredet wurde, ihr bisheriges Leben auszubreiten. Sie ließ nichts aus. Weder Sterin noch Marvin Gates, weder Miss Stockwell noch Daddy, ihren Vater. Auch Kevin fand Erwähnung. Dann begann sie, von Jordan, Chuck und den übrigen zu sprechen.

An diesem Punkt richtete sich Dr. Tomansky auf und unterbrach mich mit einem energischen »Stopp!«.

Ich gehorchte verwirrt, nahm einen Schluck von meinem Espresso und verbrannte mir prompt den Mund.

Dr. Tomansky beobachtete, wie ich schmerzhaft das Gesicht verzog und die Tasse hastig zurückstellte. Dann nickte sie.

»Siehst du. Genau das ist dein Fehler. Du bist viel zu sehr mit dir selbst beschäftigt um zu bemerken, was direkt vor deinen Augen passiert. Du hättest wissen müssen, daß dieser Kaffee glühend heiß ist. Jetzt hast du dich verbrannt, wunderst dich darüber, bist am Ende verärgert, wirst demzufolge nie wieder einen Espresso trinken und statt dessen wieder das lauwarme Gebräu, das du dir selbst zubereitest.

Du hast immer nur dich selbst gesehen, aber du hast dir nie die Mühe gemacht, deine Wirkung auf andere zu analysieren.

Warum, glaubst du, haben — wie hieß er doch? Ja, richtig. Marvin. — Also warum haben Marvin und die anderen Jungen aus dem Dorf ausgerechnet dich und nicht etwa Sterrin zur Zielscheibe ihrer Gemeinheiten gemacht?

Ich will es dir sagen. Weil du es ihnen gestattet hast! Mag sein, der Anlaß war, daß sie nicht bei dir abschreiben durften. Du hast nein gesagt, und das war dein gutes Recht.

Die Ursache aber war ganz etwas anderes. Wer hat die größeren Chancen, schikaniert zu werden? Ein schönes Mädchen oder ein häßliches? Du bist nicht häßlich, Ann, aber du machst dich dazu. Sieh' dich doch an!

Deine Haare sind keine Haare, es sind Strähnen, noch dazu fettige Strähnen. Dein Gesicht, entschuldige bitte, ist ganz einfach ungepflegt. Und dann die Sachen, die du trägst ... dabei hast du einen wundervollen Körper, davon bin ich überzeugt.«

Sekundenlang blickten Dr. Tomanskys Augen wie die einer Sphynx. Der Katzenausdruck verschwand, als sie fortfuhr, aber ich werde ihn niemals vergessen.

»Du machst einen unansehnlichen Dorftrampel aus dir. Das wirklich Schlimme daran aber ist, daß du diese Tatsache sehr wohl kennst und nichts tust, um sie zu ändern. Du weißt, daß deine Unsicherheit daraus resultiert, und selbst das nimmst du als gegeben hin. Du bist stolz auf all das, trägst es wie einen Schutzschild vor dir her und bildest dir ein, daß schnippische Antworten Kämpfen bedeutet.

Deine einzige wirkliche Reaktion ist der Neid auf Mädchen wie Sterrin.«

Dr. Tomansky beugte sich vor, und ich spürte die beruhigende Kühle ihrer Hände auf meiner Haut.

»Ein gesunder Geist in einem gesunden Körper. Du kennst diesen Satz, und glaub mir, er ist wahr. Nur wenn du dich wohlfühlst, so, wie du bist, kannst du das erreichen, was du dir vorgenommen hast.«

Sie lachte, und wieder war ich hypnotisiert vom Blick der Sphynx.

»Etwas Make-up und Haarshampoo machen noch keinen neuen Menschen aus dir. Ich will dir auch nicht einreden, daß Figur und Aussehen eines Mannequins die Schlüssel sind zu Karriere und Erfolg. Was dir fehlt, ist Selbstbewußtsein, das Wissen um die eigene Kraft. Es gibt nur einen Menschen, der an dich glauben muß. Und das bist du selbst.

Aber wie kannst du das, wenn du in den Spiegel blickst? Du belügst dich, wenn du meinst, jenes altjüngferliche Wesen wird sein Ziel erreichen, und zwar auch dann, wenn es so bleibt wie es ist.«

Ich versuchte, die Argumente, die wie Irrlichter durch mein Gehirn zuckten, festzuhalten. Es waren Tausende, und alle widersprachen dem, was ich zu hören bekommen hatte. Doch es wollte mir nicht gelingen. Schließlich nahm ich ein Netz, fing hundert oder mehr von ihnen ein und preßte sie in einen einzigen hilflosen Satz. »Ich habe es ja versucht.«

»Und das Resultat dieser Bruchlandung werden wir in dem Umschlag zu sehen bekommen, den Vingrave so verzweifelt an sich bringen wollte.«

Dr. Tomansky öffnete ihren Koffer ein zweites Mal. Abwägend hielt sie den Brief in der Hand.

»Ich beobachte deinen aussichtslosen Kampf gegen dich und gegen den Rest der Welt nun schon eine ganze Weile. Daher weiß ich auch von den Fotos, die sie von dir gemacht haben. Ich wollte nichts dagegen unternehmen, weil ich hoffte, du würdest dich an deinen eigenen Haaren aus dem Schmutz ziehen. Leider habe ich mich in dir getäuscht. Aber nun wollen wir uns das Ergebnis betrachten.«

Sie schüttelte den Umschlag und eine Fotografie flatterte auf das Tischtuch.

Ich schloß die Augen und wandte mich ab. Ich glaube, ich habe am ganzen Körper gezittert. Mag sein, daß ich weinte. Ich wollte nichts als tot sein. Dr. Tomanskys Stimme zwang mich, am Leben zu bleiben.

»Ich habe es gewußt, Ann. Du bist schön, einfach schön. Sieh dir das Bild an, und dann entscheide, ob Chuck und mit ihm all die anderen Männer dieser Welt ein weiteres Mal über dich siegen werden, oder ob du endlich beginnen wirst zu kämpfen.«

Ich öffnete blinzelnd die Augen. Kein Tränenschleier verhüllte gnädig, was ich sah.

Das Mädchen lag in lasziver Pose auf der Ledercouch; das war nicht ich, das war Annie Darling. Sie hielt den Blick gesenkt. Ein betrunkenes Grinsen lag um ihre geöffneten Lippen. Die rechte Hand hatte das Spitzenoberteil hochgeschoben und liebkoste die nackte Brust. Mit gespreizten Beinen lag sie da, Annie Darling, stützte einen Fuß gegen die Polster, weltentrückt, jenseits der Zeiten, grenzenlos naiv und dumm. Der Reißverschluß der Jeans war heruntergezogen. Irgend jemand mußte ihr diese Arbeit abgenommen haben. Sie selbst wäre unmöglich dazu imstande gewesen, doch ihre Hand hatte den Weg gefunden und verlor sich in dem Flaum zwischen ihren Schenkeln. Deutlich hörte ich sie stöhnen, sah, wie sie sich selbst manipulierte. Am Gipfel, am Höhepunkt würde sie schreien, schreien wie ein Tier, dabei die glasigen Augen weit aufreißen und verbrennen im Fegefeuer ihrer selbstverliebten Eitelkeit.

»Du findest dich häßlich. Du wendest dich ab von einem Bild, das dir pervers erscheint.«

Ich hörte Dr. Tomanskys Stimme und spürte nach wie vor den befehlenden, heilsamen Druck ihrer Hände. Die Flamme meiner Willenskraft flackerte im aufkommenden Sturm und erlosch.

»Und ich sage dir: es ist ein gutes Bild und ein schönes Bild. Sein einziger Makel besteht darin, daß du dich dir selbst und deinen Gefühlen hingegeben hast, ohne es zu wissen, daß es unkontrolliert geschah.«

»Aber dieses Foto! Sie werden Abzüge davon haben. Sie werden es jedem zeigen. Sie werden mich zum Gespött von ganz Boston machen. Wenn Professor Bainbridge davon erfährt ...«

Die Hände der Sphinx schlossen sich und wurden zu Stahlklammern, aus denen es kein Entrinnen gab.

»Begreifst du denn nicht? Es ist deine Chance! Es liegt an dir, an dir allein.«

»Aber was soll ich denn tun?« Der Nebel der Verzweiflung, in dem ich herumirrte, und der sehr reale Schmerz meiner Hände in ihrem Gefängnis ließen meine Stimme zittern.

»Arbeite an dir. Mach dein Äußeres zu einer Festung, die von keiner Kritik, keinem Spott bezwungen werden kann.

Sie haben dich als Nymphomanin gezeigt, um darüber zu lachen. Sei es, und sie werden dich bewundern.

Nimm deine schnippische Abwehr, wirf sie in den nächsten Müllcontainer, den du finden kannst, und ersetze sie durch Stolz, Offenheit und Selbstbewußtsein.

Das ist das Ego, welches ich an dir sehen will. Es steht dir zu, es wartet auf dich. Du mußt es dir nehmen und zu eigen machen, und zwar jetzt. Denn glaub mir eines. Das, was du bis zum heutigen Tag erlebt hast, ist nichts gegen die eiskalte Wirklichkeit jenseits der Schulmauern. Und wenn du erst dort draußen bist, Ann Griffith, wird es zu spät sein, und du wirst untergehen, noch ehe du es überhaupt bemerkst.«

Glocken läuteten in der Weite des Universums und verkündeten die Geburt von Ann Griffith. Sie erblickte das Licht der Welt an einem nebligen Montagmorgen in einer der Nischen bei »Henry's«. Dr. Joan Tomansky fungierte als Hebamme, Taufpate und Priester in einer Person, und sie würde dafür Sorge tragen, ihr Patenkind perfekt und makellos ins Leben zu entlassen.

»Casablanca«. Ich hoffe, dieser Film — nein! — dieses Meisterwerk ist Ihnen ein Begriff. Wenn nicht, sollten Sie dieses Erlebnis schnellstens nachholen.

Wenn ja, erinnern Sie sich garantiert an die Schlußszene auf dem regenverhangenen Flugplatz. »Bist du bereit, Ilsa?« — »Ja. Ich bin bereit.«

Nun. Ich besitze nicht die Unverschämtheit, mich mit Ingrid Bergmann vergleichen zu wollen. Doch wie die Ilsa Lund, die sie in diesem Film verkörpert, traf auch ich in diesen Sekunden eine Entscheidung, welche den Weg auf der Landkarte meines Lebens vorzeichnete und unverrückbar fixierte.

»Ja. Ich bin bereit.«

Ob Sie es glauben oder nicht, ich habe diese Worte in diesem Moment tatsächlich gesagt.

Meine Patin, die Sphinx, sah mich an. Dann nickte sie.

»Sag' Joan zu mir. Und nun komm. Wir haben viel nachzuholen.«

Wir verließen »Henry's« allerdings nicht, um an die Universität zurückzukehren. Auch die folgenden Tage sahen uns weder auf dem Campus noch in einem der Hörsäle.

## 14

Das Wochenende glich für mich einem Count-down zum Flug ins All. Am Montagmorgen waren alle Startvorbereitungen getroffen.

Der Zufall wollte es, daß Dr. Peachtree denselben

Zeitpunkt gewählt hatte, um seine Arbeit wieder aufzunehmen.

So kam er in den Genuß des Privilegs, als erster der Studentin Ann Griffith gegenüberzustehen.

Es geschah auf dem Flur, direkt vor der Tür zu Hörsaal Nr. 5. Dem strahlenden »Guten Morgen, Sir« hatte Peachtree nichts entgegenzusetzen, als einen irritiert verständnislosen Blick.

Ich konnte es ihm nachfühlen, stand ich mir doch selbst wie eine Fremde gegenüber. Noch war jeder unvorhergesehene Zwischenfall in der Lage, das Spiegelmuster meines Kaleidoskops zum Einsturz zu bringen. Diese Sorge sollte sich schon bald als unbegründet erweisen, denn Joan hatte ganze Arbeit an mir geleistet. Jeder meiner Sinne, mein ganzer Körper befolgte die Verhaltensmaßregel, mit denen sie mich programmiert hatte, bis in die allerletzte Konsequenz.

»Es freut mich, Sir, daß Sie sich so schnell erholt haben«, hörte ich mich sagen, und der Tonfall meiner Stimme überließ es Dr. Peachtree zu entscheiden, ob ich damit seine überstandene Krankheit oder den Anblick der neuen Ann Griffith gemeint hatte.

Da ich überzeugt bin, daß auch Sie bereits in atemloser Spannung darauf warten, bleibt mir nichts, als den Schleier zu lüften.

Die gelben Strähnen waren im Studio von Jaques Delors zu einer mahagonifarbenen Pagenfrisur geworden. Sie hingen nicht mehr um meinen Kopf, sondern umrahmten mein Gesicht, dem Joans erfahrene Hände ein Ebenmaß verliehen hatten, um das mich selbst eine Sterrin beneidet hätte.

Meine gesamte Kleidung stand, in Plastiksäcke verpackt, in Joans Garage und wartete darauf, von irgendeiner karitativen Einrichtung abgeholt zu werden.

Ich hatte es gewagt zu protestieren, als Joan, wie selbstverständlich, ihre Kreditkarte dazu verwendete, mir ein neues Outfit zu verleihen.

Ein katherogisches »Du wirst es mir zurückzahlen« beendete die Diskussion, und nun besaß ich genau die Art Garderobe, die Jennifer Cavilleri zum Idol und Vorbild unserer Generation gemacht hatte.

Zufrieden? Dann bitte ich Sie, mir in den Hörsaal zu folgen.

Ziehen Sie die Tür leise hinter sich zu. – Leise! habe ich gesagt. – Und nun genießen Sie den Anblick einer Herde von einfältig glotzenden Jungen, deren Gesichtsausdruck sich allmählich und je nach Veranlagung in ungläubiges Erstaunen oder dunkelrote Verlegenheit wandelt.

Dr. Peachtree betrat das Podium. Auch er schien seinen Schock noch nicht ganz überwunden zu haben.

Ich werde es nie erfahren, aber bis heute interessiert es mich brennend, ob er je das Bild vom Schwanengesang der Annie Darling zu Gesicht bekommen hat.

Diese Vorlesung war der Auftakt meiner Lehrzeit. Sie sollte sich bis zum Ende des Semesters hinziehen, und sie war nicht frei von Rückschlägen. Joan war und blieb unerbittlich. Jeden mühsam errungenen Fortschritt nahm sie zum Anlaß, ihre Ansprüche zu steigern. Wie in einem Baseball-Spiel stieß sie mich aus der rettenden Freizone und zwang mich weiterzurennen, verlangte einen home-run nach dem anderen und quittierte jeden touch-down mit beißend ätzender Kritik. Entsprach ich jedoch ihren Erwartungen, gab sie sich zärtlich und liebevoll und gestattete mir, in ihrer Nähe einfach glücklich zu sein.

Sie beobachtete mich mit Argusaugen, verfolgte mein Tun Stunde um Stunde, Tag für Tag. Und trotzdem gelang es ihr, die Patenschaft, die sie an mir übernommen hatte, geheimzuhalten.

Niemand ahnte etwas davon. Angefangen bei Jordan und aufgehört bei Dr. Peachtree hatte keiner an der Universität auch nur den leisesten Verdacht, und daran sollte und durfte sich auch nichts ändern. Es hätte sowohl für Joan als auch für mich fatale Folgen gehabt.

Da Joan es vermied, mich am Bedford-square aufzusuchen, blieb auch Misses Goodworth in Unkenntnis der Situation und konnte sich so im warmen Licht der Überzeugung sonnen, selbst das Wunder Ann Griffith vollbracht zu haben.

Das Frühjahr 1983 bedeutete für mich das Ende des 1. Semesters. Im Gegensatz zu meinen Kommilitonen erfüllte mich der Gedanke an die freien Wochen, die vor mir lagen, mit Schrecken, wenn nicht sogar mit Abscheu.

Es war verlorene Zeit. Fern von Boston, fern von Joan würde ich sie verbringen in einer Welt, die schon lange aufgehört hatte, die meine zu sein.

Selbst die Aussicht, mein phantastisches Zwischenzeugnis auf den Küchentisch der Farm in Swift Current zu legen, hatte absolut nichts Reizvolles für mich.

Je näher der Zeitpunkt rückte, um so trübsinniger

wurde ich. Joan schien meine Depressionen nicht zu bemerken. Das verwunderte mich, und ich war gekränkt.

Schließlich hatte sie mich geformt. Was ich war, war ich durch sie. Warum wollte sie nicht erkennen, daß ihr Patenkind noch lange nicht so weit war, auf eigenen Füßen zu stehen, daß es stürzen und zu Fall kommen würde? Und wie sollte es dann aufstehen? Ohne Hilfe? Ohne Joan?

Als Jordan mich völlig überraschend einlud, die Ferien bei ihm und seiner Familie auf deren Besitz in Richmond, Kentucky, zu verbringen, lehnte ich ab. Die brüskierende Direktheit, in der ich dies tat, glich einem erdrutschähnlichen Rückfall in meine allerschwärzeste Zeit.

Wie Joan davon erfuhr, blieb mir bis heute verborgen. Tatsache aber war, sie tat es und brauchte danach exakt fünf Minuten, um mich in der Luft zu zerreißen und meine Körperteile in alle vier Himmelsrichtungen zu schleudern.

Nie hatte ich sie so wütend erlebt. Wäre ich von ihr geschlagen worden, ich hätte ihr dankbar die Füße geküßt.

Sie aber prügelte mich mit Worten. Worten, so leise und schneidend wie die Klinge eines Rasiermessers.

»Hast du überhaupt nichts gelernt? Der Lorimer-Clan besitzt Aktienmehrheit in fast jedem der wichtigen Baukonzerne bis hinunter nach New Mexico. Kein Aufsichtsrat, in dem nicht ein Mitglied der Familie als federführend gilt.

Das ist die Connection, die du brauchst! Und nun reicht dir Jordan Lorimer die Hand zur Versöhnung.

Offiziell, ehrlich und ohne Hintergedanken. Und was ist deine Reaktion? Du spielst die beleidigte Emanze!

Menschen wie er werden deine Zukunft entscheiden. Oder glaubst du etwa noch immer, Talent und Fleiß sind das Sprungbrett, auf dem Karrieren gestartet werden?!«

Mit gesenktem Blick schüttelte ich den Kopf. Das Wissen um die verpaßte Chance traf mich hart. Weitaus schlimmer aber war, ich hatte Joan enttäuscht, hatte versagt, mich als unwürdig erwiesen. Bis zum Tag der Abreise sah und hörte ich nichts von ihr.

Ich hatte mich bemüht, meinen Fehler wiedergutzumachen. Wann immer ich Jordan begegnet war, hatte ich mich in seiner Nähe aufgehalten, immer in der Hoffnung, er möge seine Einladung wiederholen. Er tat es nicht.

Ich buchte meine Passage und packte meine Tasche mit dem Notwendigsten.

Die klassischen V-Ausschnittpullover in ihren leuchtenden Farben von dottergelb bis russischgrün blieben ebenso in ihrem Fach wie die strahlendweißen Blusen und die minikurzen Schottenröcke mit den passend gemusterten Schals.

Swift Current war der falsche Platz für Jennifer Cavilleri, für Ann Griffith. Richmond wäre das Richtige gewesen. Doch ich hatte das Signal übersehen, und der Zug war ohne mich abgefahren.

Im Terminal herrschte Hochbetrieb.

Studenten, die ebenso mittellos waren wie ich, drängten sich zwischen Urlaubern, die unter der Last ihrer Skiausrüstung stöhnten, aber im Hochgefühl des langersehnten Schneevergnügens, dem sie entgegenfieberten, das Lachen nicht vergaßen.

Ich wünschte ihnen »Hals- und Beinbruch«, und zwar im wahrsten Sinne des Wortes. Zu dieser nicht gerade menschenfreundlichen und noch dazu unchristlichen Überlegung gesellten sich bald schon ähnliche Gedankengänge. Ich folgte ihnen willig, paßten sie doch hervorragend zu meiner eigenen Gemütsverfassung.

Bremsen kreischten. Eine ältere Frau riß ihren kleinen Hund zurück, der gerade glückstrunken schnüffelnd die Spuren und Nachrichten seiner Artgenossen an der Bordsteinkante in sich aufgenommen hatte. Laut zeternd reckte die Frau ihre Faust gegen das zinnoberrote Cabrio, das nun zum Stehen kam.

Die Fahrerin des Wagens kümmerte sich nicht darum. Sie ließ den Motor aufheulen und winkte mir ungeduldig zu. Ihr Gesicht versteckte sich hinter einer großen dunklen Sonnenbrille. Das saphirblaue Chiffontuch verbarg tizianrote Haare.

»Steig ein. Beeil dich!«

Ich warf meine Tasche auf die Rückbank, mich selbst auf den Beifahrersitz und wurde gegen die schneeweißen Polster geschleudert, als der Wagen im gleichen Moment losraste.

Schmale Hände in Wildlederhandschuhen hielten das Lenkrad. Trotz ihres rasanten, um nicht zu sagen halsbrecherischen Fahrstils, wirkte Joan ruhig und souverän.

Zweieinhalb Stunden später passierten wir die Grenze zu Kanada. Bis zu diesem Zeitpunkt hatten wir nicht ein einziges Wort miteinander gesprochen.

Joan blickte starr geradeaus. Von Zeit zu Zeit löste sie die rechte Hand vom Lenkrad, um nach den Zigaretten zu greifen, die neben mir auf dem Beifahrersitz lagen.

Wenn sie dabei zufällig meinen Oberschenkel berührte — und das geschah jedesmal — hatte ich das Gefühl, einen elektrischen Schlag zu erhalten. Nein, nicht einen: Tausende. Sie entzündeten sich, zischten wie Blitze durch meinen Körper und vereinigten sich an einer ganz bestimmten Stelle zwischen den Beinen zu einem Brennen, schmerzhaft und lustvoll zugleich.

Ich hatte Angst vor jeder neuen Berührung, und doch sehnte ich sie herbei, betete darum, daß Joan mir gestatten würde, noch einmal in diesem Gefühl jenseits aller Welten zu vergehen.

Gleich jemandem, der zu Drogen greift, obwohl er sich der Gefahr bewußt ist, überhörte ich meinen gesunden unverbildeten Menschenverstand. Er warnte mich. Nicht etwa davor, eine Frau zu lieben, sondern davor, abhängig zu werden.

Im elenden Morast der Drogensucht ist es unerheblich, welchen Namen das Gift trägt, dem man verfällt. Und gleichgültig ist es auch in dem klebrigen Spinnennetz der Hörigkeit. Es ist egal, wer den dominierenden Part in diesem mörderischen Spiel übernimmt, ob es ein Mann ist oder eine Frau. Und ebenso gleichgültig ist das Geschlecht dessen, der es mit sich geschehen läßt. Wer sich bedingungslos unterwirft, ist in jedem Falle der Verlierer.

Es dämmerte bereits, als wir endlich unser — oder besser gesagt — Joans Ziel erreichten.

Im fahlen Mondschein erkannte ich eine Blockhütte. Sie lag an einem See. Der Hohlweg, an dessen Ende der Wagen anhielt, schien die einzige Zufahrt zu sein.

Joan stieg aus, warf die Sonnenbrille auf den Beifahrersitz und lief auf die Hütte zu. Mit ausgebreiteten Armen wandte sie sich um.

»Willkommen in meinem Reich.«

Sie umarmte mich und hauchte mir einen Kuß auf die Stirn, ehe ich überhaupt wußte, wie mir geschah.

»Ich konnte es einfach nicht ertragen, dich so verzweifelt zu sehen. Nicht wahr, du begreifst, daß du einen Fehler gemacht hast?«

Ganz benommen von der alptraumhaften Seligkeit der Stunden, die hinter mir lagen, beeilte ich mich, ihr zu versichern, daß ich mich nie wieder mangelnder Voraussicht und Weisheit schuldig machen würde.

Gnädig wurde mir verziehen. »Gut. Reden wir nicht mehr davon.«

Joan umarmte mich erneut und ließ dieses Mal ihre Finger zärtlich über meine Wangen gleiten. »Ich bin so stolz auf dich. Von Beginn an habe ich gewußt, daß sich hinter der ›sexless chick‹ ein Diamant verbirgt, ein klarer, lupenreiner Diamant.«

Joan spürte mein erstarrtes Zurückweichen und lachte. »Du wußtest es nicht? So haben sie dich getauft. Zu recht, wie du zugeben mußt. Aber Ann Griffith ist tot, und die neue Ann wird der Welt ihre blankgeputzten Zähne zeigen. Niemand wird es je wieder wagen, ihr einen Namen zu geben, der ihr mißfällt.

Und nun komm! Vergiß es. Lach darüber. Es ist Vergangenheit. Die Zukunft ist für dich gemacht und wartet darauf, von dir bestimmt zu werden.«

Das Blockhaus war in dem einfachen rustikalen Stil der Wildnis rund um den Lake Magog eingerichtet.

Die Ausstattung bewies allerdings, daß Joan auch hier, in der selbstgewählten Einsamkeit, nicht willens war, auf modernsten Komfort zu verzichten.

Ich verstaute meine Sachen im Kleiderschrank des Schlafzimmers und stieg dann die schmale Holztreppe hinunter, die das Dachgeschoß mit der geräumigen Wohndiele verband.

Ein Feuer prasselte im Kamin. Die breite Couch stand in gebührendem Abstand zu den Flammen, aber nah genug, damit die Wärme sie erreichte.

Joan hatte es sich bereits in den weichen, buntgemusterten Wolldecken bequem gemacht. Auf einem flachen Kieferntisch standen zwei Becher mit heißem roten Wein. Der Duft nach Zimt und Nelken erfüllte den Raum und vermischte sich mit dem Tabakgeruch der schwarzen Zigaretten.

»Ich habe dich noch gar nicht gefragt, ob du mir die Entführung übelnimmst«, meinte Joan und wies dabei einladend auf den Platz neben sich.

»Hier. Trink einen Schluck. Es wird dir guttun nach der langen Fahrt.«

Ich gehorchte nur zögernd. Die Angst davor, daß auch der neuen Ann Alkohol zum Verhängnis werden könnte, ließ mich zurückschrecken. Die unbestimmbare Lust auf etwas Heißes, Belebendes zupfte verstohlen an meinem Widerstand. Ich reagierte nicht, bis aus dem Zupfen ein Zerren geworden war. Das ruhige Gleichmaß der lodernden Flammen, die angenehme Wärme, die zwischen hölzernen Wänden gefangen war, Wänden, die der kalten Welt mit all ihren Gefahren keine Chance ließen, bis zu mir vorzudringen ...

Das alles verscheuchte meine Bedenken.

Ich griff den Becher vorsichtig mit beiden Händen und trank einen Schluck. Der purpurrote Wein verwandelte sich in flüssiges Sonnenlicht, rann durch meine Kehle und breitete sich bis in den letzten Winkel meines Körpers aus. Ich konnte förmlich dabei zusehen, wie die Verkrampfung aus meinen Muskeln schwand. In ihrem Sog wich die beklemmende Angst, und ich entschied mich, diesen Zustand zu genießen.

»Du hast dir ein wahres Paradies geschaffen«, sagte ich und ließ dabei meinen Blick durch den Raum schweifen. »Um ehrlich zu sein, es fällt mir schwer, dich mit einer so naturverbundenen, menschenfernen Umgebung in Verbindung zu bringen.«

»Du meinst, das paßt nicht zu mir?«

Wie immer hatte Joan den Kern einer verblümten Redeweise sofort erkannt und brachte ihn ohne Kompromiß auf den Punkt.

»Nach meinem Verständnis schließt das eine das andere nicht aus. Auf einer Tagung habe ich einmal die Bekanntschaft eines Philosophen gemacht. Ein durch und durch introvertierter Mann, der das Schneckenhaus seiner Gedanken zu seinem Lebensraum gemacht hatte. Einmal im Jahr jedoch brach er aus, fuhr hinunter nach Arizona und beteiligte sich dort an den halsbrecherischen Stockcar-Rennen, die sie dort veranstalten.

Das ist nur eines von vielen Beispielen. Gegensätze ziehen sich eben an.

Aber du hast meine Frage noch nicht beantwortet.«

Joans Stimme klang wie das Schnurren einer Katze. Ihre Sphinxaugen glitzerten träge. Mit einer geschmeidigen Bewegung brachte sie ihren Körper in eine bequemere Lage. Ihre Fußspitzen berührten mein Knie. Joan zog sie nicht zurück. Sie ließ ihnen die Freiheit, dort zu bleiben, wo es ihnen gefiel.

In sehnsuchtsvollem Entsetzen erwartete ich meine eigene Reaktion. Die Blitze hatten abschußbereit auf der Lauer gelegen. Jetzt schnellten sie von ihren Katapulten. Jeder von ihnen wollte der Erste sein am wohlbekannten Ziel.

Sie erreichten es gleichzeitig. Erschüttert von der Explosion griff ich erneut nach meinem Wein.

Ich mußte mich einfach bewegen, irgend etwas tun, um meinen verfluchten Körper abzulenken.

Ich wollte es nicht. Bei Gott! Ich wollte es nicht. Darauf schwöre ich jeden Eid, vor jedem Gericht in jeder unserer Welten. Und doch ist es geschehen.

Joan war geduldig. Sie ließ mir die Zeit, den Kampf gegen mich selbst zu verlieren.

Ich schloß die Augen und sah Joan. Ich preßte den Mund zusammen, und meine Lippen öffneten sich stöhnend. Ich stand entschlossen auf und ließ mich zurücksinken, den Kopf auf der Lehne, die Arme mit den nach oben gekehrten Handflächen links und rechts von meinem Körper. Joan bewegte sich. Ich schickte sie fort und flehte sie an, mich zu berühren. Als ihre Lippen meinen Hals streiften, wölbte sich meine Brust, und das Pochen zwischen meinen Schenkeln glich einem Zeitzünder. Unendlich sanft begannen erfahrene Hände, mich zu entkleiden. Ich bettelte um Erlösung. Joan legte mich in Ketten. Zentimeter um Zentimeter erforschte sie meinen Körper, nahm meine Hände und lehrte sie die Kunst der mordenden

Zärtlichkeit, in der sich Himmel und Hölle vereinigen. In dieser Nacht wurden Joan und ich ein Paar. Wir waren ein Körper, eine Seele. Joan führte mich durch die Höhen und Tiefen einer nie gekannten Leidenschaft. Sie ließ mich schreien vor Schmerz und weinen vor Glück.

Der Morgen graute, das Feuer im Kamin war heruntergebrannt, und ich wußte: Joan hatte mich gekauft um den Preis ihrer Liebe.

Vieles ist seitdem geschehen. Joan ist seit langem aus meinem Leben verschwunden. Und trotzdem. Heute denke ich oft an sie zurück. In Liebe, Ehrfurcht, Dankbarkeit und ohne die geringste Spur von Reue.

## 15

An dieser Stelle hoffe ich auf Ihre Zustimmung, wenn ich mich dazu entschließe, die Monate bis zum Abschluß meiner Zeit an der Boston University in wenigen Sätzen zusammenzufassen.

»Schade«, sagen Sie? Das freut mich, denn dann sind Sie meiner Geschichte bis zu diesem Punkt mit aufmerksamer Spannung gefolgt.

»Gott sei Dank!« Wenn das Ihre Meinung ist, frage ich mich, warum Sie überhaupt bis hierher durchgehalten haben.

»Weiter!« Aber gern. Ich beginne sofort, und gehe — wie sagt man so schön — gleich in medias res.

Der Tag unserer Abschlußfeier. Strahlende Sonne am wolkenlos blauen Himmel. Leiser Wind läßt der Hitze keine Chance, unerträglich zu werden und hilft dem Sternenbanner, sich zu entfalten. Ein Wetter, wie aus dem Bilderbuch, der Würde und dem Anlaß der Zeremonie entsprechend.

Vier Semester lagen hinter mir. Zwei — wenn man den Anfang großzügig vergißt — wundervolle Jahre, während derer ich stets das Gefühl gehabt hatte, bergauf zu laufen. Es war eine schöne gerade Linie, kein Abfall, kein Rückschritt mehr.

Mein Stern ging auf. Flackernd, leuchtend, strahlend. Nun stand er glänzendhell poliert am Himmel, und niemandem sollte es je gelingen, ihn verglühen zu lassen.

Joan und ich gehörten noch immer zusammen.

Zu Beginn, gleich nach unserer Rückkehr nach Boston, hatte ich in einem Anfall von dummdreistem Gottvertrauen nicht begreifen wollen, warum unsere Freundschaft geheim bleiben mußte.

Joan hatte etwa eine kurze Viertelstunde gebraucht; dann wußte ich, es stand nicht an, die Jeanne d'Arc zu spielen in einer auf den äußeren Schein bedachten Welt, in der nicht sein kann, was nicht sein darf.

»Du wirst dich ruinieren und mich dazu«, hatte sie gesagt. »Hör auf zu träumen, Ann! So groß kann keine Liebe sein, daß du dafür zum Scheiterhaufen gehst.«

Ich war verstört. Schließlich hatte Joan mich dazu gebracht, unsere Liebe als wunderbar und selbstverständlich zu sehen. Am Ende aber mußte ich zugeben, daß sie recht hatte. Wie so oft. Seit diesem Tag war ich ebenso um Diskretion bemüht wie sie, und der Stern unseres Glücks wachte darüber, daß unsere Liebe von keinem noch so gierigen Judas verraten wurde.

Als ich auf die Bühne trat, um als beste Absolventin die Laudatio zu halten, sah ich nicht meine Eltern, die irgendwo in der Menge saßen, inmitten der Vingraves, der de Villes und wie sie alle hießen. Ich sah Joan in ihrem leuchtend blauen Kostüm, dessen Rock – welch erneuter Skandal! – knapp oberhalb der Knie endete. Sie nickte mir unmerklich zu, und ich senkte den Blick auf das Blatt Papier vor mir, auf dem ich meine Rede stichpunktartig skizziert hatte.

Bewußt und auf Joans Anraten hin hatte ich auf jede emanzipatorische oder gar feministische Anspielung verzichtet und statt dessen ein etwa drei Seiten langes Bauwerk konstruiert, gegründet auf Tradition und errichtet aus Hochachtung vor dem Kollegium. »Sie haben uns junge Menschen geformt. Wir alle waren Kinder, als wir nach Boston kamen. Sie haben uns die Augen geöffnet, unsere Sinne geschärft. Sie haben uns Ihr Wissen geschenkt, und wenn wir nun die Universität verlassen, so tun wir dies aufrecht, selbstbewußt und stolz.

Das alles ist Ihr Verdienst, Ladies und Gentlemen, und dafür möchte ich Ihnen danken.«

Professor Bainbridge nickte anerkennend, und da wußte ich, daß ich genau den richtigen Ton getroffen hatte.

Erleichtert verbeugte ich mich vor dem einsetzenden Beifall. Und dann hielt ich meine Urkunde in der Hand. Und dann schleuderte ich mein schwarzes Barett mit den goldfarbenen Bändern in den blauen

Himmel. Ich tat es mit aller Kraft, zu der ich fähig war und jubelte laut, als es höher hinaufflog, als all die anderen.

Niemand außer mir hatte es bemerkt. Jordan. Chuck. Längst nahmen sie ihr Bad in der Menge, ließen sich feiern, lärmend und übermütig.

Ich jedoch stand auf dem Gipfel des goldenen Berges der Sieger. Und ich nahm mir das Recht, mich selbst zu umarmen, allein zu sein mit mir, zum zweiten Mal in meinem Leben ganz einfach glücklich zu sein.

## 16

Die großen Universitäten waren und sind bekanntermaßen das ideale Jagdrevier für »Headhunter« — in der wortgetreuen Übersetzung »Kopfjäger« — auf der Suche nach hochqualifiziertem Nachwuchs für Toppositionen in Wirtschaft und Industrie.

Weder für mich, noch für meine ehemaligen Kommilitonen würde die Notwendigkeit bestehen, auch nur über einem einzigen Bewerbungsschreiben zu grübeln. Wenn es ein Problem gab für uns, dann das, aus der Vielzahl der lockenden Angebote nicht das erstbeste, sondern das richtige zu wählen. Und das war, mit Blick in die Zukunft, oftmals nicht das mit dem höchsten Startgeld.

Als Beste meines Jahrgangs sah ich in erwartungsvoller Genugtuung einer Sturmflut von Avancen entgegen.

Was kam, war ein schmaler Rinnsal, bestehend aus drei eher halbherzigen Anfragen, noch dazu von Sozietäten, die keineswegs zu den wichtigen der Branche zu zählen waren.

»Was hast du erwartet?« fragte Joan. Untätig sah sie zu, wie ich vom Gipfel meines goldenen Berges stürzte und tat nichts, um den Aufprall zu mildern.

»Du bist und bleibst eine Frau. Gut. Du hast deine Qualifikation, aber das beweist ihnen noch lange nicht, daß du auch fähig bist, sie in die Praxis umzusetzen. Was dir fehlt, ist die richtige Connection.«

Ihr Sarkasmus riß mich endgültig zu Boden. Ich dachte an Jordan und die vertane Chance.

Ich dachte an meine Eltern, die ich bereits nach Swift Current abgeschoben hatte.

»Was wirst du jetzt tun?« hatte mein Vater gefragt, und ich hatte geantwortet, daß ich mir Zeit lassen würde bei meiner Entscheidung.

»Ich kann aus dem vollen schöpfen«, hatte ich behauptet und dabei ein Selbstbewußtsein gelogen, das jedem Schauspieler zur Ehre gereicht hätte. Mama und Dad ließen sich täuschen, in stummer Ehrfurcht vor Ann, ihres Zeichens »constructional engineer« und »best of the best« unter den Absolventen.

Ich glaube fast, sie hatten Angst vor mir und vor der Welt, der sie mich zugehörig wähnten. Ich tat nichts, um diese unsichtbare Mauer einzureißen. Wenigstens zwei Menschen sahen bewundernd zu mir auf. Und wenn es sich dabei auch nur um meine Eltern handelte — ich brauchte es, wie die Luft zum Atmen.

Dann aber hatte ich den nachdenklichen Blick bemerkt, mit dem Dad mich plötzlich musterte. Nicht auszudenken, wenn es ihm gelingen sollte, einige Steine zu lockern. Die Mauer würde einstürzen. Alles durfte geschehen, nur das nicht!

Die oberflächliche Hast meines Abschieds hatte einer Flucht geglichen. Eine Woche war seitdem vergangen.

Joans Stimme riß mich aus meinen Gedanken.

»Farnham assc. Ich glaube, das wäre etwas für dich.«

Mir sagte dieser Name absolut nichts. Joan hingegen war, wie immer, bestens präpariert.

»Es ist kein großes Unternehmen, aber es genießt einen ausgezeichneten Ruf. Genau das richtige, um praktische Erfahrungen zu sammeln, ohne dabei das Risiko einzugehen, im internen Machtgerangel eines Multikonzerns verheizt zu werden. Ich habe mir ein paar Detailinformationen besorgt. Bei dem Projekt, um das es geht, handelt es sich um die Brückenkonstruktionen für den neuen Highway zwischen Albany und Cambridge. Die Bauzeit wird etwa drei Jahre betragen und scheint nicht frei von Problemen zu sein. Du wirst in einem Team von Spezialisten arbeiten, sechs fähige Leute, von deren Erfahrung du profitieren kannst, ohne gleich die volle Verantwortung übernehmen zu müssen.«

Ich wußte es nicht, aber ich ahnte, was sich hinter dieser so attraktiven Umschreibung im Klartext verbarg: Sechs Männer suchten einen Laufburschen, einen Wasserträger für niedere Dienste. Andererseits konnte ich es mir nicht mehr leisten, wählerisch zu sein.

Die Headhunter hatten zum Halali geblasen, die

Jagd beendet und mich dabei übersehen. Hatte ich mich denn nicht deutlich im strahlenden Glanz meiner Abschlußzensuren dem Mündungsfeuer ihrer Gewehre gestellt? Sie hätten mich überhaupt nicht verfehlen können! Und doch. Genau das hatten sie getan.

Was blieb mir also, als ergeben ja und amen zu flüstern und zu hoffen, daß die Stelle des Laufburschen nicht anderweitig vergeben wurde?

Wenn man so will, hatte ich Glück. Ich bekam den Zuschlag und stürzte mich ohne Schwimmring in das eiskalte Wasser der Praxis. Es wurde eine Bauchlandung. Die Wellen schlugen über mir zusammen. Ich begriff, daß all mein theoretisches Wissen, die Meriten, die ich mir an der Universität erworben hatte, in der Realität einer Großbaustelle ungefähr so hilfreich waren, wie die Fähigkeit, Harfe zu spielen.

Seltsamerweise ging ich nicht unter. Prustend und nach Luft ringend kämpfte ich mich an die Oberfläche.

Ich lernte, Kommandos zu brüllen. Ich lernte, mit aller Konsequenz die Maßnahmen zu verteidigen, die ich als richtig entschieden hatte, und ebenso konsequent meine Fehler einzugestehen. Diesen letzten Punkt kritisierte Joan an mir.

Als man sich bei Farnham assc. dazu entschloß, mich einzustellen, hatte man mir unmißverständlich klargemacht, daß man nicht bereit war, mir aufgrund meines Geschlechtes irgendwelche Sonderrechte einzuräumen. Dies betraf auch meine Unterbringung.

Der Terminplan bis zur Fertigstellung war zu eng umrissen, als daß man selbst leitenden Ingenieuren lange Anfahrtswege hätte zugestehen können. Also bekam auch ich mein flat, einen Wohncontainer auf dem Areal des Baucamps, den ich für die Dauer der Arbeiten als mein Heim zu betrachten hatte.

Logischerweise wurde hierdurch mein enger Kontakt zu Joan gelockert. Anfangs spürte ich diesen Verlust. Endlose Nächte irrte ich wie ein gefangenes Tier die Stahlwände entlang.

Mein Körper, meine Seele und ich, wir drei vermißten Joan. Wir hungerten nach ihrer Nähe, ihrer Wärme, ihrem zärtlichen Verständnis und ihrer unerbittlichen Entschlossenheit, die uns stets auf den richtigen Weg gezwungen hatte.

Wie ein feindlicher Agent, der jahrelang als sogenannter »Schläfer« im Verborgenen auf seinen Einsatz wartet, lauerte eine abgemagerte struppige Maus auf ihre Chance. Die hinterlistigen Knopfaugen flackerten müde, und doch würde sie ihre letzte Energie im richtigen Moment zusammenraffen, um den entscheidenden Sprung zu wagen. Hatte sie es erst einmal geschafft, würde sie binnen kürzester Zeit glatt, rund und mit blinzelnden Augen ihren angestammten Platz einnehmen.

Es war ein Mann. Er hieß Brian Holland. Er kam zu mir, und er brachte mir ein Geschenk: eine stabile, verchromte Mausefalle.

»Es ist nicht gut, daß Sie Abend für Abend hier allein rumhängen«, sagte er. Sein Titel hinderte den diplomierten Ingenieur nicht im geringsten daran, den breiten Südstaatenakzent seiner Heimat Louisiana zu verleugnen.

»Ich sag Ihnen was, Missy. Sie nehmen jetzt Ihre Jacke und kommen rüber zu Tom. Gibt einiges zu besprechen. Außerdem sollten wir uns endlich besser kennenlernen. Ist allerhöchste Zeit.«

Das Telefon schrillte. Ich wußte, es war Joan. Ich nahm die Mausefalle und stellte sie neben den Apparat. Dann verließ ich mein flat und die Signale des Telefons verhallten ungehört.

Die Maus sah mir nach. Die Hast, mit der sie versuchte, mir zu folgen, verleitete sie zur Unachtsamkeit. Die tödliche Feder der Spirale verfehlte sie nur um Millimeter. Doch sie war gewarnt. In Zukunft würde sie vorsichtiger, viel vorsichtiger zu Werke gehen.

Dieser Abend, allein der Entschluß, Brian Holland zu folgen, brachte eine erneute Wende in meinem Leben.

Ich beendete mein Laufburschendasein und wurde endlich als vollwertiges Mitglied der Crew anerkannt. Mir wurde bewußt, daß ich diese Stellung schon viel eher hätte einnehmen können.

Daß es nicht eher geschehen war, lag ausschließlich an mir selbst ... wieder einmal.

Wochen vergingen. Monate. Die Arbeiten an den Brückenfragmenten gingen zügig voran. Am Ende des zweiten Jahres lagen wir weit vor dem vereinbarten Termin, und ich begann, mir um meine Zukunft Gedanken zu machen.

Die Männer, die ich nun als meine Freunde betrachtete, hatten längst Verträge in der Tasche, die nahtlos zu Anschlußjobs überleiteten.

Brian hatte die Leitung eines Projekts in Brasilien übernommen. Tom O'Gilvey würde für einen texanischen Konzern im tiefsten Mexico einen Staudamm errichten.

Ich erfuhr, daß sie, wie auch die übrigen im Team, versucht hatten, mich in ihre neuen Aufgaben miteinzubeziehen.

Inzwischen kannte ich meinen Wert und wußte, sie hatten es aus Anerkennung und Respekt vor meiner Qualifikation getan und nicht etwa wegen meiner grünen Augen, oder meinem — glauben Sie mir, ich lüge nicht! — wirklich guten Aussehen.

Als sie mir, einer nach dem anderen, das Scheitern ihrer jeweiligen Bemühungen eingestanden, war ich keinesfalls gekränkt oder beleidigt, sondern dankte aufrichtig und nahm den Willen für die Tat.

Wie ich bereits erwähnte, hatte Joan von Anfang an sowohl meine Arbeits- als auch meine Verhaltensweise mit kritischer Skepsis verfolgt.

Wir trafen uns, so oft es meine Zeit erlaubte. Doch plötzlich hatte ich das Gefühl, daß unsere Wiedersehen von einem schlechten Stern geleitet wurden. Von Mal zu Mal trat das Muster der Zerstörung, aus dem sie gewebt waren, deutlicher hervor.

Es war immer dasselbe Schema. Joan fragte. Ich antwortete. Joan hörte zu, und während sie dies tat, formulierte sie bereits im Geiste ihre vernichtende Gegenrede. Ergeben lauschte ich der Negativanalayse, vor der nichts, rein gar nichts Bestand hatte und flehte den Moment herbei, an dem sie zum Ende gelangen würde. Dann beeilte ich mich, ihr zuzustimmen, selbst, wenn ich sie im Irrtum wähnte, gelobte Besserung ohne Reue, lechzte nach der magischen Sekunde, dem Finale, in dem die Sphinx mir großmütig Absolution erteilen würde. Nie dachte ich daran, ihr zu widersprechen. Oftmals, das gebe ich zu, glitten ihre Worte allerdings ungehört an mir vorbei.

Alles, was ich wollte, war Joan. In ihren Armen, umhüllt von der sinnlichen Wärme ihres Körpers, konnte ich alles vergessen: meine elende Unsicherheit, meine Selbstzweifel, meine Einsamkeit — drei bösartige Geister, die darauf warteten, von mir Besitz zu ergreifen, mich auf die Suche zu schicken nach etwas, von dem ich nicht wußte, was es war.

Noch heute frage ich mich, wann es geschehen ist, wie es überhaupt dazu kommen konnte; doch Joan hörte auf, meine Göttin zu sein. Dabei ist es eine unumstößliche Tatsache, daß sie es war, die mich zur Welt gebracht hat. Ohne Dr. Joan Tomansky hätte es niemals eine Ann Griffith gegeben.

Wenn ich es recht überlege, so trug keine von uns die Schuld daran, ebenso, wie jede von uns die Schuldige war. Es gibt auch keinen exakt bestimmbaren Zeitpunkt.

Vielmehr war es so, daß Joan sich weigerte, mich, ihr Meisterwerk, in die Freiheit des Lebens zu entlassen. In ihren Augen hatte ich nicht das Recht auf eigene Erfahrungen. Und meine Fehler waren ihre Fehler; jeder falsche Schritt von mir für sie eine Beleidigung. Das konnte und wollte sie mir nicht verzeihen. Doch in dem Maße, in dem Joan mit allen Mitteln versuchte, mich zu kontrollieren, mir ihren Willen aufzuzwingen, verlor ich Stück um Stück meines Glaubens an ihre gottähnliche Vollkommenheit.

Ich tat alles, um das Bild, welches ich mir von ihr gemacht hatte, festzuhalten. Ich fügte die Bruchstücke aneinander, klebte sie zusammen. Doch sie wollten nicht halten und zerfielen erneut. Nachdem Joan und ich uns geliebt hatten, war ich jedesmal über eine Stunde lang damit beschäftigt, meine Sisyphosarbeit zu Ende zu bringen. Bald stellte ich fest, daß mir ein wichtiges Teil des Mosaiks abhanden gekommen war. Dann fehlte ein zweites. Dann ein drittes. Da gab ich es auf und rettete mich in die Überzeugung, daß Joan ganz einfach eifersüchtig und neidisch war auf mich. Schließlich war sie nicht blind oder taub. Ich hatte ihr gegenüber nie die leisesten Gewissensbisse gehabt, stolz und zufrieden von meiner Arbeit und von der Anerkennung durch Männer wie Brian und Tom zu sprechen.

Was hatte sie dem schon groß entgegenzusetzen? Nicht viel, und nun hatte sie Angst, mich zu verlieren.

So und nicht anders mußte es sein. Es war die Wahrheit, und es war an Joan, damit zu leben. Ich, für meinen Teil, würde es können.

Wenn Sie mich nun grausam nennen oder undankbar, werde ich Sie fragen, ob Sie selbst noch nie einer solchen Situation gegenübergestanden haben. Überlegen Sie gut, bevor Sie den ersten Stein werfen. Sie könnten im Glashaus sitzen ...

## 17

Es war im Herbst 1987. Noch drei Wochen bis zur Fertigstellung des letzten Brückenteils und für mich noch immer keine Aussicht auf eine reizvolle Aufgabe.

Meine Gemütsverfassung glich einem Tiefdruckgebiet ohne die Prognose auf Besserung.

Joan jedoch blühte auf. In rastloser Aktivität setzte sie Himmel und Hölle in Bewegung, um mir den Job zu verschaffen, der ihren Vorstellungen entsprach. Sie war das Verständnis in Person, tröstete mich in meiner Verzweiflung, lebte nur für mich.

War sie mir früher mit vernichtender Kritik zu Leibe gerückt, so ertrug sie nun meine Launen, verleugnete sich selbst, um mich lachen zu sehen.

All dies tat sie in bester Absicht und aus der Überzeugung heraus, daß Ann Griffith nur unter ihren Fittichen eine Chance hatte zu überleben.

Ann jedoch hatte bereits zu viel vom Geruch der Freiheit in sich aufgenommen, um wieder in den goldenen Käfig zurückzukehren. Meine eigenen Bemühungen um Arbeit glichen mehr und mehr einem Wettlauf mit der Zeit. Ich mußte meiner wohlmeinenden Kerkermeisterin zuvorkommen, davonfliegen, irgendwohin, an einen Ort, wo sie mich nicht erreichen konnte.

Andernfalls war ich dazu verdammt, den Rest meiner Tage in Abhängigkeit zu verbringen.

Ich spürte, wie mein Körper, meine Seele begannen, sich gegen mich zu stellen. Sie genossen es, umsorgt und verhätschelt zu werden und wehrten sich gegen meine Absicht, diesen paradiesischen Zustand aufzukündigen.

Zufall — Bestimmung — Glück. Es bleibt Ihnen überlassen, die richtige Bezeichnung zu wählen.

Gaspé hieß die Rettung, und das Projekt war eine Brücke, die, von Escuminac ausgehend, die Halbinsel näher an das Festland anbinden sollte.

Das Angebot wurde auf einem silbernen Tablett an mich herangetragen. Die Konditionen glitzerten darauf wie Brillanten. Sie waren nicht nur gut, sie waren hervorragend ... zu hervorragend. Jedem halbwegs intelligenten Menschen hätte sich der Vergleich aufgedrängt mit der Henkersmahlzeit für die zum Tode Verurteilten.

Er hätte Fragen gestellt. Ich tat es nicht. Der Brückenschlag über die Chaleur Bay war eine anspruchsvolle Aufgabe. Somit hatte die Summe, die am Ende des zehn Seiten umfassenden Vertragsentwurfes für mich ausgewiesen stand, ihre Berechtigung.

»Canadian Steel« hatte den Zuschlag erhalten. Ich wußte, was sich hinter dem irreführend eingleisigen Namen verbarg. Das Unternehmen galt als konkurrenzlos auf dem Gebiet modernster Bautechnologie. Egal, ob Tunnel, Straßen, komplette Fabrikanlagen oder eben Brücken — was immer sich aus Beton und Stahl errichten ließ, »Canadian Steel« war Garant für Perfektion.

Ich erwischte mich bei der Frage, warum sich für die Leitung dieses reizvollen Projektes kein Ingenieur in den eigenen Reihen gefunden hatte.

Plötzlich verwandelte sich einer der Brillanten auf dem Tablett in ordinäres Fensterglas. Dr. Philipp Greenwood, der mit mir die Vertragsverhandlungen führte, beeilte sich, den Stein zu entfernen.

»Unsere Kapazität ist schlicht und einfach erschöpft«, lächelte er und rückte dabei die platingefaßte Brille auf seiner streichholzdünnen Nase zurecht. »Nennen Sie es schlechtes Timing. Tatsache aber ist, wir haben den Auftrag der Regierung in Ottawa angenommen und sind somit verpflichtet, ihn durchzuführen.

Sie genießen innerhalb der Branche einen ausgezeichneten Ruf, Miss Griffith. Darum fiel unsere Wahl auf Sie.

Oder trauen Sie sich nicht zu, ein solches Projekt zu leiten?«

Die Entschiedenheit, mit der ich diese Unterstellung zurückwies, kam einer eidesstattlichen Erklärung gleich.

Ich sammelte die Brillanten ein. Meine Unterschrift gab mir das Recht dazu. Jetzt gehörten sie mir, bildeten gleichsam den Grundstein meiner Karriere, und ich hatte die felsenfeste Absicht, diese Edelsteinsammlung im Laufe der Jahre immer weiter auszubauen.

Der graue Marmorpalast der Hauptverwaltung der »Canadian Steel« war selbst inmitten der Prachtbauten des Bankenviertels von Québec nicht zu übersehen.

Ebenso eindrucksvoll erschien mir die Eingangshalle des »Trois Rivières«, einem Hotel der höchsten Kategorie, in dem eine Zimmerflucht für mich bereitstand.

Ich entschloß mich, diese großzügige Geste meines neuen Arbeitgebers als selbstverständlich anzusehen. Schließlich war Ann Griffith das beste, was der freie Markt zu bieten hatte!

So gesehen war meine Unterbringung im »Trois Rivières« nur recht und billig. Diese Erkenntnis hielt mich jedoch nicht davon ab, den eleganten Luxus, der mich umgab, in kindlichem Staunen zu erforschen. Ich gestattete mir diese harmlose Freude und bemerkte dabei kaum, wie ich mich in eine Euphorie hineinsteigerte, die keine Grenzen kannte.

Im Taumel meiner weltumschlingenden Glückseligkeit griff ich zum Telefon. Mit keinem Wort hatte ich Joan gegenüber das Angebot von »Canadian Steel« erwähnt.

Von meiner Seite aus hatte sich unsere Beziehung auf das rein Sexuelle beschränkt, und ich war nicht bereit, mir diese Stunden durch kritische Nörgelei an meinen Plänen zerstören zu lassen. Joan wähnte mich in Cambridge. Sie würde aus allen Wolken fallen, wenn sie erfuhr, wo ich war, und vor allen Dingen, aus welchem Grund.

Joan fiel, aber sie hatte einen Fallschirm.

»Das darf doch nicht wahr sein!« Ihre Stimme dröhnte in meinem Ohr. Deutlich konnte ich hören, wie sie die Reißleine zog. »Canadian Steel ist eine Tochtergesellschaft der Lorimer Holding, und das im wahrsten Sinne des Wortes. Dr. Philip Greenwood! Ich kenne ihn. Er ist ein Befehlsempfänger, eine Marionette. Er war es nicht, der den Vertrag in Ottawa unterzeichnet hat. Aber er muß ihn ausführen. Daß er keinen seiner eigenen Ingenieure damit betraut, kann nur bedeuten, daß irgend etwas an der Sache nicht stimmt. Begreif es, Ann, und mach den Vertrag rückgängig!«

»Den Teufel werde ich tun!« konterte ich und genoß meine Wut in der Sicherheit der Luxussuite des »Trois Rivières« und dem Wissen, durch gut 500 Meilen von Joan getrennt zu sein.

»Ich habe diese Entscheidung getroffen, und zwar für mich! Und bei dieser Gelegenheit sollst du auch gleich wissen, daß ich nicht mehr bereit bin, mich von dir bevormunden zu lassen. Ich kann und will es einfach nicht mehr ertragen!«

Dann knallte ich den Hörer auf die Gabel, atmete tief durch, griff nach den Zigaretten, die wie all die anderen Kleinigkeiten den aufmerksamen Service des Hauses unterstrichen, und rauchte, zum ersten Mal in meinem Leben.

Das Telefon flehte mich an, seinem endlosen Klingeln Beachtung zu schenken. Ich tat ihm den Gefallen nicht. Wie hätte ich auch? Das ungewohnte Nikotin reizte mich zu krampfhaftem Husten. Ich schaffte es gerade noch, die Zigarette im Aschenbecher zu versenken. Dann stolperte ich ins Bad und spülte mir den Mund.

Daß es Millionen Menschen gab, die Gefallen an diesen tabakgefüllten Papierrollen fanden, war mir unbegreiflich.

Wenn ich heute daran zurückdenke, weiß ich nicht, ob ich lachen oder weinen soll. Mittlerweile habe ich mich an das Laster gewöhnt. Ich beruhige mein Gewissen damit, daß ich mir einrede, den Zigarettenkonsum in Grenzen zu halten und daß ich jederzeit in der Lage wäre, ganz damit aufzuhören.

Wahrscheinlich ist es gut für meinen Seelenfrieden, daß ich bisher noch nie versucht habe, die Probe aufs Exempel zu machen.

Den ganzen Abend hindurch, bis tief in die Nacht bemühte sich Joan, mit mir Kontakt aufzunehmen. Mehrmals war ich versucht, den Hörer abzunehmen. Doch stets gelang es mir, mich im letzten Moment davon abzubringen.

Die Nacht in diesem Märchenhotel gehörte mir, mir allein, und ich würde sie mir nicht kaputtmachen lassen.

Weder durch Argumente noch durch Ratschläge und erst recht nicht durch Vorwürfe.

## 18

Ich faßte den Entschluß, das »Trois Revières« erst am Nachmittag des folgenden Tages zu verlassen. Daß sich dadurch meine Hotelrechnung um etliches erhöhen würde, war ein Problem des Befehlsempfängers Dr. Greenwood.

Erst gegen neun Uhr morgens rieb ich mir den letzten Schlaf aus den Augen. Auch im Bad verbrachte ich weitaus mehr Zeit als gewöhnlich, was mir ein sinnliches Vergnügen bereitete. Gepflegt von Kopf bis Fuß und sorgfältig geschminkt betrat ich das Ankleidezimmer. Dann besann ich mich anders und ging, nur mit einem Morgenmantel bekleidet, in den Salon.

Ich orderte beim Zimmerservice mein Frühstück. Dabei fiel mein Blick in den hohen Spiegel zwischen den Fenstern, und ich lachte ein leises, übermütiges Lachen.

Die Welt der Katie Scarlett. Ins 20. Jahrhundert übersetzt hatte ich es tatsächlich erreicht, mir Zutritt zu verschaffen.

Es klopfte. Ich öffnete und wies den Pagen an, den Servierwagen direkt ans Fenster zu schieben.

Er kam meiner Bitte nach. Das bedeutungsschwere Zögern, mit dem er den Raum verließ, machte mir deutlich, daß er es gewohnt war, Trinkgeld für seine Dienste zu erhalten.

Nun. Was mich anging, so konnte er zögern, so viel er wollte. Schließlich versah er nur seinen Job, und dafür wurde er bezahlt. Katie Scarlett hätte ebenso gedacht.

Ich frühstückte ausgiebig und überflog nebenbei die Schlagzeilen der druckfrischen Tagespresse. Neben Politik, Sport und Kultur entdeckte ich einen Artikel, der einen Trend bestätigte, den ich bereits seit Monaten mit wachsendem Erstaunen und — zugegebener Maßen — Unverständnis verfolgte. Egal, ob in Texas, Florida oder Missouri. In jedem Staat der USA begannen Menschen, sich dem Fortschritt und der damit verbundenen Technisierung vehement zu widersetzen.

»Umweltbewußtsein« nannten sie es oder »Wahrung des ökologischen Gleichgewichts«.

Meiner Überzeugung nach war diese weltfremde Ideologie von vornherein zum Scheitern verurteilt. Amerika war noch immer das Land innovativen Denkens, aufgeschlossen und zukunftsorientiert.

Aus dem, was ich hier in der Zeitung zu lesen bekam, sprach allerdings das genaue Gegenteil.

Statt einzugehen schien der Virus an Kraft gewonnen zu haben. Er breitete sich aus und hatte, wenn man den Berichten Glauben schenken durfte, bereits weite Gebiete infiziert, selbst hier in Kanada. Von Natur war die Rede, vom Schutz bedrohter Tier- und Pflanzenarten.

Und die wetterwendige Presse hatte nichts Eiligeres zu tun, als in das Hohelied dieser Ignoranten einzustimmen.

Diese Reportage war der Beweis. Sie war in durchweg positivem Stil abgefaßt. Kein Wort der Kritik. Nichts als begeisterte Zustimmung! Ich applaudierte ironisch und legte die Zeitung beiseite.

In diesem Moment klopfte es erneut an meine Zimmertür. Entrüstet fragte ich mich, ob der trinkgeldlose Page etwa die Unverschämtheit besitzen sollte, mir die Reste meines Frühstücks bereits nach einer knappen Stunde zu entführen.

Ich lehnte mich zurück, und mein energisches »Ja!« klang ausgesprochen ungnädig.

»Nicht schlagen! Bitte, nicht schlagen.«

Jordans Augen waren noch immer voll dunkler Melancholie und seine braunen Locken noch immer ungekämmt.

Mein Glück, daß ich saß. Sonst wäre ich garantiert gestolpert. So aber hatte ich Sessellehnen, um mich daran festzuhalten.

Der Zustand zwischen Schweben und Fallen ging vorbei. Mittlerweile hatte ich gelernt, mit Emotionen fertigzuwerden.

»Hallo, Jordan«, sagte ich und schenkte ihm ein strahlendes Lächeln. »Was führt dich nach Québec?

Ich dachte, Vancouver wäre deine neue Heimat. Setz dich. Ich glaube, es ist noch Kaffee da.«

»Danke.« Jordan nahm mir gegenüber Platz. Der nachdenkliche Blick, mit dem er mich ansah, gefiel mir nicht. Alarmglocken schrillten.

»Du hast recht. Es ist immer noch Vancouver. Nach Québec bin ich gekommen, um mit dir zu sprechen.«

»Du hättest mich anrufen können. Es wäre billiger gewesen.«

Meine Gelassenheit war bewunderswert, und als ich den Kaffee einschenkte, zitterte meine Hand nur ganz leicht.

»Das, was ich dir zu sagen habe, verträgt keine Zuhörer.«

Jordan griff nach seinen Zigaretten und bot auch mir eine davon an. Ich lehnte ab.

»Erklär mir bitte, woher du wußtest, daß ich hier bin.«

Jordan erlaubte sich ein fragendes Lächeln. »Ist das wirklich so schwer zu erraten? ›Canadian Steel‹ ist eines von Lorimers Babys. Die Nachricht von deiner Verpflichtung hat in der Zentrale eingeschlagen wie eine Bombe.«

Die Alarmglocken jaulten. In seinem egoistischen Männlichkeitswahn fühlte Jordan sich noch immer gekränkt durch die Absage, die ich ihm vor der unendlich langen Zeit von vier Jahren erteilt hatte.

Nun würde er meinen Vertrag widerrufen lassen. Um mir das zu sagen, war er gekommen. Das war seine Rache.

»Ich habe die Unterlagen genau studiert. Ich weiß um die Problematik. Greenwood und ich haben alle wichtigen Punkte durchgesprochen. Erst dann habe ich unterschrieben, und ich sehe keinen Grund, aus dem Vertrag auszusteigen.«

»Jetzt mußt du nur noch sagen: ›Verdammt, ich will Gaspé!‹« Jordan schüttelte den Kopf. »So, wie ich dich reden höre ... Ich glaube tatsächlich, wenn es einer schafft, diese Elendsbrücke zu bauen, so bist du es. Trotzdem. Es gibt da eine Sache, die solltest du wissen. Aber vorher mußt du mir versprechen, alles, was ich dir sage, streng vertraulich zu behandeln.«

Hin- und hergerissen zwischen meiner Rachetheorie und Neugier gelobte ich Stillschweigen.

»Bis auf ein paar Städte an der Ostküste ist Gaspé eine einzige Wildnis. Angefangen in den Bergen im Westen, über das Cartier Massiv bis hin zur Küste am Gold von St. Lawrence. Nach Ansicht der Bewohner soll sich daran auch in Zukunft nichts ändern. Sie befürchten eine Zerstörung der Natur. Sie protestieren gegen den Bau der Brücke, gegen den Massentourismus, der dann, statt dem mühevollen Weg längs der Berge zu folgen, direkt und bequem die Nordküste erreicht.«

»Und was verleitet diese Hinterwäldler zu dieser Annahme? Sie haben nichts zu bieten, außer einer Steinwüste. Sie sollten froh darüber sein, daß die Zivilisation sie endlich aus ihrem Dornröschenschlaf befreit.«

»Sie wollen weiterschlafen, meine Liebe, und ihr Zauberschloß heißt Forillion Park.«

»Eine Art Reservat, soweit ich unterrichtet bin«, antwortete ich gereizt. »Ganz Kanada ist voll davon. Es ist wie eine Sucht. Ich gebe zu, in strukturschwachen

Gebieten ist es eine Möglichkeit, Arbeitsplätze zu schaffen. Aber dazu braucht man nun einmal Touristen, Ströme von Touristen und nicht nur ein paar einsame Wanderer.

Und hier schließt sich der Kreis. Ohne Brücke keine Touristen. Und ohne Touristen keine Arbeit, um nicht zu sagen, keinen Wohlstand. Das ist ja einer der Gründe, warum man beschlossen hat, die Brücke zu bauen.«

»Und wir waren so dumm, uns an der Ausschreibung zu beteiligen, übrigens gegen meine Stimme. Leider haben wir das große Los gezogen.« Jordan griff erneut nach seinen Zigaretten, aber es hätte dieser Geste nicht bedurft, um mich seine Nervosität spüren zu lassen.

»Greenwood hat Order, keinen unserer eigenen Leute für dieses Projekt einzuteilen. Keinen! Verstehst du? Ob Ingenieur oder Bauarbeiter, du wirst niemanden von ihnen auf den Personallisten von ›Canadian Steel‹ wiederfinden. Sie alle sind für diesen einen Job angeworben. Genau wie du.«

Stets war ich überzeugt davon gewesen, eine gewisse, wenn nicht gar überdurchschnittliche Intelligenz mein eigen zu nennen. Doch je länger ich Jordan zuhörte, um so weniger begriff ich Sinn und Hintergrund.

»›Canadian Steel‹ ist als alleinverantwortlich ausgewiesen. Das ist offiziell, und jeder weiß es. Wozu dann all diese ... diese Guerillamethoden?«

»Weil wir das Ergebnis benötigen. Es ist ein Auftrag der kanadischen Regierung, vergiß das nicht. Wenn die Brücke erst einmal steht, wird sich der Aufruhr legen. Über kurz oder lang wird man zur Tagesordnung übergehen.

Das alles aber interessiert uns nicht. Wichtig für uns ist einzig und allein, daß wir unsere Verpflichtung erfüllen. Wie und auf welche Weise ist dabei vollkommen unerheblich.«

Jordan beugte sich vor und faßte nach meinen Händen. Die träge Melancholie verschwand aus seinen Augen und wurde ersetzt durch den Ausdruck ernster Beharrlichkeit.

»Es wird Ärger geben in Gaspé, großen Ärger. Sie nennen sich Naturschützer, aber es sind Menschen, die nichts als Terror wollen. Sie werden dich fertigmachen, und du wirst nichts haben, um dich zu wehren. Keine Hilfe, keine Unterstützung. Gar nichts!

Die Leute, mit denen du arbeiten wirst, sind alles andere als gut. Es ist ein zusammengewürfelter Haufen aus allen Teilen Kanadas und aus den Staaten. Weiß der Henker, wo und durch wen Greenwood sie aufgetrieben hat.

Glaub mir, Ann. Es ist der falsche Platz für dich. Erinnerst du dich an Geoffrey? Auch ihm hat man den Job angeboten, und er hat abgelehnt, obwohl er seit zwei Jahren ohne Stellung ist.«

»Wundert dich das? Er war schon in Boston der geborene Versager. Ich bin kein Versager, und ich werde diese Brücke bauen! Weder du noch ein paar Weltverbesserer werden mich daran hindern.«

Jordan ließ meine Hand los. Die schweren Lider senkten sich, und er zuckte resigniert mit den Schultern.

»Du hast mir überhaupt nicht zugehört. Es hat keinen Sinn, weiter mit dir zu diskutieren. Du wirst es tun, selbst wenn ich noch Stunden damit verbringen würde, auf dich einzureden.«

Er stand auf, und ich machte keine Anstalten, ihn daran zu hindern.

»Bitte. Denk noch einmal darüber nach. Du vergibst dir nichts, wenn du jetzt aussteigst.

In Boston habe ich mich wie ein Schuft zu dir benommen, und darum kann ich kaum erwarten, daß du mir glaubst. Aber ich mag dich, Ann. Ich mag dich sogar sehr, zu sehr.

Du bist zu schön für diesen Krieg. Und ein Krieg wird es sein. Darauf kannst du dich verlassen.«

Die Filmszene, in der ich Jordan zur Tür begleitete, war oscarverdächtig. Beim Abschied nahm er mein Gesicht zwischen seine Hände und küßte mich. Ein heiser gemurmeltes »Viel Glück«. Dann war ich allein.

Der Filmstar Ann Griffith würde nun ihre Hände an die Lippen führen, dorthin, wo sein Mund sie berührt hatte. Sie würde die Augen schließen und in dem seeligen Gefühl einer erwachenden Liebe seufzen.

Mein Film hieß »Leben«, und ich tat nichts von alldem.

Daß Jordan versucht hatte, mich zu warnen, bedeutete ein nicht unerhebliches Risiko für ihn. Es wäre ein leichtes für mich gewesen, ihn von jetzt ab mit der Wahrheit, die ich kannte, zu erpressen. Ich wußte, daß ich niemals auf einen solchen Gedanken verfallen würde und begab mich sofort an die Analyse des »Warum? ...«

Erleichtert stellte ich fest, daß es nicht aus schwärmerischer Verliebtheit heraus geschah, und das, obwohl Jordan Lorimer sämtliche Attribute auf sich vereinigte, die ein Mann benötigt, um begehrenswert zu erscheinen. Er war reich, sah blendend aus, und er hatte das Flair des ewigen Jungen, dem man alles verzeiht.

»Ich mag dich, Ann«, hatte er gesagt und damit meine Unterstellung einer späten Rache endgültig ad absurdum geführt. Nichts lag ihm ferner. Ehrlichkeit und Freundschaft. Das war sein Motiv gewesen. Vielleicht auch Bewunderung ... oder etwa Liebe?

Annie Darling wäre von ihm bedenkenlos ins Verderben geschickt worden. Nicht den kleinen Finger hätte er für sie gerührt. Ann Griffith allerdings würde, allen Warnrufen zum Trotz, die Herausforderung annehmen. Nun erst recht!

Jordan hatte sie schön genannt. Das war nicht genug. In etwa zwei Jahren würde er sie als schön und erfolgreich bezeichnen müssen.

An diesem Punkt stoppte ich den Zug meiner Gedanken. Die Anerkennung durch einen Jordan Lorimer schien von Wichtigkeit für mich zu sein, von eminenter Wichtigkeit. Das war gefährlich. Es konnte die Wagen leicht zum Entgleisen bringen. Ich stellte die Weichen und lenkte die Schienen dadurch in eine andere Richtung. Von nun an rollte der Zug wieder ruhig und sicher seinem Ziel entgegen. Jordan hatte sich geirrt.

Voller Aufmerksamkeit war ich seinen Worten gefolgt. Sie hatten mich weit mehr berührt, als Joans intuitive Ablehnung meiner Pläne. Was sie allerdings in mir zurückließen, war kein Zaudern, sondern Verärgerung. Mehr noch. Kalte Wut. Warum, zum Teufel, hatte mir Greenwood nichts darüber gesagt? Wenigstens mich hätte er unbedingt einweihen müssen.

Weder ihm noch »Canadian Steel« konnte damit gedient sein, mich absichtlich und bewußt ins offene Messer rennen zu lassen.

Sein Schweigen war unfair, und es war dumm!

Liebend gern hätte ich dem Mann mit der Bleistiftnase und der platingefaßten Brille meine Meinung auf den Schreibtisch geschleudert. Aber ich hatte Jordan mein Wort gegeben.

Minutenlang feilschte ich mit mir um die Entscheidung.

Schließlich siegte das Bewußtsein, daß ich dank meines Wissens um die Realität weitaus höher stand als der Mann, der meinen Vertrag gegengezeichnet hatte.

Am Ende der Bauzeit würde es mir ein Vergnügen sein, ihn der Öffentlichkeit zum Fraß vorzuwerfen.

Und Jordan, der mich anerkannte, bewunderte und liebte, würde mir dabei helfen.

Ich gedachte Dr. Greenwood in freundlicher Bosheit und läutete nach dem Service. Eine Flasche edelsten Champagners würde diesem denkwürdigen Tag zu einem krönenden Abschluß verhelfen und gleichzeitig die Rechnung des Hotels an »Canadian Steel« respektive Greenwood um weitere 100 Dollar erhöhen.

Falls Sie meine Reaktion als kindisch und einer Ann Griffith unwürdig empfinden, gebe ich Ihnen recht. Doch ich tat es, schlürfte den Champagner und hatte nicht die leisesten Gewissensbisse dabei.

Vielleicht erreiche ich Ihr wohlwollendes Verständnis, wenn ich Sie daran erinnere, daß auch Soldaten vor Beginn der Schlacht Anspruch haben auf eine Ration Gin, Wodka oder Rum.

## 19

Drei Monate später begleiteten mich die letzten Strahlen der Herbstsonne auf meiner Fahrt gen Norden. Ich hatte die Zeit genutzt und alles verfügbare Material über die Region rund um die Chaleur Bay bis ins letzte Detail studiert. Nun wäre ich in der Lage gewesen, über Land und Leute erschöpfend Auskunft zu geben, obwohl ich die Gegend noch nie mit eigenen Augen gesehen hatte.

Der Terminplan für die einzelnen Bauabschnitte war geradezu von selbst daraus entstanden. Umweltpartisanen allerdings spielten in meinen Berechnungen, wenn überhaupt, nur eine untergeordnete Rolle. Sollte es tatsächlich notwendig sein, würde sie ein klärendes Gespräch zur Einsicht zwingen. Die positiven Aspekte meiner Arbeiten würden es mir leichtmachen, jedes ihrer fadenscheinigen Argumente zu widerlegen.

Joan hatte keinen weiteren Versuch unternommen, mich doch noch umzustimmen. Die Art, in der sie mich meinen Vorbereitungen überließ, konnte man mit Fug und Recht als Resignation bezeichnen. Unser Verhältnis wurde zu einem Spiel mit vertauschten Rollen. Die Sphinx kletterte von ihrem Thron und versah mit demütig gesenktem Blick die Dienste einer Sklavin.

Zuerst bemerkte ich es nicht einmal. Ich hatte eine neue Sucht entdeckt. Sie hieß Arbeit, und ich setzte all meine Kraft, meinen Ehrgeiz daran, ihren Ansprüchen gerecht zu werden. Sie waren grenzenlos, und ich selbst war es, der die Forderungen an mich immer weiter in die Höhe schraubte.

Nur, wenn ich das auferlegte Pensum bewältigt hatte, erlaubte ich meinem Körper, sich von Joan verwöhnen zu lassen.

Doch auch in den Nächten unserer Liebe war es nun an mir, die Regeln zu bestimmen. Ich nahm alles und gab nichts dafür. Ich verlangte meinen Orgasmus und zwang Joan zu Dingen, die ich selbst niemals bereit gewesen wäre zu tun.

Heute tut es mir leid, und wenn ich einen Namen finden müßte für die Ann Griffith jener Tage, so würde ich mich als seelenloses Monster bezeichnen. Damals jedoch war ich bereit, alles zu opfern auf dem Altar meiner Karriere: Freundschaft und Liebe, Joan und am Ende mich selbst.

Als ich mich von ihr verabschiedete, hatte sie Tränen in den Augen. Ich sah es mit einem Lachen, umarmte sie ein letztes Mal, setzte mich in meinen Wagen und fuhr los, um die Welt zu beherrschen.

Da Sie dieses Buch wohl kaum in der Erwartung gekauft haben, darin einen genauen Abriß bautechnischer Maßnahmen vorzufinden, verschone ich Sie damit, dem Aufbau eines Arbeitscamps folgen zu müssen. Es wäre seitenfüllend, das kann ich Ihnen versichern, und es würde Sie zu Tode langweilen.

Darum begnüge ich mich mit einigen wenigen Sätzen. Die allerdings sind notwendig. Schließlich kann ich nicht verlangen, daß Sie sich in das nächste Flugzeug setzen, um vor Ort, an der kanadischen Ostküste, die Ereignisse von damals nachzuvollziehen.

Das Camp umfaßte ein Areal von sechs Acre, was ungefähr der Größe zweier Fußballstadien entspricht. Drei Reihen von Wohncontainern bildeten die Unterkunft für Arbeiter, Poliere und Ingenieure. Wie in Albany-Cambridge gab es auch hier, unter 189 Männern, keine Ausnahme für mich.

Leider brauchte ich nur wenige Tage um festzustellen, daß Jordans Beschreibung der Situation alles andere gewesen war als ein Hirngespinst. Die Kolonnen waren tatsächlich der zusammengewürfelte Haufen, als den er sie bezeichnet hatte. Zum Beispiel kamen drei der Vorarbeiter zwar aus dem Baugewerbe, ihre Erfahrung indessen beschränkte sich auf das Errichten von Wohnhäusern. Hier an der Chaleur Bay stolperten sie ahnungslos durch Neuland und waren nicht in der Lage, auch nur die simpelsten Arbeiten ohne zeitraubende Erklärung durchführen zu lassen, und selbst dann unterlief ihnen ein Fehler nach dem anderen.

Fünf Ingenieure waren mir unterstellt. Unsere erste Besprechung endete in einem Fiasko und mit meiner wütenden Frage nach dem Namen der Universität, die so dumm und verantwortungslos gewesen war, ihnen ihre Titel zu verleihen.

Angefangen bei Donald Pemberton bis hin zu Hal Watkins überboten sie sich in arroganter Selbstgefälligkeit. Qualifikation und Kompetenz hingegen suchte ich vergeblich. Einen krasseren Gegensatz zu den Männern um Brian Holland konnte es gar nicht geben. In einem Punkt jedoch waren sie sich einig, nämlich darin, daß sie sich untereinander nicht verstanden. Bei jeder sich bietenden Gelegenheit versuchten sie, sich gegenseitig für Fehler, die gemacht worden waren, zur Verantwortung zu ziehen.

Zwei Wochen dauerte es, um das Camp abzubauen und an geeigneter Stelle neu zu errichten. Selbstredend, daß niemand für den Standort nur etwa 30 Yards vom Ufer entfernt die Konsequenzen tragen wollte. Vielleicht hätte ich diese Feigheit akzeptiert, wenn wenigstens einer der angeblichen Spezialisten Einsicht gezeigt hätte. Doch sogar ein Argument, so klar und einleuchtend wie kein zweites, taten sie als übertriebene Vorsichtsmaßnahme ab.

»Was«, hatte ich gefragt, »wird geschehen, wenn die zu erwartenden Regenfälle den Boden in eine Sumpflandschaft verwandeln würden? Was, wenn die Fluten der Chaleur Bay über die Ufer treten?«

Ein Achselzucken war die einzige Antwort gewesen, mit der sie mich gewürdigt hatten.

Und ich? Ich hätte liebend gern darauf verzichtet, meine Vorahnungen bereits wenige Tage darauf bestätigt zu sehen.

Mit derselben gedankenlosen Ignoranz, die die Verlegung des Camps notwendig gemacht hatte, war auch der Mischturm, ein tonnenschweres Ungeheuer von gut 29 Fuß Höhe, errichtet worden. Niemand war auch hier auf die Idee verfallen, dem schwammigen Untergrund Rechnung zu tragen. Als die stählernen Rammböcke unter der Belastung versagten und sich verschoben, verhinderte nur der gnädige Zufall eine Katastrophe.

Man sagt, alles Schlechte hat auch seine guten Seiten. Um ehrlich zu sein: es gibt — oder im Hinblick auf den Fortgang der Geschichte — gab wenig, an das ich glaubte. Der Wahrheitsgehalt von Sprichwörtern gehörte garantiert nicht dazu. Mag sein, daß es dieselbe Macht war, die seinerzeit bestimmt hatte, mich zu läutern, indem sie ein Wunder geschehen ließ. Nun entschloß sie sich, mich auch in diesem Fall zu bekehren.

Die Reparatur des Mischturms war zeitaufwendig, und sie war kostspielig. Ich machte keinen Hehl daraus, daß ich es nicht gewohnt war, Zeit und Geld zu verschleudern. Mehr noch. Daß ich es haßte. Ich war wütend. Furchtbar wütend. — Habe ich schon gesagt, wie phantastisch gut ich mittlerweile fluchen konnte? — Ich muß den Männern vorgekommen sein wie Nemesis und Cassandra in einer Person. Keiner von ihnen konnte wissen, daß schiere Verzweiflung mich dazu trieb.

Das Projekt, mein Projekt, schien von Anfang an zum Scheitern verurteilt. Ein Turmbau zu Babylon, bei dem der eine nicht verstand, was der andere sagte, bei dem die linke Hand nicht wußte, was die rechte tat.

Und plötzlich war es, als sei ein Ruck durch die Männer gegangen. Praktisch von einer Stunde auf die andere akzeptierten sie mich nicht nur, sondern sie respektierten mich, was, wie Sie inzwischen wissen, einen himmelweiten Unterschied bedeutet.

Ich war nahe daran, an ein Wunder zu glauben — zum zweiten Mal in meinem Leben.

Fasziniert beobachtete ich die Metamorphose, sah, wie fünf egoistische Dummköpfe sich in willige, intelligente Mitarbeiter verwandelten, die hellwach und präzise meinen Anweisungen folgten.

Sollte sich nun jemand von Ihnen meine Lebensphilosophie zu eigen machen, so bitte ich dringend zu bedenken, daß bloßes Herumschreien und ein Repertoire an Flüchen nicht der Schlüssel sind, um Erfolg zu haben. Es gehört mehr dazu, viel mehr. Doch das sollte jeder für sich selbst herausfinden.

Binnen einer Zeit von etwa vier Wochen hatten wir die Vorarbeiten zu meiner vollsten Zufriedenheit erledigt.

Allabendlich traf ich mich mit Donald, Hal, Franklin, Bob und Thomas, meinen — nein, nicht Kollegen — meinen Mitarbeitern. Ich nannte sie bei ihren Vornamen und sagte »du«. Für sie war ich »Ann«, und sie sagten »Sie« zu mir.

Daran sollte sich auch bis zum Schluß unserer Zusammenarbeit nichts ändern.

Bei einem heißen Tee, der manchmal auch durch den hinterhältig milden kanadischen Whiskey ersetzt wurde, diskutierten wir die Arbeiten des Tages, der hinter uns lag, und planten unser weiteres Vorgehen. Gemeinsam suchten wir nach Möglichkeiten, den Ablauf der Arbeiten zu beschleunigen.

Der Winter stand unmittelbar bevor. Es mußte uns gelingen, dem Zeitplan vorauszueilen, um so der Winterzeit zuvorzukommen, in der Eis und Schnee ein

Weiterkommen bis an die Grenze des Machbaren erschweren würden.

Wenn ich nach einem solchen »brainstorming« die Tür meines Wohncontainers hinter mir schloß, war ich keinesfalls müde oder erschöpft. Ich schwebte, glitt durch Tage und Nächte in einem Hochgefühl der Anerkennung des Erfolges.

Das Unternehmen Gaspé begann zu funktionieren. Ein Team aus fünf Männern würde das Unmögliche wahrwerden lassen: die Brücke über den Chaleur Bay. Ein Team aus fünf Männern, die bereit waren ihr Bestes zu geben, geleitet und angespornt von einer Frau. Von mir. Ann Griffith.

## 20

Ich blickte hinauf zu den Sternen, die wie kalte Diamanten am nachtschwarzen Himmel glänzten. Sie waren zum Greifen nahe und doch so unendlich weit.

Der scharfe Ostwind, der vom St. Lawrence Strom herüberkam, nahm mir den Atem. Ich schlug den Kragen meiner Lammfelljacke hoch und vergrub die Hände in den Taschen.

Laut Wetterbericht würde schon in den nächsten Tagen mit dem ersten Schnee zu rechnen sein.

Verdammt!

Mit langsamen Schritten setzte ich meinen Weg entlang des Ufers fort. Die Wasser der Chaleur Bay schwappten träge an den Strand und täuschten in ihrer trügerischen Ruhe über die Strudel und Untiefen hinweg, die das Errichten der Fundamente so sehr erschwert hatten.

Verdammt!

Die Baubaracken lagen im Dunkeln. Die meisten der Arbeiter waren nach Port Daniel gefahren, um dort im Rausch zu vergessen. Auch Donald und die übrigen vom Team hatten es nicht mehr ausgehalten in dem erbarmungslosen Schweigen, das uns umgab.

Sie hatten mich bedrängt, mit ihnen zu fahren. Ich aber hatte abgelehnt. Ich wollte und mußte allein sein. Nur so hatte ich eine Chance, in dem unheimlichen Nebel, der mich zu ersticken drohte, die Lösung meiner Probleme zu finden. Das »brainstorming« hatte stets zu konstruktiven Ergebnissen geführt. Nun versagte es, und daran war niemand anderer schuldig als ich selbst.

Vor wenigen Tagen hatte es einen Unfall gegeben an Ponton 3. Einer der Arbeiter war dabei ums Leben gekommen. Seitdem fürchteten sie sich, hatten Angst, und ich konnte sie verstehen. Das Unglück bildete den vorläufigen Höhepunkt einer Reihe von Zwischenfällen, für die es keine Erklärung zu geben schien. Sie hatten begonnen an dem Tag, an dem wir das erste Bauteil entschalt hatten. Und an demselben Tag waren sie aufgetaucht, die Hinterwäldler, die weltfremden Idealisten. Wie aus dem nichts hatten sie dagestanden, hatten ihre Spruchbänder entrollt und vehement den sofortigen Abbruch der Arbeiten gefordert.

»Friends of the Forillion«. Das war ihr Name. Er drohte uns von den Transparenten, grinste uns an von den sackähnlichen Umhängen, unter denen sie sich verbargen.

Verdammt!

Dreimal verdammt. Auf das Wetter, die Unbilden der Natur und auf die Umweltschützer! Ich war davon überzeugt, daß sie für die Anschläge verantwortlich waren. Der Tod des Jungen – sein Name war Jim, und er hatte vor zwei Wochen seinen 19. Geburtstag gefeiert – war kein Unfall gewesen, sondern Mord. Ein hinterhältiger Mord, begangen von den angeblich so friedliebenden »Friends of the Forillion«, die zu feige waren, ihr Gesicht zu zeigen.

»Und viermal verdammt über dich!« herrschte ich mich an. »Seit Québec wußtest du von diesen Leuten. Und was hast du getan? Du hast sie ignoriert und statt dessen Stillschweigen gelobt und Champagner getrunken!« Unkontrolliertes Gelächter schüttelte mich. Ich warf den Kopf zurück und lauschte. In der einsamen Dunkelheit der Bay klang es verdächtig nach einem Schluchzen.

Noch ahnte niemand im Camp den Zusammenhang zwischen den Sabotageakten und den Protestmärschen. Die fünf Männer meines Teams, von denen ich vorausschauendes Engagement verlangt hatte, machten da keine Ausnahme.

Ging ich nun zu ihnen mit meinem Verdacht, so würden sie Fragen stellen, auf die ich keine Antwort geben konnte, geben durfte. Ich hatte Jordan mein Wort gegeben und mir dadurch selbst die Hände auf dem Rücken zusammengebunden.

Und wenn ich mich nun darüber hinwegsetzte, offen und ehrlich zugab, im voraus informiert und gewarnt worden zu sein?

Sie würden mich in der Luft zerreißen und die Fetzen am Ufer der Bay verstreuen.

Ich bückte mich nach einem Stein, schleuderte ihn über das Wasser und sah zu, wie er in den Fluten versank. Schnell blickte ich hinauf zu den Sternen. Und dann hob ich den Arm und drohte mit geballter Faust demjenigen, der für das Geschick der Welt, also auch für diesen Krieg verantwortlich war.

Schon einmal hatte es eine solche Szene gegeben. Schon einmal hatte eine Frau mit eben dieser Geste sich selbst geschworen, das Schicksal in die Knie zu zwingen.

Die Frau hieß Katie Scarlett, und sie tat es auf der verbrannten roten Erde von Tara.

14 Tage später.
Der Sonntagmorden des 26. November 1987 hätte eine stolze und zufriedene Ann Griffith erleben müssen. Statt dessen betrachtete er verwundert die dunkelhaarige Frau, die sich mit unsicherer Hand eine Zigarette anzündete. Es gab absolut keinen Grund für ihr merkwürdiges Verhalten, denn die Arbeiten schritten rasch voran.

Ich hätte es ihm erklären können, und mein Unbehagen wuchs mit jedem Tag, der friedlich und ohne Zwischenfall zu Ende ging. Nennen Sie es Instinkt, nennen Sie es Vorahnung, wenn ich behauptete, daß ich die Gefahr witterte.

Gleich dem unsichtbaren Schwert des Damokles hing sie über uns. Irgendwann und zwar schon bald würden die morschen Bindfäden zerreißen. Das Schwert würde auf uns herabsausen, in einem Moment, in dem wir es am wenigsten erwarteten.

Schuld an meiner Nervosität war die Menschenmenge, die das Camp und die Baustelle umlagerte. Die Demonstranten hatten ihre Taktik geändert. Es gab keine neuerlichen Anschläge. Das monotone Staccato der Proteste war verstummt. In bösartigem Schweigen standen sie da, abwartend, lauernd. Tag für Tag umgab uns dieser Wall aus vermummten Gestalten.

Die lautlose Masse erdrückte mich. Sie nahm mir die Luft zum Atmen, und ich fragte mich verwundert, warum ich die einzige zu sein schien, der diese beklemmende Atmosphäre bewußt war.

Soweit ich entdecken konnte, gab es keinen, weder im Team noch unter den Arbeitern, der meine Angst teilte. Wie sollten sie auch? Schließlich waren ihnen die Hintergründe unbekannt, und wenn sie den »Friends of the Forillion« Beachtung schenkten, dann taten sie es, je nach Bildungsgrad, mit derbem Spott oder abwertender Ironie, kurz, in der Art, in der ich selbst es noch vor Wochen getan hatte.

Davon war ich mittlerweile gründlich geheilt.

## 21

Ein Projekt, wie der Bau einer Brücke, kennt keine Ruhepause. Ähnlich wie auf den Bohrinseln im offenen Meer, dient der Sonntag nicht als Entschuldigung, die Arbeit zu unterbrechen.

Ich verbrachte den Vormittag in meinem Büro und ging dann hinunter zum Strand.

Wie bei der Erstellung eines jeden freitragenden

Bauwerkes waren auch wir verpflichtet, aus bereits errichteten Abschnitten Proben zu entnehmen und den Beton in einem neutralen Labor auf Qualität und Festigkeit prüfen zu lassen. Diese Sicherheitskontrolle ist im Baugesetz verankert, spielt aber auch auf dem Gebiet der Produkthaftung eine eminent wichtige Rolle.

Heute nun waren die Arbeiten am zweiten der sechs Fundamente abgeschlossen worden. Auch diesmal würde das Material unbeanstandet die Testreihen durchlaufen. Daran konnte für mich kein Zweifel bestehen.

So schnell es eben ging, schlitterte ich über den glitschigen Untergrund. Endlich, zwischen den Sattelschleppern, den Kränen und den Planierraupen, konnte ich mir einreden, dem feindlichen Mummenschanz rund um das Camp entkommen zu sein. Noch nie war einer von diesen Leuten in unmittelbarer Nähe der eigentlichen Baustelle gesehen worden. Ich kannte den Grund. Er bestärkte meinen Verdacht und schürte das Unbehagen in mir zu einem hellen Feuer.

Ein Bulldozer versperrte mir den Weg. Während ich mich daran vorbeizwängte, faßte ich, allen Mehrkosten zum Trotz, den Entschluß, auch die knappe halbe Meile zwischen dem Camp und der Uferböschung asphaltieren zu lassen.

Wie aus dem Nichts stand der Mann vor mir. Die unerklärliche Logik einer ausweglosen Situation verbot es mir, in Panik zu geraten, davonzurennen oder auch nur um Hilfe zu schreien. Wie das Kaninchen die Schlange, so starrte ich ihn an. Ich registrierte das grelle Rot des Umhangs, der seine Gestalt verbarg und auch den Schal, mit dem er die untere Gesichtshälfte maskiert hatte. Ich tat es für Sekunden einer Ewigkeit, und mit einem Mal war ich mir sicher, diesen Mann zu kennen, ihm irgendwo schon einmal begegnet zu sein.

»Sag nichts und hör mir zu.«

Der Schal verzerrte den Klang der Stimme.

»Sie dürfen nicht wissen, daß ich hier bin.«

Die Stimme durchlief das Register meiner Erinnerung.

»Die Sache beginnt, uns aus den Händen zu gleiten.«

Das Register begann mit dem Buchstaben A.

»Ich muß mit dir sprechen, bevor es zu spät ist.«

Buchstabe D. Ohne Erfolg. Die Suche ging weiter.

»Du kennst den Tankstop an der Straße nach Port Daniel?«

Ich hatte den Buchstaben E erreicht und nickte.

»In zwei Stunden werde ich dort auf dich warten.«

Buchstabe F.

»Sei pünktlich. Und kein Wort, zu niemandem!«

Buchstabe G. G? Zehn Jahre waren vergangen. Damals hatte es noch keine Ann Griffith gegeben. Nur eine »moaning minie«. So getauft und genannt von ...

»Marvin? Marvin Gates?«

In einem der einschlägigen Westernfilme — und aufgrund seiner Verkleidung erschien Marvin geradezu prädestiniert für eine solche Szenerie — hätte er sich jetzt auf mich gestürzt, mir die Hand vor den Mund gepreßt und dann mit wachsamen Blicken die Umgebung nach verborgenen Spähern abgesucht.

Nun, wir waren nicht in Texas, und ich war keine geschwätzige Farmersfrau. Marvin jedoch wandte tatsächlich den Kopf, als habe er Angst, er könne belauscht werden.

»In zwei Stunden, also.« Dann verschwand er, blitzschnell und lautlos, so wie er gekommen war.

Mein Gehirn startete zu einer Achterbahnfahrt. Fragen bildeten die Stahlseile. Sie zogen meine Gedanken den ersten Berg hinauf, versetzten ihnen einen Stoß, und der rasende Wirbel durch die Spirale meiner Vermutungen begann. Ich suchte verzweifelt, aber ich fand nicht eine einzige Antwort, um die Fahrt zu stoppen.

Schwindelgefühl erfaßte mich. Mit letzter Kraft zog ich die Notbremse.

Zwei Stunden. Nur noch zwei Stunden. Dann würde ich alles erfahren.

Ich glättete mein gesträubtes Fell und versicherte mir, dem Treffen mit Marvin entschlossen, ungeduldig, egal wie, ganz bestimmt aber nicht ängstlich entgegenzusehen.

## 22

Der Range Rover stand abseits, dort, wo ihn das gleißende Licht der Halogenscheinwerfer nicht erreichen konnte. Ich parkte meinen Wagen und ging darauf zu.

Fragen Sie mich bitte nicht, woher ich wußte, daß Marvin ausgerechnet in diesem Fahrzeug auf mich wartete. Ich wußte es eben. Fragen Sie lieber, was ich dachte, wie ich mich fühlte, als ich den Tankstop und die helle Sicherheit verließ.

Niemand sah mich gehen.

Selbstverständlich hatte ich von Marvin nicht das geringste zu befürchten. Er würde sich so verhalten, wie es unter zivilisierten Menschen üblich ist. Ich würde unbeschadet ins Camp zurückkehren, und zwar zu jedem Zeitpunkt, der mir passend erschien.

Soweit meine offizielle Aussage zu diesem Thema.

Inwendig jedoch verlangte eine ängstliche junge Frau zu wissen, was mit ihr geschehen sollte, falls die mutige Ann Griffith sich geirrt hatte.

Sie erhielt keine Antwort, und man verbot ihr, auf das Rauschen des Vorhangs zu achten, der sich hinter ihr schloß. Nach wenigen Schritten verlor sich ihre Spur in der hereinbrechenden Dämmerung. Marvin wartete, bis ich eingestiegen war. Dann ließ er den Motor an. Doch, anstatt zurück auf den Highway zu fahren, wendete er und lenkte den Wagen auf einen unebenen Pfad, der sich zwischen wildwuchernden Brombeerhecken hindurchschlängelte. Im Außenspiegel sah ich, wie wir uns langsam aber unerbittlich von dem beruhigenden Licht des Tankstops entfernten.

Erst jetzt flammten die Scheinwerfer des Geländewagens auf. Da es mir unerheblich erschienen war, die weitere Umgebung des Camps zu erforschen, hatte ich nicht die geringste Ahnung, wo das Ziel unserer Fahrt sein mochte.

Ich beschäftigte meine Hände damit, sich an den Kanten des Sitzpolsters festzuhalten. Sie fragten mich nach dem Grund, und ich erklärte ihnen, daß es nötig war, um die nicht vorhandene Federung des Wagens auszugleichen. Tatsächlich aber befürchtete ich, daß sie statt mir meiner furchtsamen Zwillingsschwester gehorchten, die Beifahrertür aufreißen und mich aus dem Wagen zerren würden.

Meine Autorität war groß genug, aber sie reichte nicht aus, um auch den Rest meines Körpers zu befehligen. Meine Augen blickten furchtsam auf Marvin, der meine Existenz offenbar vollkommen vergessen hatte. Meine Lippen bebten. Die Druckwelle dieser Erschütterung breitete sich rasch auf. Das Zittern erreichte meine Schultern, meine Hände, meine Knie.

»Die Heizung ist kaputt. Tut mir leid. Wenn du frierst, nimm dir die Decke. Sie muß irgendwo dahinten liegen.«

Ich atmete tief durch und hoffte inständig darauf, daß wenigstens meine Stimmbänder wie gewohnt funktionierten. Sie taten mir den Gefallen.

»Ich verlange, daß du anhältst, und zwar auf der Stelle. Ich bin gekommen, weil du mit mir sprechen wolltest und nicht, um eine nächtliche Spazierfahrt zu unternehmen.«

Genau dies waren meine Worte, und ich schwöre jedem, der es hören will: Ich habe nicht gestottert, und meine Stimme hatte einen wunderbar sicheren Klang!

»Wir werden miteinander sprechen. Aber nicht hier. Es ist der falsche Ort und die falsche Zeit. Und nun nimm die Decke und versuch zu schlafen. Wir haben noch einen langen Weg vor uns.«

Meine Zwillingsschwester geriet in Panik. Sie stürzte sich aus dem fahrenden Wagen und floh.

Ich blieb. Irgendwo hatte ich einmal gelesen, daß geduldiges Ausharren auch eine Form ist, Mut zu beweisen, ausharren und abwarten, bis sich die Chance ergibt zum Sieg. Wieder und wieder rezitierte ich diesen Ausspruch unbekannter Herkunft. Schließlich gelang es mir, mich zu überzeugen. Probeweise gab ich meiner linken Hand den Befehl, sich vom Polster zu lösen. Sie gehorchte, tastete nach der Decke und zog sie vor.

Ich wickelte mich hinein, meilenweit davon entfernt, an Schlaf auch nur zu denken. Als wir jedoch bald darauf eine befestigte Straße erreichten, spürte ich eine bleierne Müdigkeit in mir aufsteigen. Dieses Gefühl war sowohl meinem Körper als auch mir völlig unbekannt. Wir beschlossen, uns nicht dagegen zu wehren, und überließen uns für den Rest der Fahrt einem halbschlafähnlichen Dämmerzustand, der uns Stück für Stück in die dunkle Stille der Unendlichkeit hinabzog.

Sollten Sie jemals etliche Stunden auf dem Rücken eines Pferdes, im Führerhaus eines Trucks oder auf dem Beifahrersitz eines Geländewagens verbracht haben, dann wissen Sie, in welch erbarmungswürdigen Zustand ich am Ende der Reise war.

Ohne größere Anstrengung gelang es mir, die Augen zu öffnen. Das aber war auch gleichzeitig das Ende meiner physischen Möglichkeiten. Ich fühlte mich wie gerädert. Meine Arme und meine Beine waren taub. Der Rest von mir glich einer Felsplatte. Keine noch so kräftige Muskulatur würde je in der Lage sein, ihn aufzurichten.

Ich verdrehte meine Augen bis in die äußersten

Winkel, um wenigstens einen vagen Eindruck meiner Umgebung zu erhaschen. Soweit ich erkennen konnte, befand ich mich in einem niedrigen Verschlag, dessen Wände aus rohem Kiefernholz gezimmert waren. Die Spalten zwischen den Brettern hatte man notdürftig mit Lehm und Moos ausgefüllt. Der eisige Wind hatte keine Mühe, bis zu mir vorzudringen. Daß ich nicht fror, lag an einer Ansammlung von Pelzdecken unterschiedlichster Herkunft, die mich regelrecht unter sich begruben. Ein strenger Geruch ging von ihnen aus, und es erstaunte mich festzustellen, daß ich ihn als angenehm empfand.

Zwischen Schlafen und Wachen versuchte ich, meinen zentnerschweren Körper in eine bequemere Lage zu bringen. Endlich hatte ich es geschafft und verspürte danach ein Gefühl, das ich mit Fug und Recht und ohne kitschig zu erscheinen als »wohlige Mattigkeit« bezeichnen kann.

## 23

Ich hörte Schritte und drehte meinen Kopf in Richtung Tür. Die Klinke wurde heruntergedrückt.

Statt seiner Partisanenuniform trug Marvin nun eine der typisch kanadischen Holzfällerjacken. — Sie wissen bestimmt, was ich meine. Es sind diese karierten Jacken aus derbem Wollstoff, die samt Kragen aus hellem Schafspelz in keinem Film fehlen dürfen, der das angeblich so freie Leben in der Wildnis beschreibt. — Marvin kam auf mich zu. Schneekristalle glitzerten auf seinen Schultern. Die Schnürstiefel hinterließen nasse Spuren auf dem Boden.

»Ausgeschlafen?« fragte er, und ich weigerte mich, auf den Hauch besorgter Zärtlichkeit in seiner Stimme zu achten.

Marvin Gates hatte mich entführt. Und die Zeit war stehengeblieben seit 15 Jahren. Und er gehörte zu dem Heer der apokalyptischen Reiter, die sich Umweltschützer nannten. Und er sah mich an mit jenem verwirrend sprechenden Blick, der einst für Sterrin reserviert gewesen war. — Und ... Aus Annie war Ann geworden. Sie trug die Verantwortung für ein Millionenprojekt. Wie konnte sie es wagen, auch nur einen Wimpernschlag ihrer kostbaren Zeit an den unerfüllten Traum ihrer Kinderjahre zu vergeuden?

Wut kann Berge versetzen. Es gelang mir, mich auf die Seite zu drehen und mich auf den Ellbogen abzustützen.

»Darf ich fragen, wo ich bin, oder ist das dem Opfer einer Entführung verboten?«

Entweder verstand Marvin die Hintergründigkeit meiner Worte nicht, auf die ich so stolz war, oder er ließ es sich nicht anmerken. Ohne die geringsten Skrupel setzte er sich neben mich auf das Bett.

»Wir sind in den Forillions. Um genau zu sein, in einem Tal, von dem nur sehr wenige Menschen außer mir etwas wissen.

Ich habe dich aus zweierlei Gründen hierher gebracht. Erstens brauche ich Zeit, um mit dir zu reden, und hier werden sie uns, hoffentlich, so schnell nicht finden. Und zweitens will ich, daß du mit eigenen Augen sehen mußt, was für ein Paradies deine verdammte Brücke zerstören wird.«

Ich suchte in seinem Gesicht nach Anzeichen von Fanatismus. Was ich fand, waren Trauer und Ratlosigkeit. Sollte, nein konnte das tatsächlich der Nährboden sein für Sabotage, für Anschläge, in die selbst der Tod eines unschuldigen Jungen einkalkuliert gewesen war?

»Die Dinge beginnen, uns zu entgleiten«, hatte Marvin gesagt. Ich beschloß, diesen Satz als Ausgangspunkt zu nehmen und der Sache auf den Grund zu gehen.

»Friends of the Forillion«, meinte ich nachdenklich. »Was sind das für ... für Menschen?«

Marvin antwortete nicht sofort. Diese eindeutige Frage schien ihm Probleme zu bereiten, und ich war nahe daran, sie zu wiederholen. Endlich begann er: »Du wirst dich erinnern, daß wir, meine Eltern und ich, vor gut 10 Jahren hinauf nach Juneau zogen. Dort kannte ich niemanden. Ich hatte keine Freunde. Zwei Jahre lang hindurch änderte sich daran nicht das geringste.«

Marvin Gates, der ungekrönte König von Swift Current, einsam und allein? Die Art, wie ich den Kopf schüttelte, konnte man nur als fassungslos bezeichnen. Marvin sah es und grinste selbstironisch. »Ich hatte zwei Jahre Zeit. Danach wußte ich, wie du dich als Kind gefühlt haben mußt. Das Recht auf Zugehörigkeit wurde mir verwehrt. Da konnte ich tun, was ich wollte, und dabei habe ich, im Gegensatz zu dir, wirklich alles versucht.«

Als logische Folge wäre jetzt die Niederschrift einer heftig formulierten Gegenrede angebracht. Marvin und ich waren allein. Somit gibt es keinen, der mir je das Gegenteil beweisen könnte. Keinen, bis auf Marvin. Doch wie ich ihn kenne, würde er mir die Lüge mit einem Lächeln verzeihen, und er würde sie als »dichterische Freiheit« bezeichnen.

Die Idee ist verlockend. Trotzdem. Besser, ich bleibe bei der Wahrheit.

Mag sein, daß die seltsam gläubige Stille der Natur um mich herum war. Mein Ego, das nach Anerkennung und Bewunderung geschrien hatte, verstummte, überließ mir die Entscheidung. Und ich schwieg, spürte den weichen Samt der Felldecken und wartete geduldig, bis Marvin sich anschickte, in seinem Bericht fortzufahren.

»Als ich mich den Pfadfindern anschloß, tat ich es nicht aus Überzeugung. Vielmehr sah ich darin einen letzten Ausweg, meiner Isolation zu entfliehen. Erst nach und nach begann ich Gefallen zu finden an ihren Idealen, ihren Zielsetzungen. Mit meinen Eltern habe ich mich nie gut verstanden. Bei meinen neuen Freunden spürte ich so etwas wie Geborgenheit. Plötzlich gab es Menschen, die mich verstanden, die mich akzeptierten, so, wie ich war. Sie lehrten mich, daß Nehmen auch Geben bedeutet, daß es schön ist, Verantwortung zu tragen. Und sie öffneten mir die Sinne für die Wunder dieser Welt. Bald sah ich in ihnen die Familie, die ich nie besessen hatte, und sie enttäuschten mich nicht, nicht ein einziges Mal.

Es waren nicht meine Eltern, es waren die Pfadfinder, die mir halfen, die mich ermutigten, als ich den Entschluß faßte, den Schutz der Natur zu meinem Job zu machen. So wurde ich Ranger, und ich bin es noch. Hier, in den Forillions.«

Während er sprach, hatte ich Marvin genau beobachtet. Der schwärmerische Glanz in seinen Augen war der eines Kindes. Meine Vorstellungskraft reichte nicht aus, um den Bogen zu schlagen von dem Kind Marvin zu dem rotvermummten Demonstranten, der ohne Skrupel unsere Arbeit torpedierte.

Nur widerwillig betrat ich den schwankenden Steg. Gleich einer Mutter, die weiß, daß ihr Kind bestraft werden muß, und die doch zögert, die Hand zu heben, scheute ich vor der Frage zurück, die ich nun stellen würde, stellen mußte.

»Jetzt weiß ich also, was dich hierher verschlagen hat«, sagte ich. »Und wenn ich es richtig sehe, hast du die Erhaltung der Forillions zu deiner Aufgabe gemacht. Aber nun frage ich dich: Heiligt dieses Anliegen wirklich jedes Mittel? Rechtfertigt es am Ende sogar den Tod eines Jungen, der nichts getan hat als den Job, für den er bezahlt wird?«

Marvin kaute an seinen Fingernägeln, eine Angewohnheit, die ich schon als Kind an ihm bemerkt und bereits damals als Zeichen höchster Nervosität eingestuft hatte.

»Du hast es geahnt, nicht wahr?« flüsterte er leise.

Ich nickte, und meine Beklemmung wuchs mit jeder Sekunde, die, schaudernd ob der Grausamkeit des Augenblicks, in die Unendlichkeit entfloh.

»Zwei Jahre sind vergangen, seit wir erfuhren, daß die Brücke in der Planung war.«

»Wer ist ›wir‹?«

»Farmer, Geschäftsleute, einfache Arbeiter. Eben Menschen aus allen Bevölkerungsschichten. Was mich mit ihnen verbindet, ist die Liebe zu unserem Land, zu Gaspé und zu den Forillions.

Wir waren naiv genug zu glauben, daß der Wille einer starken Gemeinschaft selbst in Ottawa Beachtung finden würde. Wir machten Eingaben. Wir organisierten eine Unterschriftensammlung nach der anderen. In seitenlangen Briefen äußerten wir unsere Bedenken, legten die Gründe offen für unser Veto.

Wie wir heute wissen, landeten unsere Schreiben samt und sonders im Reißwolf.«

»Und ihr seid nie auf den Gedanken gekommen, an Ort und Stelle eine Reaktion zu erzwingen?«

»Doch«, antwortete Marvin und widmete sich erneut der Zerstörung seiner Nägel. »Immer wieder hatten sie uns hingehalten, mit halbherzigen Versprechungen, mit der Forderung nach immer neuen Beweisen für ›öffentliches Interesse‹, wie sie es nannten. Als dann schließlich, vor einem halben Jahr, unsere Abordnung in Ottawa auf ihrem Recht auf Antwort beharrte, teilte man ihnen lapidar mit, die Einspruchsfrist sei abgelaufen und das Projekt geplant und vergeben.«

Ich dachte an Jordan. »Es sind Terroristen«, hatte er gesagt. Terroristen machen keine Eingaben. Sie sammeln keine Unterschriften, und sie zeichnen sich auch nicht dadurch aus, monatelang blind, blauäugig und voller Geduld abzuwarten.

Genau dies aber hatte Marvin, hatten die »Friends of the Forillion« getan.

Ich blickte zur Seite, um nicht von zwei dunkelvioletten Augen beeinflußt zu werden. Die Vorsichtsmaßnahme erwies sich als überflüssig. Der Gedanke, in den Anschlägen eine Art Verzweiflungstat zu sehen, katapultierte sich wie von selbst aus meinem Gehirn.

»Als die ersten Baufahrzeuge durch Escuminac dröhnten, wußten wir, daß wir verloren hatten. Alles, was uns blieb, war der Selbstbetrug, die Brücke würde unser Leben nicht in der Weise verändern, wie wir es befürchteten.

Genau zu diesem Zeitpunkt tauchte Pescara bei uns auf. Wir schenkten ihm nur die Beachtung, die ein Fremder in einem Dorf wie dem unseren zwangsläufig erfährt. Er gab an, von unserem Problem gehört zu haben.« Marvin schüttelte den Kopf über etwas, das er bis zum heutigen Tag nicht zu begreifen schien. »Die Leute hier sind äußerst zurückhaltend, um nicht zu sagen, stur wie die Maulesel. Sie gehen nicht hausieren mit dem, was sie bewegt, und trotzdem hat es dieser Mann geschafft, all die Informationen aus uns herauszuholen, die er brauchte.

Er war klug und ließ uns Zeit, mit anzusehen, wie Baum um Baum gefällt wurde. Als die ersten Stahlcontainer nah am Ufer aufgestellt wurden, widersprach er nicht, als wir glaubten, daß dies mit Rücksicht auf unseren Wald geschah.

Aber dann kamst du. Wenn ich eine Chance sah, wenigstens dich zur Einsicht zu bewegen, so erstarb sie in dem Kreischen der Motorsägen, das uns bis in die Nacht hinein verfolgte. Du hast unseren Wald zu einer Mondlandschaft gemacht, nur, um dein elendes Camp darauf zu bauen.«

»Es ist nicht mein elendes Camp! Es ist ein Teil des Projekts, und verantwortlich dafür bin nicht ich oder ›Canadian Steel‹, sondern die Regierung in Ottawa.«

»Sicher. Unsere allmächtige Regierung. Sie hat die Macht, uns Bürger zu unserem Glück zu zwingen. Und dabei behauptet jeder, die Industrie sei schuld an der Zerstörung der Natur.

Vor etwa fünf Jahren hat ein einziger Protest genügt, um einen Hotelkonzern zu stoppen, der die Forillions in ein kanadisches Disneyland verwandeln wollte. Und die Herren in Ottawa haben uns dabei sogar unterstützt.«

Hätte ich in diesen Sekunden die Fähigkeit besessen, unsichtbaren Spuren zu folgen, wäre ich in der Lage gewesen, hinter der Kulisse einer harmlosen Anmerkung den berühmten Hebelpunkt zu entdecken, den bekanntermaßen Archimedes verlangte, um die Welt aus den Angeln zu heben. Die restlichen Kapitel meiner Geschichte wären anders, ganz anders verlaufen.

Doch ich war nicht Archimedes, und die einzige Spur, die ich verfolgte, war die des ominösen Pescara. Ich wollte und mußte ihn schuldig sehen. Wie unter Zwang. Alles andere war ohne jede Bedeutung.

Wenn ich heute daran zurückdenke, so glaube ich — nein, ich bin sicher — daß in diesem Augenblick der Grundstein gelegt wurde für meinen Abschied von der Bühne der großen Karriere.

»Pescara. Das ist ein mexikanischer Name. Du hast gesagt, die Sache gerät aus den Fugen. Welche Rolle spielt dieser ... dieser Pescara dabei?«

»Die des Teufels!« Es war, als hätte ich Öl in ein brennendes Feuer gegossen. Marvin sprang auf. Er stapfte im Zimmer auf und ab. Er ballte die Fäuste. Er trat nach dem Stuhl. Kurz, er bemühte sich, seiner unbeherrschten Wut Zügel anzulegen.

»Die des Teufels«, wiederholte er. »Und wir Dummköpfe haben ihm zugehört. Mehr noch. Wir sind ihm gefolgt wie die Lemminge. Jetzt hat er uns in der Hand, dieser Fanatiker, und wir gehorchen ihm und hoffen auf ein Wunder.«

Gleich einem Tier, das Schutz vor drohendem Unheil sucht, zog ich mich in die Höhle meiner Pelzdecken zurück.

Schon des öfteren hatte ich von »Berufsdemonstranten« gehört. Sie wurden angeworben, um einem Protest Nachdruck zu verleihen, oder ihn die Richtung zu dirigieren, die der jeweilige Auftraggeber im voraus festgelegt hatte.

Diese Söldner waren keine Fanatiker. Sie kannten keine Ideologie, und wenn, so war es die der Zerstörung. Sie waren pro oder contra. Es war ihnen gleich. Sie hatten weder Ehre noch Moral, zwei Eigenschaften, ohne die — in meinen Augen — ein Mensch aufhört, ein Mensch zu sein.

Doch wie kam ein solcher Mann hierher? Wer bezahlte ihn? Die Regierung in Ottowa und erst recht »Canadian Steel« konnten auch nicht das mindeste Interesse daran haben, die Bauarbeiten zu stören, zu verzögern, zu stoppen.

War die heile Welt der »Friends of the Forillion« am Ende nur Makulatur? Hirngespinst eines gutgläubigen Rangers mit Namen Marvin Gates? Oder dessen schauspielerische Meisterleistung, um mir Sand in die Augen zu streuen und das gleich tonnenweise? Ich beschloß, den Feind meiner Kindheit auf eine letzte Probe zu stellen.

»Was hat Pescara gegen euch in der Hand? Warum laßt ihr euch von ihm in die Knie zwingen?«

Marvin antwortete mit einer hilflosen Geste. »Ich sagte es bereits. Wir haben ihm vertraut.

Übrigens hast du recht. Er stammt tatsächlich aus Mexiko. Aus Tula, um genau zu sein. Dort haben sie sich erfolgreich gegen die Errichtung eines Staudamms gewehrt. Jedenfalls hat er das behauptet.«

Dunkle Erinnerungen stiegen in mir auf. Da war etwas gewesen. Tom O'Gilvey — der Konzern aus Texas, der nicht nur den Staudamm bauen ließ, sondern auch die Cooperationsbereitschaft der Regierung in Mexiko City zu honorieren wußte — Politiker, die sich im Vorfeld der anstehenden Wahlen plötzlich dem Vorwurf gegenüber sahen, bestechlich zu sein, ein Attribut, das die Männer, die durch ihren Rücktritt an die Macht kamen, ebenso für sich hätten in Anspruch nehmen können ...

»Weiter«, krächzte ich, und Marvin kam dieser heiseren Aufforderung mit einer Bereitwilligkeit nach, die meine Zweifel haltsuchend aneinanderrücken ließ.

»Er bot uns seine Hilfe an. Wir schnappten danach wie Fische nach dem Köder. Wir hießen seine Freunde willkommen und fragten dabei nicht, wie er es geschafft haben mochte, sie in so kurzer Zeit zu mobilisieren.«

»Stammten sie alle aus Mexiko?«

Marvin stutzte. »Jetzt, wo du es sagst. Nein. Sie kamen von überall her. Und doch schienen sie sich untereinander gut zu kennen. Warum fragst du?«

Ich dachte an das Söldnerheer und murmelte ausweichend: »Ach, nichts.«

»Pescara organisierte alles. Die Umhänge, unter

denen wir uns verbergen sollten, die Spruchbänder. Sogar die Texte hat er formuliert.«

»Und die Maskierung? Hat euch das nicht mißtrauisch gemacht? Ich meine: Wer etwas fordert, wer etwas durchsetzen will, der sollte auch den Mut aufbringen, dabei sein Gesicht zu zeigen.«

»Natürlich haben wir gefragt!« konterte Marvin aufgebracht. Dann aber fügte er kleinlaut hinzu: »Jedenfalls die Älteren unter uns. Für die Jungen wurde die Sache mehr und mehr zum Spiel. Indianer auf dem Kriegspfad oder so ähnlich.

Als Pescara sie dazu aufstachelte, den reichen Yankees die Suppe zu versalzen, gab es für sie kein Halten mehr.«

»Die defekten Maschinen, die Hilfsplattform, die sich aus der Verankerung löste, obwohl die Bay glatt war wie ein Spiegel, die Fässer mit Schalöl, die in Flammen aufgingen — das alles wart ihr?«

Seit ich von Pescara wußte, hatte ich mich der Überzeugung hingegeben, daß er der Alleinverantwortliche gewesen war.

Marvins Eingeständnis traf mich unvorbereitet und mit einer Wucht, der ich nichts entgegenzusetzen hatte.

»Und ... und Jim?« hörte ich mich flüstern.

»Auch das. Glaub mir, Ann. Ich kenne die Jungen praktisch von Kindesbeinen an. Sie haben nicht gewollt, daß jemand zu Schaden kommt. Es ... es war eine unglückliche Verkettung der Umstände.«

»Es war Mord«, stellte ich richtig und wunderte mich dabei über den ruhigen, fast gelassenen Klang meiner Stimme. »Spätestens da hättet ihr aufwachen müssen.«

»Und was hätten wir tun sollen, deiner Meinung nach? Die Jungen der Polizei übergeben? Pescara öffentlich anklagen?«

Genau das war meine Ansicht. Irgend etwas an Marvin jedoch hielt mich davon zurück, es ihm ins Gesicht zu sagen.

»Seit dem ... Unfall hat es keine neuen Anschläge mehr gegeben. Warum?«

»Weil selbst ein Miguel Pescara merkt, wenn der Bogen überspannt ist. Er weiß, daß er die Macht über uns verloren hat. Jetzt will er nichts, als seine elende Haut retten. Seine und die seiner Komplizen. Sein Plan ist einfach. Er zwingt uns, den Protest aufrecht zu erhalten und entkräftet somit jeden Verdacht, er oder wir könnten mit den Anschlägen in Verbindung stehen. Und wir müssen ihm gehorchen. Nur so können wir verhindern, daß diese verdammte Brücke auch noch die Zukunft von drei jungen Hitzköpfen zerstört, die, und ich sage es dir noch einmal, nicht wußten, was sie taten.«

Marvin schwieg.

Ich hielt den Blick gesenkt und zwang meine Augen, den Strukturen der Pelzdecke unter meinen Händen zu folgen.

»Und wie soll es nun weitergehen?«

Ich bekam keine Antwort, sah zu Marvin, und ich sah, daß er weinte. Noch nie zuvor hatte ich einen Mann weinen sehen. Aufgewachsen in einer Welt, in der selbst Jungen nicht weinen, war ich sicher, daß einem Mann sogar das Gefühl aufsteigender Tränen gänzlich unbekannt zu sein hat.

Ich wandte mich ab und versuchte, in dem Spektrum zwischen Haß, Verachtung und Mitleid den Weg zu finden, den ich mir zutraute zu gehen.

In meine Gedanken hinein stolperten Schritte. Eine Tür wurde aufgerissen und fiel krachend ins Schloß. Ich brauchte nicht hinzusehen, um zu wissen, daß der Platz, an dem Marvin gestanden hatte, leer war.

Eine seltsame Unruhe ergriff von mir Besitz. Plötzlich wußte ich Tausende von Möglichkeiten, was ich hätte sagen, wie ich mich hätte verhalten sollen. Anklagende Vorwürfe, wütende Beschimpfungen, tränenblindes »Bitte sag mir, daß alles nicht wahr ist.« ... Trost und Liebe.

Eine Spielart war nicht darunter, und genau sie hatte ich gewählt: die alles ignorierende Verlegenheit.

Als ich dies erkannte, war ich sicher, im nächsten Moment aufzustehen, die Hütte zu verlassen und nach Marvin zu suchen. Ich tat es nicht.

## 24

Heute wäre ich stolz darauf zu behaupten, hiermit einer Intuition gefolgt zu sein. Es wäre eine Lüge. Ich blieb, wo ich war, aus einem simplen und einfachen Grund: Ich hatte Angst.

Nicht vor der unbekannten Wildnis da draußen. Nicht vor dem, was in Escuminac sein würde, sondern Angst vor mir selbst.

Während der letzten Stunden hatte ich mich mehr und mehr in eine Fremde verwandelt. Ich versuchte, die Bruchstücke meiner Vergangenheit in dieses neue

Schema einzufügen, um es dadurch für mich transparent zu machen. Doch keines der Teile paßte. Weder das der kleinen Annie in ihrem Schneckenhaus aus Furcht und selbstgestrickter Überlegenheit, noch das der Annie Darling, die sich lächerlich gemacht hatte in ihrer Sucht nach bewundernder Anerkennung. Auch die Kunstfigur Ann Griffith ließ sich nicht zurechtbiegen.

Was da zwischen den Pelzdecken lag, war ein Wesen, so eigenständig, so selbstbewußt, so ängstlich, so hilflos, daß ich davor zurückschreckte. Ich wagte nicht einmal, mich zu bewegen, aus Furcht, ich könnte es dadurch zum Leben erwecken. Es. Mich. Die wirkliche Ann mit all ihren Stärken, mit all ihren Fehlern. Das Wesen schlug die Augen auf. Es starrte mich an, erkannte mich und lächelte erwartungsvoll.

Ich grinste zurück. Ein schiefes Grinsen, und ich bin sicher, ich habe so etwas noch nie zuvor getan.

Dann lag ich ganz still, überließ mich einem seltsam schwerelosen Zustand und schickte meine Gedanken auf Wanderschaft.

Nach einer Weile kehrten sie zurück zu mir und berichteten mit glänzenden Augen von der Wunderwelt des ganz normalen Daseins. Keiner machte sich dort die Mühe, nach den Sternen zu greifen, die er im Grunde gar nicht wollte. Jeder war ganz einfach er selbst und lebte das Leben, so gut oder schlecht er es vermochte. Es gab Freude und Leid, Glück und Unglück.

Nur eines gab es nicht: Die Selbstverleugnung, den Zwang, in die Rolle eines anderen zu schlüpfen und sie durchzukämpfen.

Dies wäre der Moment für die erfolgreiche Ann Griffith gewesen, den Beweis für ihre tatsächliche Existenz anzutreten. Doch entweder hatte sie sich bereits zu weit von mir entfernt oder aber erkannt, daß für sie die Zeit gekommen war, sich von mir zu verabschieden. Vielleicht hatte sie auch resigniert und sich ganz einfach geweigert zuzuhören.

Ihr Schweigen kappte das letzte der Halteseile. Übermütig ob der ungewohnten Freiheit schaukelten die Visionen meiner herrlich ungewissen Zukunft dem Regenbogen entgegen. Gut, daß ich in den seeligen Minuten dieser Reise nicht daran dachte, daß ein Ballon zerplatzt, wenn ihn auch nur eine einzige Nadel berührt.

Ich sah, daß die Türklinke heruntergedrückt wurde, schlug die Felldecken zurück und setzte mich auf die Bettkante.

Ob Marvin etwas von der Veränderung, die in mir vorgegangen war, bemerken würde? Es war denkbar unwahrscheinlich.

Eine größere Diskrepanz als die zwischen der »moaning minnie« unserer Kindheit und dem »constructional engineer Griffith« konnte es nicht geben, und selbst das hatte er mit keiner Geste, keiner Silbe erwähnt.

Schon seine ersten Worte gaben mir recht und brachten gleichzeitig ein gutes Dutzend meiner Ballons mit lautem Knall zum Platzen.

»Ich habe mich entschieden«, sagte er. Erst jetzt gewahrte ich die unnatürliche Blässe in seinem Gesicht. Der Blick seiner Augen hatte jeden Glanz verloren.

»Wir fahren zurück nach Escuminac. Dort werde ich mich stellen. Ich werde sagen, daß ich es war, ich allein, der die Anschläge geplant und durchgeführt hat.«

»Bist du wahnsinnig? Damit ruinierst du dich selbst! Du kannst dich doch nicht für etwas verurteilen lassen, das du gar nicht getan hast.«

»Es gibt keine andere Möglichkeit für mich. Die Leute haben mir vertraut. Ich sagte ›Ja‹. Das genügte, und dann konnte Pescara tun und lassen, was er wollte.

Der Preis für meine Dummheit ist hoch, aber ich werde ihn zahlen.«

Wenn ich je gewußt habe, was es heißt, verzweifelt zu sein, so war es jetzt.

»Glaubst du wirklich, du kannst diesen Menschen dadurch zum Schweigen bringen? Er kennt die Wahrheit, und er kann und wird euch damit erpressen, wann immer er will.«

Marvin verzog sein Gesicht zu einem traurigen Lächeln: »Vergiß nicht. Ich bin Ranger. Nicht eine Sekunde wird man an meiner Aussage zweifeln, zumal, wenn ich mich selbst belaste.

Pescara will den unauffälligen Abgang für sich und seine Leute. Er wird verschwinden, ebenso schnell, wie er gekommen ist. Die Bewohner von Gaspé aber bleiben zurück. Sie sind die Betrogenen in diesem Spiel. Die Brücke wird gebaut, aber es darf nicht sein, daß dadurch noch mehr Unheil geschieht, als dies ohnehin der Fall sein wird.«

Wieder hörte ich das Knallen meiner Luftballons. Sie zerplatzten nicht. Sie wurden regelrecht abgeschossen. Die Salven aus den Maschinengewehren waren genau berechnet. Kaum eine von ihnen verfehlte ihr Ziel.

Jordan Lorimer! Plötzlich glühte dieser Name am Himmel und wurde erleuchtet vom Mündungsfeuer der Flak. Von einer Sekunde zur anderen war er da, der Krieg, den er prophezeit hatte. Der vergessene Krieg, für den niemand bereit war, Verantwortung zu übernehmen. Er wütete bereits seit Monaten, und ich hatte nichts davon bemerkt. In Québec war ich Zeuge der Vorbereitungen geworden. Doch ich hatte meine Augen verschlossen, sicher in dem Gefühl, über den Dingen zu stehen, die Neutralität wahren zu können. Außerdem galt ich als unbesiegbar. »Wenn es einer schafft, diese Brücke zu bauen, so bist du es.« Das hatte genügt, um mir den Glauben an mich selbst zu vergolden.

Als der letzte Ballon wie ein toter Vogel zu meinen Füßen lag, wußte ich, daß bereits jetzt irgend jemand irgendwo die Kapitulationsurkunde aus der Schublade nahm und zur Unterschrift bereitlegte. Der Sieger stand fest: »Canadian Steel«.

Ob es auch Verlierer gab in diesem Krieg, war und blieb in meinen Augen eine Frage der Interpretation, und mein Interesse daran war gleich null. Die Verlierer, so dachte ich, brauchten nur ihre Zeit abzuwarten, um dann erneut die Chance zu suchen.

Den Opfern jedoch wurde selbst dieses Recht genommen. Nur allzubald und allzugern würden sie von den Überlebenden vergessen sein. Die Zeitgeschichte liefert dafür eindeutige Beweise.

So war es, so ist es, und so wird es bleiben, so lange

wir nicht willens sind, aus der Vergangenheit zu lernen.

Wenn Sie nun nach der Verbindung suchen zwischen meinen anklagenden Worten und dem, was Sie zuvor gelesen haben, so möchte ich, daß Sie eines begreifen: Krieg fragt nicht nach dem Schauplatz. Er geht nicht zwangsläufig einher mit Panzern, Raketen und ausgebombten Städten. Er entbrennt ebenso in den Chefetagen geldgieriger Konzerne und in den Büros machthungriger Politiker.

Und glauben Sie mir. Auf diesem Parkett geht es kaum weniger grausam und menschenverachtend zu als in den Schützengräben einer wirklichen Kampfhandlung!

Es klingt seltsam, und doch hatte die kurze Zeitspanne, die seit Marvins Rückkehr vergangen war, ausgereicht, um in mir den Freiflug zu mir selbst in die kalte Strategie eines verlorenen Krieges zu verwandeln.

Ich würde kämpfen! Ich würde nicht zulassen, daß dieser Mann, der mit leerem Blick vor mir stand, aufgerieben wurde zwischen den Mühlsteinen von Naivität und Macht. Und ich würde dabei auf nichts und niemanden Rücksicht nehmen. Weder auf das Anliegen einfältiger Naturschützer noch auf die profilierungssüchtigen Motive eines Industriegiganten wie der Lorimer Holding.

Doch bevor ich meinen Verstand dazu überreden konnte, klar und sachlich seine Arbeit zu tun, mußte ich einem Wunsch nachgeben, einem Verlangen, das sich nicht mehr abdrängen ließ, sondern immer stärker wurde, je länger ich versuchte, es zu ignorieren.

Diese Erfahrung war neu für mich, und fast hätte ich darüber gelacht. Schließlich gab ich nach.

»Du hast von deiner Welt geschwärmt, Marvin. Forillion Park. Das Paradies, welches ich zerstöre, und das gerade dabei ist, dasselbe mit dir zu tun.

Zeig es mir. Führ mich hin. Ich will sehen, ob sich der Einsatz lohnt.«

Ich sah die Verblüffung in Marvins Gesicht, und das reizte mich, nun tatsächlich in Gelächter auszubrechen.

»Du hast beschlossen, für deine irregeleiteten Freunde das Opferlamm zu spielen. Ob es nun heute geschieht oder morgen. Bei dem, was du bereit bist zu tun, werden sie dir großmütig verzeihen.«

Marvin spürte nichts von der Ironie meiner Worte. Ich war dankbar dafür. Ich wollte keine Fragen beantworten, mich nicht zu Versprechungen hinreißen lassen, die ich, trotz all meinem Willen zum Sieg, vielleicht doch nicht würde halten können.

»Du weißt um die Sage von König Arthus?«

Marvin nickte. Ich nahm es als Zustimmung, trat auf ihn zu und faßte nach seiner Hand.

»Komm, mein Freund. Es ist Zeit für uns, nach Avalon zu gehen.«

## 25

In einer Welt, in der die Kontinente enger zusammenrücken und in der ein Begriff wie Entfernung nur noch eine untergeordnete Rolle spielt, kann ich davon ausgehen, daß meine kanadische Heimat für einige von Ihnen bereits Ziel einer Reise gewesen ist.

Ihnen stelle ich es anheim, das folgende Kapitel zu überschlagen. Doch vielleicht sollten Sie es trotzdem lesen. Lehnen Sie sich dabei entspannt zurück und genießen Sie den Zauber der Landschaft und die Wunder der Natur in dem Bewußtsein, dies alles schon mit eigenen Augen gesehen zu haben.

Ich selbst nutze diese Liebeserklärung an mein Land als Atempause. Danach werde ich versuchen, die Lawine der Ereignisse, die in den Forillions ihren Ursprung nahm, in geordnete und für jeden verständliche Bahnen zu lenken.

Ich faßte nach der Türklinke. Marvin hielt mich zurück.

»Schließ deine Augen«, sagte er, und ich gehorchte. Vertrauensvoll und blind folgte ich ihm ins Freie. Schneeflocken kitzelten mein Gesicht. Ich spürte die eisklare Luft, die in meine Lungen strömte, den kalten Wind, der mich nicht frieren ließ, sondern meine Haut streichelte, als wolle er mich willkommen heißen.

»Und nun mach die Augen auf.«

Im ersten Moment war ich geblendet von der gleißenden Helligkeit um mich herum. Die Konturen der

Landschaft verschwammen zu einem Farbenzauber. Staunend folgte ich den Strahlen der Sonne, die hoch am Himmel stand. Sie erreichten ihr Ziel und verwandelten die schneebedeckte Ebene, die ausgebreitet vor mir lag, in einen glitzernden Diamantenteppich.

Das Cartier Massiv warf bizarre Schatten auf die ruhige Wasseroberfläche des Bergsees zu seinen Füßen. Die hohen Tannen am Ufer beugten sich unter ihrer weißen Last. Doch sie würden nicht nachgeben. Seit Urzeiten standen sie hier, in endlosen Reihen. Sie umgaben den See mit einem dunkelgrünen Band, das sich bis an die Felshänge hinaufzog, zum Schutz des saphirblauen Kleinods in ihrer Mitte.

Ich wagte kaum zu atmen. So überwältigend in seiner Schönheit und seiner majestätischen Ruhe war dieses Bild.

Marvin wußte, was in mir vorging. Kein plumpes »Na? Habe ich zuviel versprochen?« oder »Toll, was?!« zerstörte meinen Traum. Er ließ mir Zeit zu erwachen, doch selbst, als er nach einer geraumen Weile den Druck seiner Finger verstärkte, zuckte ich zusammen. Ich bemerkte, daß wir uns noch immer an den Händen hielten. Das verwirrte mich. Um so mehr, da ich es als angenehm empfand.

Marvin sagte »Komm!«, und ich folgte ihm durch den knietiefen Schnee.

Ein schmaler Gebirgsbach hatte sich im Laufe der Jahre seinen Weg durch den Tannengürtel erkämpft. Zur Zeit der Schneeschmelze wurde er zu einem reißenden Strom. Nun aber gluckerte das Wasser unter einer dünnen Eisschicht. An einer Stelle hatten Biber ihren weltweit bekannten Ruf als Baumeister unter

Beweis gestellt und den Bach zu einem kleinen Tümpel aufgestaut. Nun lag der Damm verlassen. Ich fragte mich, was die Tiere bewogen haben mochte, ihr mühevoll errichtetes Meisterwerk aufzugeben. Und wieder erriet Marvin meine Gedanken.

»Wilderer«, brummte er, und die Wut über etwas, das bereits Monate oder länger zurückliegen mochte, war deutlich zu spüren.

»Es ist kaum zu begreifen, aber Pelze sind nach wie vor ein einträgliches Geschäft, und die Methoden, sie zu bekommen, werden immer brutaler, immer gerissener.

Ich habe Wochen gebraucht, bis ich die Kerle, die für dies hier verantwortlich sind, überführen konnte. Aber ich wage nicht daran zu denken, welchen Schaden sie bis zu ihrer Verhaftung angerichtet haben.«

Ich hatte mir — zu meiner Schande muß ich dies gestehen — bis zu diesem Tag noch nie Gedanken über ein solches Thema gemacht. Der trostlose Anblick der Biberwohnung, das Schicksal der ehemaligen Bewohner, änderte das schlagartig.

»Man sollte darauf dringen, Wildern stärker als bisher unter Strafe zu stellen.«

Marvin beantwortete meinen ersten Vorstoß in Sachen Naturschutz mit einem resignierten Schulterzucken. »Ich glaube nicht, daß sich dadurch etwas ändern wird. Es wird immer Menschen geben, die für Geld alles tun, wenn nur der Preis stimmt. Und so lange es Leute gibt, die einen Luxuspelz als unverzichtbares Statussymbol erachten, wird es auch Leute geben, die ihnen dazu verhelfen.«

Ich dachte beschämt an die Stola aus Silberfuchs,

die ich mir geleistet hatte und die nun in einem Fach meines Kleiderschrankes vor sich hinstaubte. Natürlich konnte ich dadurch nichts ungeschehen machen, aber ich beschloß, sie bei nächstbester Gelegenheit zu verschenken.

Schweigend setzten wir unseren Weg fort. Ein ums andere Mal glitt ich aus oder stolperte über eine Baumwurzel, die unter dem Schnee verborgen war. Marvin half mir auf. Er tat es mit der Selbstverständlichkeit eines langjährigen Freundes, und ich ließ mir in eben jener vertrauten Selbstverständlichkeit helfen.

Wir hatten den See bereits weit hinter uns gelassen, als Marvin einen prüfenden Blick zum Himmel sandte und dann das Tempo unseres Aufstiegs beschleunigte. Ich hatte Mühe, ihm zu folgen. Was als Wanderung durch eine Zauberwelt begonnen hatte, wurde allmählich zur Strapaze.

»Warte einen Moment.« Keuchend blieb ich stehen und versuchte, meinen fliegenden Atem zu beruhigen.

Mit zwei Schritten war Marvin an meiner Seite. »Bitte Ann, komm weiter! Gleich haben wir es geschafft. Aber wir müssen uns beeilen.«

Wieder der Blick zum Himmel. Wieder der Griff nach meiner Hand. Ich ließ mich ziehen, sah zu Boden und begann, meine Schritte zu zählen. Ein sicheres Zeichen beginnender Erschöpfung. Schnee und Eis hatten sich durch meine Stiefel gefressen und meine Füße in Steinbrocken verwandelt. Jede Bewegung verursachte mir stechende Schmerzen. Und noch immer zerrte Marvin an meiner Hand und zwang mich, weiterzugehen. Ich achtete nicht mehr auf die Umgebung. Die Landschaft hatte ihren Reiz für mich verloren. Plötzlich haßte ich, was ich noch eben bewundert hatte.

Wir kletterten über eine Felskante, tasteten uns weiter auf einem schmalen Grat entlang der vereisten Mauer, erreichten das Plateau — und dann war es da, das Wunder der Forillions, der Moment, in dem die Sonne hinter den Gipfeln der Monts Notre Dame untergeht. Ich wünschte, ich wäre in der Lage, Worte zu erfinden, um diesem Schauspiel gerecht zu werden.

Ein roter Feuerball versinkt hinter einer nachtschwarzen Silhouette aus Stein. Strahlende Pfeile durchschneiden ein Farbenmeer unvergleichlicher Intensität und Harmonie. Sie tauchen hinab in das Schattenreich des Tals, lassen den Schnee ein letztes Mal erglühen, streichen über die Wipfel der Bäume, trösten sie am Beginn der hereinbrechenden Dunkelheit und schenken ihnen das Versprechen auf den neuen Tag.

Ich sah es. Ich hätte weinen können vor Glück, und dann tat ich es. Ein Meer von Seligkeit überschwemmte mein Gesicht. Ich breitete die Arme aus und flog der Sonne entgegen. Ich flog nach Avalon.

Ich wußte nicht, daß Marvin hinter mir stand. Aber ich spürte seine Nähe. Ich lehnte mich an ihn, und als er seine Hände auf meine Schultern legte, faßte ich danach und rieb mein nasses Gesicht an ihnen trocken.

So standen wir, regungslos und schweigend, während um uns herum das Paradies, Forillion Park, in der Dunkelheit versank.

## 26

Unsere Körper waren noch nicht bereit dafür. Und doch fanden in jener Nacht Marvin und ich zueinander. Der magische Zauber dessen, was wir hatten gemeinsam erleben dürfen, ließ keinen Raum für Befangenheit, für Fragen, die nicht gestellt, Antworten, die nicht gegeben wurden.

Als wir uns vor dem brennenden Kamin aneinanderschmiegten, erinnerte ich mich sekundenlang an Joan und daran, daß unsere Affaire aus einer ganz ähnlichen Situation heraus entstanden war. Ich schleuderte das Bild von mir, so weit ich konnte. Allein die Andeutung einer Parallele der Gegebenheiten erschien mir schmutzig und gemein.

»Was ist aus meiner großen Jugendliebe geworden, aus Sterrin?«

Diese lapidare Frage, noch dazu nach einer anderen Frau, war des Augenblicks unwürdig und doch hätte ich Marvin die Füße küssen mögen vor Dankbarkeit, denn dadurch schaffte ich es endgültig, mich von dem bohrenden Vergleich, mit dem mein Unterbewußtsein mich peinigte, loszureißen. Bereitwillig gab ich Auskunft.

»Ich habe nicht die geringste Ahnung. Sie verließ Swift Current, um auf irgendein Internat an der Ostküste zu gehen.«

»Und ihr seid euch nie wieder begegnet? Auch nicht auf der Universität? Wie bist du eigentlich auf den irrwitzigen Gedanken verfallen, ausgerechnet Bauwesen zu studieren?«

Das Marvins Interesse übergangslos von Sterrin auf mich umschwenkte, tat wohl. Ich verzieh ihm, auch nur an sie gedacht zu haben. Dann skizzierte ich meinen Werdegang. Ich tat es in der knappen sachlichen Art eines tabellarischen Lebenslaufes.

Kein Wort über Siege, die ich errungen, über Schlachten, die ich geschlagen hatte. Es erschien mir unwichtig, absolut bedeutungslos, und es gab mir gleichzeitig das Recht, auch meine Niederlagen zu verschweigen.

Keine Bewunderung für die Karrierefrau Ann Griffith, also auch kein Gelächter über Annie Darling.

So war es fair, so war es gerecht!

Leider ahnte Marvin nichts von diesem Handel, und er bemerkte auch nicht mein erleichtertes Aufatmen, als ich mit einer letzten großen Lüge, die im Grunde keine war, die Lebensbeichte des Mädchens namens Ann Griffith abschließen konnte. »Jetzt weißt du alles über mich.«

Mit traumwandlerischer Sicherheit legte er seinen Finger auf den wunden Punkt in meinem Bewußtsein, der sich noch immer weigerte, die Vergangenheit zu begraben. Ich selbst wußte nichts von der Existenz dieser offenen Stelle, und doch war sie verhanden.

Nun brach sie auf wie ein Geschwür, begann zu eitern und das alles, weil Marvin von mir abrückte und mich kopfschüttelnd betrachtete. »Ich werde einfach nicht schlau aus dir. Wenn ich in all den Jahren überhaupt an dich gedacht habe, dann an ein ausgesprochen häßliches Mädchen mit einem miserablen Charakter. Schnippisch, von grenzenloser Eigenliebe und zerfressen von Ehrgeiz.«

»Eben moaning minnie«, faßte ich diese Studie zusammen und, ob Sie es glauben oder nicht: Ich tat es mit einem Lachen.

Marvin hingegen wurde rot vor Verlegenheit. Stotternd bat er mich um Entschuldigung.

Ich beendete seine Qualen mit einem schlichten »Vergiß es«, und hoffte dabei insgeheim, daß er sich selbst zu weit aus dem Konzept gebracht hatte, um in seiner Analyse fortzufahren.

Meine Bitte verhallte ungehört, und Marvin nahm den Faden seiner Überlegungen wieder auf.

»Du kommst nach Escuminac. Ich habe dich sofort erkannt, doch ich glaubte, meinen Augen nicht zu trauen. Allein dein Äußeres. Dann deine ruhige Sicherheit.

Du brauchtest genau zwei Wochen, um aus dem Chaos, was deine ... hm, Kollegen verursacht hatten, eine funktionsfähige Grundlage für euer Projekt zu machen.

Am unbegreiflichsten aber erschien es mir, daß sie dich nicht nur respektieren, sondern daß sie dich geradezu anbeten. »Ann ist der Meinung.« — »Ann hat angeordnet.« — »Ja. Aber Ann hat gesagt ...« Tausendmal habe ich das gehört. Egal, ob von einem der Hilfsarbeiter oder von einem der Ingenieure, es klang immer gleich, voller Hochachtung, voller Anerkennung.

So etwas schafft man nicht, in dem man von oben herab Befehle erteilt. Dazu gehört mehr, viel mehr.

Dann hörte ich auf, mich zu fragen, was ›Canadian

Steel‹ veranlaßt haben mochte, ausgerechnet eine Frau an die Spitze eines solchen Unternehmens zu stellen, denn ich entdeckte das Geheimnis deines Erfolges: Autorität und Menschlichkeit. Du verstehst es wie kein zweiter, diese beiden Dinge miteinander zu verbinden, und du bringst die Leute dazu, an dich zu glauben, an dich und deinen unbedingten Willen zum Erfolg.«

Marvins Schweigen kam einem Erschöpfungszustand gleich. Auch ich brauchte diese Atempause dringend.

Wie aus heiterem Himmel war die Karrierefrau Ann Griffith aufgetaucht, sonnte sich in Marvins Ovationen und verlangte nach mehr. Doch ich wollte, daß sie mich zufriedenließ, und zwar endgültig.

»Was soll das werden?« fragte ich laut. »Eine Laudatio? Eine Heiligsprechung? Ich weiß, daß ich gut bin in meinem Job. Ich muß es sein, sonst hätten sie mir wohl kaum das Projekt anvertraut. Aber das ausgerechnet du mich bewunderst ...

Meine Arbeit zerstört deine Welt, um nicht zu sagen, dein Leben. Wäre es da nicht logisch, mich zu hassen?«

Karriere-Ann fluchte und schlug krachend die Tür hinter sich zu. Marvin hörte es nicht. Nachdenklich starrte er in die Flammen.

»Das ist es ja gerade. Ich wollte dich verachten, und ich habe dich bewundert. Ich wollte keinen Kontakt mit dir, und als ... als das mit dem Jungen geschah, war mein erster Gedanke, mit dir darüber zu sprechen. Natürlich tat ich es nicht. Bis mir dann meine ausweglose Situation und die meiner Freunde bewußt wurde und es mich wieder dazu drängte, zu dir zu gehen. Statt dessen machte ich dich verantwortlich für das Dilemma, und nun gelang es mir tatsächlich, dich zu hassen. Ich konstruierte deine Entführung. Hier in den Forillions solltest du bezahlen für alles. Ich wollte dich zwingen, den Bau zu stoppen, denn dann, so redete ich mir ein, wäre der Wahnsinn, zu dem wir uns hatten hinreißen lassen, nicht umsonst gewesen.

Der Plan gelang, und ich brachte dich in dieses Tal mit der festen Absicht, dich von deiner eigenen Schuld zu überzeugen. Und dann kam alles ganz anders. Du stelltest Fragen, die ich mir noch nie gestellt hatte. Ich antwortete, und während ich das tat, sah ich mich selbst in einem völlig anderen Licht. Gedankenlos hatte ich mich zum willigen Werkzeug eines Fanatikers machen lassen. Meine einzige Rechtfertigung dafür war die Angst um die Zukunft der Forillions. Doch sie reichte nicht aus, um mich freizusprechen.

Du aber hast dich geweigert, mich zu verurteilen.

Ich habe die Brücke verflucht. Du hast nicht einen Satz gesagt, nicht ein einziges Wort, um dein Projekt zu verteidigen.

Kurz: In keinem Punkt hast du dich so verhalten, wie ich es von dir erwartet hatte. Dafür hast du in mir gelesen wie in einem offenen Buch. Du hast die Richtung meiner Gedanken bestimmt. Mein Entschluß, mich zu stellen, bedeutet gleichzeitig das Ende unserer Protestaktionen. Wir haben verloren, und du hast gewonnen, und das weißt du auch.

Aber ich könnte schwören, du bist nicht glücklich über diesen Sieg. Und hier schließt sich der Kreis.

Die Welt kennt Ann Griffith. Sie ist schön, sie ist selbstbewußt, und sie weiß genau, was sie tut.

Ich aber habe dich weinen sehen, mein Kind. Und nun frage ich dich: Wer bist du wirklich?«

Die Zeit floß dahin wie ein träger Strom. Ruhig und gleichmäßig, genau wie unser Schweigen. Es ließ uns nicht in sich verharren, und es nahm uns auch nicht gefangen. Es war einfach da. Langsam glitten wir dahin. Ich spürte den Sog der Stromschnellen. Sie riefen nach mir. Ihre Stimmen wurden lauter, je mehr ich mich den herabstürzenden Wassermassen näherte. Sie versprachen mir die goldene Freiheit, von der mir meine Gedanken bereits erzählt hatten. Sie wartete auf mich in dem Land jenseits der Wasserfälle, und der einzige Weg dorthin war der Weg über die Kaskaden.

Strudel erfaßten mich. Ein letzter Versuch, das rettende Ufer zu erreichen. Fast hatte ich es geschafft, als eine Welle über mir zusammenschlug. Sie spülte mich fort, und dann versank ich in den Fluten.

Im tosenden Wirbel erstanden Ann vom College und Ann von der Universität. Es war ein grelles, wahrhaftiges Bild, in dem die Fußabdrücke einer Maus deutlich zu sehen waren. Die Karikatur der »sexless chick« tanzte auf den Wellen. Sie drohte zu ertrinken und sprang dankbar in das Netz, welches ihr die Sphinx als Rettungsinsel entgegenwarf. Gleich dem Phönix aus der Asche entstieg daraus die Kunstfigur Ann Griffith. Sie nahm die Sterne vom Himmel, reihte sie auf zu einer Kette, legte sich das Schmuckstück um den Hals und trug es mit der Arroganz der Perfektion. Ann war grausam. Sie verstieß die Sphinx, gab niemandem das Recht, sich ihrem Thron auch nur zu nähern. Sie stellte allerhöchste Ansprüche an andere, vor allem aber an sich selbst. Alles, was sie tat, geschah aus exakt kalkulierter Berechnung heraus. Selbst ihre Bemühungen, sich unterzuordnen, ihre angeblich so verständnisvolle Menschlichkeit, ihr Teamgedanke waren eine Farce.

Sie wollte herrschen, das Gefühl uneingeschränkter Macht genießen. Dafür hatte sie gekämpft. Es stand ihr zu, und sie würde es sich nehmen. Fast hatte sie ihr Ziel erreicht, als etwas Merkwürdiges geschah:

Die Sterne ihrer Kette begannen, Flecken aufzuweisen. Sie verloren ihren Glanz und erloschen, einer nach dem anderen.

Ann verfolgte ihr Sterben. Tatenlos sah sie zu und unternahm keinen Versuch, wenigstens einen der Sterne zu retten, die bis hierher ihr Leben bestimmt und es lebenswert gemacht hatten.

Die Sterne waren bedeutungslos geworden. Sie waren nichts als Phantome gewesen, Irrlichter, denen sie nachgejagt war.

Allmählich, ganz allmählich, begann sie, dies zu erkennen. Sie war froh darüber. Ja. Und glücklich.

Aber sie fürchtete sich auch vor dieser neuen fremden Welt. Sie ahnte, daß sie ein Leben, wie sie es bisher geführt hatte, dort nicht weiterführen konnte. Noch nicht einmal einen Bruchteil davon. Und davor hatte sie Angst.

Prustend und schnaufend erreichte ich die Oberfläche. Ich schüttelte meine nassen Haare aus der Stirn und blickte zurück. Die Wasserfälle lagen hinter mir. Ich hatte es geschafft!

Die wunde Stelle meiner Erinnerung war verheilt. Was blieb war eine Narbe, doch die Ränder waren fest zusammengewachsen, und nichts und niemand würde je in der Lage sein, sie erneut aufzureißen.

Dieses Wissen gab mir den Mut, dem Mann, den ich liebte, ins Gesicht zu sehen. Liebte? Verdammt, ja! Ich liebte ihn, hatte es wahrscheinlich schon immer getan, nur war es mir bislang nicht bewußt gewesen.

Würde er über mich lachen? Mich verachten? Mich am Ende meiner Reise durch die Strudel der Vergangenheit mit spöttischem Applaus willkommen heißen?

Ich wandte den Kopf und suchte in dem unergründlichen Blick seiner Augen nach einem Anhaltspunkt, einem Indiz für meine Theorien.

Selbst jetzt, Jahre später, während ich hier sitze und diese Zeilen zu Papier bringe, spüre ich jeden einzelnen der Finger, die sanft und zärtlich mein Gesicht berührten. Sie strichen über meine Wangen wie die Flügel eines Schmetterlings und wischten alle Zweifel fort.

Sollten Sie nun diese Passage als überzogen, als kitschig und als einer Ann Griffith unwürdig empfinden, so möchte ich Sie bitten, sich selbst um passende Worte zu bemühen. Um Worte, die den Moment beschreiben, in dem die Liebe zweier Menschen zueinander erwacht.

Wenn Sie es versuchen, werden Sie feststellen, daß es alles andere als leicht ist. Ich rate Ihnen, sich an die Wahrheit zu halten. Sie betrügen sich selbst, wenn Sie sich ausmalen, wie es hätte sein können. Glauben Sie mir. Das wirkliche Leben ist schöner und besser als jeder Film. Man muß nur entschlossen sein, es zu leben, und genau damit begann ich in jener Nacht.

Wenn ich heute, was selten geschieht, die Probleme des Alltags verfluche, denke ich zurück und sehe die Blockhütte vor mir, sehe die schweigenden Wälder und die glitzernden Schneeflächen, das Wunder der Forillions, das ich einmal hatte erleben dürfen – ein einziges Mal, an dem Tag, an dem alles begann.

## 27

Dichtes Schneetreiben begleitete Marvin und mich auf unserem Weg zurück in die Zivilisation. Es war eine beschwerliche Reise, die weit mehr Zeit in Anspruch nahm, als wir geplant hatten.

»Eines muß man deiner Brücke lassen. Durch ihren Bau wird sich auch der Zustand der Straßen hier auf Gaspé verbessern.«

Der Wagen drohte auszubrechen, und Marvin mußte sein ganzes Können aufbieten, um ihn unter Kontrolle zu halten. So entging ihm das gequälte Lächeln, mit dem ich auf seine Worte reagierte.

Die Brücke hatte längst aufgehört, meine Brücke zu sein. Wann immer ich nun an sie dachte, sah ich Horden dummdreister Touristen über sie hinwegdonnern. Ihr Ziel hieß Forillion Park. Dort würden sie tun und lassen, was immer ihnen gefiel, gedankenlos und ohne Respekt vor der Natur.

Kein noch so hohes Eintrittsgeld, keine Überwachung würde in der Lage sein, ihrem Vandalismus Einhalt zu gebieten. Und es würde keiner Wilderer mehr bedürfen, um eine Biberfamilie aus ihrer angestammten Heimat zu vertreiben.

Diese Horrorvision klebte an mir wie ein stinkender Morast, und das schlechte Gewissen, zumindest indirekt für die nahende Katastrophe verantwortlich zu sein, lieferte die giftiggelben Nebelschwaden, die für eine solche Gruselszene unerläßlich sind. Ich konnte mich nicht daraus befreien, und ich wollte es auch gar nicht. Nie hatte ich meinen Weg, meine Aufgabe klarer vor mir gesehen wie in diesem Moment, und noch nie hatte ich einem Problem so ratlos gegenübergestanden wie eben jetzt.

Marvin ahnte nichts von meinen Gedanken. Er war der festen Überzeugung, daß ich meine Arbeit wie geplant fortsetzen und beenden würde. Allein seine Bemerkung über »meine« Brücke war Beweis genug.

Ich sah zu ihm hin und bewunderte, nicht zum ersten Mal, seit ich von seinem Entschluß wußte, die Ruhe und Gelassenheit, mit der er dem, was ihn in Escuminac erwartete, entgegenging. Nicht eine Sekunde lang brachte ich ihn Verbindung mit Attributen wie Resignation, Fatalismus oder Selbstaufgabe. Jetzt nicht mehr. Eines allerdings wußte ich ebenso. Indem er versuchte, die Folgen des Brückenbaus zu verharmlosen, betrog er sich selbst, und ich hatte Angst vor dem Tag, an dem er das würde erkennen müssen.

Was ich brauchte, war eine Idee, und ich brauchte sie schnell. Doch als wir uns dem Tankstop näherten, wo vor Jahrmillionen mein früheres Dasein geendet hatte, betrug das Gewicht der positiven Ergebnisse meiner Gedanken kaum die Lächerlichkeit von einem Grain.

Es überraschte mich nicht, den Platz, an dem ich meinen Wagen geparkt hatte, verlassen zu finden. Schließlich hatte ich niemandem etwas von Marvin und selbstredend auch nicht von meiner Absicht, mich mit ihm zu treffen, erzählt, sondern war vor zwei Tagen spurlos verschwunden. Bei der Suche nach mir war man auf das Fahrzeug gestoßen und hatte es ins Camp zurückgebracht.

Diese Überlegung konfrontierte mich mit einem weiteren Problem, das ich bis zu diesem Moment ganz einfach verdrängt und vergessen hatte.

Sobald wir Escuminac erreichten, mußte ich Marvin wie einem Fremden gegenüberstehen. Genaugenommen durften wir uns nicht einmal begegnen. Schon der Tankstop befand sich in gefährlicher Nähe zum Camp, zu den Männern, die um nichts in der Welt ahnen durften, daß ich über die Terrormethoden, zu denen Pescara die »Friends of the Forillion« überredet hatte, informiert gewesen war. Gewesen war!!

Mein Herz setzte aus und beeilte sich dann, gleich einem Schnellfeuergewehr, das versäumte Pensum aufzuarbeiten.

Meine Lippen waren trocken wie das Pergament, auf dem Archimedes seinerzeit seinen Hebelpunkt skizziert und gefordert haben mochte.

Ein Verdacht breitete sich wie ein Steppenbrand in meinem Gehirn aus, so ungeheuerlich, daß ich mich weigerte, ihm nachzugehen. Ich versuchte, das Feuer zu ersticken, indem ich mich daran erinnerte, daß

Jordan dem Projekt nicht zugestimmt hatte, daß er das Risiko eingegangen war, mich zu warnen.

Das Löschwasser verwandelte sich in siedendes Öl, gab den Flammen neue Kraft, und sie loderten heller auf denn je zuvor.

Jordan hatte mich vor etwas gewarnt, das zu jenem Zeitpunkt noch gar nicht existent gewesen war. Erst Monate später hatte Pescara seine destruktive »Hilfsaktion« gestartet. Angeblich aus freien Stücken und ohne gerufen worden zu sein.

Jordan aber hatte den Krieg vorausgesehen. Den Krieg, der erst durch das Eingreifen des Mexikaners und seiner Söldnertruppe zustande gekommen war.

Entweder Lorimer jr. besaß die Gabe des zweiten Gesichtes oder aber seine Prophezeiung basierte auf einer realen, dafür aber um so unverständlicheren Grundlage: Lorimer Holding selbst war die Auftraggeberin, und die Legionäre des Terrors wurden in Vancouver bezahlt!

Aber warum, zum Teufel, sollte ein Konzern sein eigenes Projekt torpedieren?

Hatte man nicht in Vancouver und Québec alles getan, um sich bedeckt zu halten? Um, wie Jordan gesagt hatte, »in Ruhe abzuwarten, bis Gras über die Sache gewachsen war«?

Wenn Pescara seine Arbeit fortsetzte — und alle Anzeichen deuteten darauf hin, da mochte Marvin sagen, was er wollte — so war es nur eine Frage der Zeit, und ich würde nicht mehr die einzige sein, die das Demonstrantenheer mit den Anschlägen in Verbindung brachte.

Franklin, Hal und all die übrigen würden nicht

schweigen, und das bedeutete für sie, für mich und in logischer Folge auch für Lorimer Holding den direkten Sprung in das grelle Licht der Öffentlichkeit.

Da stand ich nun mit meinem unbewiesenen Verdacht und einer ganzen Wagenladung von Argumenten, die dagegen sprachen, und trotzdem wollte es mir nicht gelingen, ihn zu entkräften. Das Räderwerk meiner Überlegungen wurde blockiert von etwas, das man vielleicht als Gespür, als Instinkt bezeichnen kann. Es ließ mich einfach nicht los. Erst als ich versprach, diese Ungereimtheit in irgendeiner Art und Weise aufzuklären, gab es den Weg frei für die Beseitigung eines anderen Problems, das gelöst werden mußte, und zwar jetzt und hier.

Nur noch wenige Meilen trennten uns von Escuminac, als ich Marvin darum bat anzuhalten.

Die ganze Strecke über hatte ich das Thema vermieden, und mein Verdacht gegen Lorimer Holding hatte es letztlich sogar beiseite geschoben.

Jetzt blieb mir nur noch sehr wenig Zeit, und das war gut so. Eine Meinung, die sich allzubald als folgenschwerer Irrtum herausstellen sollte.

»Ich gehe den Rest des Weges zu Fuß«, sagte ich. »Hoffentlich glauben sie der Geschichte, die mein Verschwinden erklärt.«

»Du willst ihnen nicht die Wahrheit sagen?«

Ich schüttelte den Kopf. »Nein. Und auch du wirst es nicht tun. Denk dir irgend etwas aus. Egal, was. Aber wir beide, du und ich, sind uns nicht begegnet. Wir kennen uns nicht einmal. Höchstens vom Namen her.«

»Aber warum das alles?« Plötzlich kniff Marvin die

Augen zu schmalen Schlitzen zusammen. »Wie heißt es doch gleich? Der Mohr hat seine Schuldigkeit getan?

Du hast mich belogen, mein Mädchen! Zwei Tage lang hast du mir etwas vorgespielt. Dein Interesse an unseren Problemen, dein Verständnis, deine mit einem Mal erwachte Liebe zur Natur. Nichts als Heuchelei!« Er schnaubte verächtlich. »Was sollte das sein? Die späte Rache einer frustrierten Jungfer? Oder die Neugier einer Business-Lady, wie weit ein Hinterwäldler wie ich geht? Ich hoffe, du warst zufrieden. Aber nun mach, daß du zurückkommst in dein verdammtes Camp. Keine Angst, ich werde nicht sagen, wo du gewesen bist. Aber weißt du auch, warum? Weil mir übel wird, allein bei dem Gedanken daran!«

»Marvin, so hör doch ...« Der Rest meiner Worte ging unter im Aufheulen des Motors. Dann raste der Wagen davon und ließ mich in einer Staubwolke am Straßenrand zurück.

## 28

Es war eine traurige Ironie des Schicksals, daß ich nur etwa fünf Minuten später von einem unserer Baustellenfahrzeuge aufgelesen wurde.

Bei Projekten ab einer bestimmten Größenordnung ist es unmöglich, mit jedem einzelnen der Arbeiter persönlich Kontakt zu haben. Auch den Mann am Steuer des Lastwagens kannte ich bisher nur vom Sehen. Ich wußte noch nicht einmal seinen Namen.

Ganz anders verhielt es sich im umgekehrten Fall.

Quincey Jones, wie er mir eifrig mitteilte, gehörte zu den Redseligen der Branche. Wir hatten das Camp noch nicht erreicht, da war ich bereits über alles, was sich während meiner Abwesenheit ereignet hatte, bestens informiert.

Dr. Greenwood war der Initiator einer großangelegten Suchaktion nach mir gewesen. Durch ihn war die Polizei eingeschaltet worden. Nachdem man ihn in Québec informiert hatte, waren die konzerneigenen Hubschrauber zum Einsatz gekommen, und Quincey Jones beäugte mich verständnislos, als ich auf seinen Bericht nicht so reagierte, wie er es offenbar erwartet hatte.

Die Vorstellung, daß Einheiten der Polizei mit Spürhunden nach mir gefahndet hatten, daß ein Hubschrauberschwadron zum Einsatz gekommen war, um mich zu finden und zu retten, reizte mich zum Lachen — zu einem nachdenklichen Lachen.

Versteckt und in der Obhut der Forillions hatte ich zu mir selbst gefunden, hatte den Ballast der Verstellung abgeworfen, hatte, zum dritten Mal in meinem Leben, ganz einfach glücklich sein dürfen, und nun schaukelte mich dieser Lastwagen einer Welt entgegen, die einst die Erfüllung all meiner Träume bedeutet hatte, und in die ich nun nicht mehr zurückkehren wollte.

Doch genau das würde ich tun müssen, und zwar aus einem einzigen Grund. Er hatte rote Haare, Sommersprossen, haßerfüllte dunkelviolette Augen, und er hieß Marvin Gates.

Ich würde ihm nicht nachlaufen. Oh, nein! Ich

würde nicht um Verzeihung winseln für etwas, das ich nicht getan hatte. Ich würde auch nicht versuchen, irgend etwas zu erklären.

Ich würde kämpfen. Für ihn, aber auch für mich, und am Ende würde er einsehen müssen, sich in mir getäuscht zu haben, und dann würde er es sein, der um Verzeihung bat.

Die Vorstellung, diesen Mann im Staub zu meinen Füßen zu sehen, verhalf mir nicht zu dem befriedigenden Aufatmen, das ich erwartet hatte.

Wir passierten das Haupttor, und ich verdrängte all meine persönlichen Gedanken. Die Ann Griffith, die aus dem Führerhaus des LKWs kletterte, unterschied sich durch nichts von der Frau, die Escuminac vor zwei Tagen verlassen hatte.

Meine Ruhe, meine Gelassenheit waren kaum zu überbieten, und die Art, in der ich den Marathon aus besorgten Fragen und neugierigen Vermutungen über mich ergehen ließ, konnte man mit Fug und Recht als stoisch bezeichnen.

Das ganze Camp war in Aufruhr. Es glich einem Ameisenhaufen, dem man seine Königin geraubt hat.

Als ich erfuhr, daß Dr. Phillip Greenwood aus Québec herübergekommen war, reagierte ich darauf mit einer Meisterleistung ungläubigen Interesses.

»Ich hatte Zweifel an der Authentizität unserer Gutachten«, gab ich zu Protokoll. »Darum bin ich nach Dallhousie gefahren, um mir an Ort und Stelle ein Bild von den Gegebenheiten zu machen.«

»Ihr Wagen stand am Tankstop, nur sieben Meilen westlich von hier.«

»Er trägt mittlerweile das Zeichen von ›Canadian

Steel‹. Ich bin mit der Bahn gefahren, denn ich wollte unerkannt bleiben und das, Dr. Greenwood, war doch sicherlich auch in Ihrem Sinne.«

Mit dieser Feststellung hatte ich eine Versuchsrakete gestartet. Gebannt verfolgte ich die Flugbahn. Sie überquerte den Zenit, neigte sich in weitem Bogen und setzte dann exakt im Fadenkreuz der Landestelle auf.

Greenwood rieb sich seine Bleistiftnase. Er versuchte, den Blick seiner Augen zu kontrollieren. Vergeblich. Der mißtrauisch wachsame Argwohn drang bis tief in das Zentrum meiner Verdachtsmomente.

Wie zufällig sah ich hinüber zu der schweigenden roten Masse jenseits des Zaunes. Ob sich Marvin bereits wieder in ihren Reihen befand?

Ich verbot mir jeden weiteren Gedanken und konzentrierte mich statt dessen auf mein Opfer.

»Um ehrlich zu sein, Ihre Sorge um mich finde ich rührend. Aber sie erscheint mir doch ein klein wenig übertrieben. Ich bin kein Schulmädchen, Dr. Greenwood, und dies hier ist kein Kindergarten. Ich leite dieses Projekt, und ich bin verantwortlich für das, was hier vor Ort geschieht. Aber noch nie habe ich von meinen Mitarbeitern Rechenschaft darüber verlangt, wenn sie das Camp, auch ohne Angabe von Gründen, verlassen.

Wir alle sind alt genug. Wir kennen die Aufgabe, für die wir bezahlt werden, und, glauben Sie mir, wir nehmen unseren Job verdammt ernst. Also billige ich jedem von uns, auch mir, eine Privatsphäre zu.

Schließlich sind wir hier nicht in der Armee, und wir befinden uns auch nicht in einem Kriegsgebiet. Oder sollte ich mich etwa irren in diesem Punkt, Sir?«

Die Bleistiftnase zuckte wie die eines Kaninchens. Greenwood sah sich gezwungen, seine Brille geradezurichten, um sie vor dem Absturz zu bewahren. Nur das langjährige Überlebenstraining im Dschungel eines Multikonzerns half ihm, die für ihn so prekäre Situation zu entschärfen. Er würdigte meine unzweideutig eindeutige Bemerkung mit keiner Silbe und sagte leichthin: »Ich hoffe, Ihre Reise mit der guten alten VIA-Rail hat zu einem aufschlußreichen Ergebnis geführt.«

Ich dachte an Forillion Park und stimmte ihm zu. »Das hat es, Sir. Leider muß ich Ihnen sagen, daß die uns vorliegenden Recherchen in geradezu sträflicher Weise oberflächlich und nachlässig geführt worden sind. Sie geben keinerlei Aufschluß über die spezifische Eigenheit der Region und sind somit wertlos.

Trotzdem, so glaube ich, können wir auf ein neuerliches Gutachten verzichten. Wir werden in der Lage sein, die zu erwartenden Schwierigkeiten selbst zu lösen, und auch das, Sir, ist ein Problem, das nicht in Ihren Aufgabenbereich fällt.«

Bob, Thomas, das gesamte Team war Zeuge dieser, wenn man sie als solche bezeichnen will, denkwürdigen Unterredung gewesen. Sie hatte in meinem Büro stattgefunden, und als Greenwood sich verabschiedete und zu seinem wartenden Hubschrauber eilte, wurde es zwischen den Wänden aus Stahlblech so still wie in einer Kathedrale.

Die fünf Männer vor mir stellten vielleicht nicht unbedingt die Elite ihres Berufsstandes. Dummköpfe aber waren sie deshalb noch lange nicht.

Sie alle kannten die Analysen, und somit wußten sie

um die Unsinnigkeit meiner vernichtenden Kritik. Das Material war vollständig, es war einwandfrei und wurde jedem Anspruch gerecht.

Von dieser Tatsache war es nur ein winzig kleiner Schritt zu der Erkenntnis, daß ich überall gewesen sein mochte, nur nicht am gegenüberliegenden Ostufer, und daß meine Aktivitäten nicht im leisesten Zusammenhang mit dem Bau der Brücke über die Chaleur Bay gestanden hatten.

In dieser Situation rettete ich mich in die Ewigkeit des Augenblicks, den man braucht, um eine Zigarette anzuzünden. Weitere Momente wurden mir gewährt, während ich die ersten Züge tat. Dann war die Schonfrist endgültig abgelaufen.

Ich zwang, wie man so schön sagt, mein Gehirn zu äußerster Konzentration und fühlte mich dabei wie ein Hochseilartist, der weiß, daß auch die kleinste Unachtsamkeit einen tödlichen Absturz zur Folge haben wird.

Ich balancierte hoch oben unter der Zirkuskuppel. Das Stahlseil war bis zum Zerreißen gespannt und zitterte bei jeder Gewichtsverlagerung, bei jedem Schritt, den ich wagte. Die rettenden Plattformen waren gleichweit von mir entfernt. Doch nur eine von ihnen würde der Belastung standhalten. Die andere würde zerbrechen, sobald ich auch nur einen Fuß daraufsetzte. Lüge oder Wahrheit? Glaubhafte Ausrede oder Risiko des Vertrauens?

Und dann war da noch die Balancierstange in meinen Händen. Sie schien Zentner zu wiegen. Sie leuchtete in dem grellen Rot der Umhänge, unter denen sich Marvin und seine naiven Freunde verbargen. Die

Wahrheit würde einem Verrat an ihnen gleichkommen. Die rote Farbe aber stand auch für Pescara und sein Terrorkommando. Im Windschatten der Lüge konnten sie ihr Vernichtungwerk ungehindert fortsetzen.

Ich mußte es schaffen, diesen Drahtseilakt zu einem guten Ende zu führen, trotz aller Stolpersteine. Es war, als hinge mein Leben davon ab, was, genau genommen, sogar der Wahrheit entsprach.

Was ich brauchte, war ein salomonisches Urteil in Sachen meiner eigenen Entscheidung. Ich wollte es allen recht machen. Ich wollte keine Opfer in diesem Krieg, mich selbst eingeschlossen, und ich weigerte mich zu erkennen, daß ein solches Begehren von vornherein zum Scheitern verurteilt ist.

## 29

Während ich noch unentschlossen auf meinem Seil schwankte, begannen die Zuschauer im weiten Rund der Manege, ungeduldig zu werden. Pfiffe wurden laut. Eine Stimme forderte energisch den Fortgang der Darbietung. Die Stimme gehörte Franklin Hawk.

»Ann. Sie haben immer von uns verlangt, mit offenen Karten zu spielen, und wir haben es akzeptiert. Mehr noch. Wir haben Ihnen vertraut.

Als Sie diesen hergelaufenen Umweltschützern keine Beachtung schenkten, sahen auch wir keine Veranlassung, es zu tun. Schon die ersten Zwischenfälle hätten uns eines besseren belehren sollen, aber selbst da haben wir uns Ihrer Meinung angeschlossen. Ponton 3 war ein Unglück. So etwas kommt vor, nicht wahr?«

Die Stimme wurde lauter und scheuchte mich auf.

»Wir wollten Ihnen nicht in den Rücken fallen. Deshalb haben wir Greenwood nichts davon gesagt. Tatsache aber ist, daß Sie mit einem von diesen roten Teufeln verschwinden und daß Sie bei Ihrer Rückkehr nichts Besseres zu tun haben, als uns das Märchen von unbrauchbaren Analysen aufzutischen! Sagen Sie, Ann, für wie dumm halten Sie uns eigentlich? Was ist das für ein Spiel, das Sie spielen?

Selbst ein Theoretiker wie Greenwood wird nicht lange brauchen um herauszufinden, daß Sie ihn belogen haben. Und dabei hatte er nicht das zweifelhafte Glück, Sie in trauter Eintracht mit diesem Gates zu sehen, so wie Bob es getan hat. Purer Zufall, aber er war zur selben Zeit am Tankstop wie Sie. Bemerkt haben Sie ihn allerdings nicht. Bob sagt, Sie hätten es gar nicht abwarten können, zu Gates in den Wagen zu steigen.«

Ich rannte los. Als die Balancierstange drohte, mich aus dem Gleichgewicht zu bringen, warf ich sie fort. Ich hörte das Splittern von Holz auf dem Boden der Manege in dem Augenblick, als ich die Plattform erreichte. Es war die Plattform der Wahrheit, und sie hielt dem Gewicht meines Körpers stand.

Ich verbeugte mich, doch der erwartete Beifall blieb aus. Das war verständlich. Bisher hatte ich nichts getan, nichts gesagt, um ihn zu verdienen.

Während ich, noch ganz außer Atem, dastand und auf die schweigende Menge hinabsah, war ich mir noch nicht einmal sicher, ob sie mir am Ende meiner Vorstellung applaudieren würden.

Ich hörte den Trommelwirbel und wußte, es gab nur diesen einen Weg. Also warf ich den Kopf zurück, atmete tief durch und straffte die Schultern. Nachdem ich auf diese Weise meinen Körper zu höchster Leistung animiert hatte, verscheuchte ich alle persönlichen Empfindungen, alle Emotionen, die mich hätten zu Fall bringen können.

So gerüstet senkte ich den Blick, um mich ein letztes Mal zu konzentrieren. Dies war das Zeichen. Die Show begann.

Das Hochseil war gegen ein Trapez ausgetauscht worden. Gleichmäßig schwang es hin und her. Es gewann an Höhe. Ich wagte den ersten Sprung, einen einfachen Salto: mein erster Kontakt mit »Canadian Steel«, die Verhandlungen mit Greenwood und schließlich das Zustandekommen des Vertrages.

Ich wurde in die Arme des Fängers katapultiert. Mir blieb nicht die Zeit, sein Gesicht zu sehen. Der Rückschwung brachte mich in die Ausgangsposition, und ich nannte einen Namen: Jordan Lorimer. Kaum hatte ich ihn ausgesprochen, ging ein Ruck durch die Zuschauer. Ich erschrak und wäre fast gestürzt. Im letzten Moment gelang es mir, das Gleichgewicht zu halten.

Ich sah das aufmunternde Zuwinken des Fängers und riskierte den zweifachen Salto mit halber Drehung: den Bericht über das, was sich zwischen mir und Jordan in der Hotelsuite des »Trois Rivières« abgespielt hatte. Ich ließ nichts aus. Einzig zweimal nahm ich mir das Recht zu schweigen. »Du bist zu schön für diesen Krieg« war das eine, und die champagnerselige Zufriedenheit der Siegerin Ann Griffith war das andere.

Beides hatte mit dem eigentlichen Sachverhalt nichts zu tun, war somit für die Zuschauer vollkommen unerheblich und ging sie nichts an.

Auch diese temporeiche Aktion gelang. Beifall blieb jedoch aus. Der Fänger musterte mich abwartend und kritisch.

Den unerfreulichen Beginn der Bauarbeiten erwähnte ich nicht. Wenn ich gehofft hatte, durch diese Geste die Zuschauer versöhnlich zu stimmen, sah ich mich getäuscht. Sie verlangten nach Sensation und Nervenkitzel, und es war ihnen gleich, ob ich dabei zu Schaden kam oder nicht.

Was nun folgte, war eine ruhige, dafür aber nicht minder gefährliche Passage. Nur dem geübten Blick des Kenners enthüllte sich die Präzision, mit der ich es verstand, die Schwierigkeiten zu meistern. Den Auftakt bildeten die tragischen Ereignisse rund um Ponton 3, und ich nahm sie als erklärende Einleitung für die Gedanken, die mich auf meine nächtliche Wanderung längs der Chaleur Bay getrieben hatten.

Ich sprach von dem Verdacht ohne Beweis, von unwiderlegbaren Fakten, die jeglicher Logik entbehrten und von der Tatsache, daß ich zu jenem Zeitpunkt offensichtlich die einzige gewesen war, die den Zusammenhang erahnte.

Ich sagte es bewußt in vorwurfsvollem Ton und wartete auf den Protest, der mir die Chance zum Konter eröffnet hätte.

Er blieb aus, ebenso wie der Beifall zuvor. Ungeduldiges Schweigen ließ mich wissen, daß mir nichts blieb als die Flucht nach vorn.

Ich brachte das Trapez in Schwung, machte mich bereit und zählte bis drei, als ich sah, daß der Fänger mit bösem Grinsen die Arme über der Brust verschränkte. Diesmal konnte ich sein Gesicht deutlich erkennen. Es war Marvin, Marvin Gates, und er würde nicht den kleinen Finger rühren, um mich zu halten. Er würde mich abstürzen lassen auf den steinharten Boden der Manege. Die Zuschauermenge schien nur darauf zu warten. Sie klatschten in die Hände. Aber es war kein Applaus, sondern ein wütendes Staccato, das mich aufforderte zu springen.

In diesen Sekunden entschloß ich mich zu etwas, welches ich bis dahin stets als verabscheuungswürdig erachtet hatte.

Da ich nicht die Absicht habe, mich zu entschuldigen, werde ich es auch nicht tun. Sollten Sie doch darauf bestehen; also bitte! Nenne ich es eben »Verzweiflungstat«.

Ich hielt das Trapez an und warfete, bis Ruhe eingekehrt war. »Hat einer von euch eine Vorstellung davon, was es heißt, die einzige Frau zu sein in einer reinen Männerwelt?« fragte sich. »Könnt ihr tatsächlich nachvollziehen, was es bedeutet, Tag für Tag aufs neue beweisen zu müssen, daß man qualifiziert ist und fähig, selbständig zu entscheiden?

Nichts von dem, was ihr gedankenlos für euch in Anspruch nehmt, habe ich bekommen, ohne daß ich dafür kämpfen mußte.

Ich habe mein Ziel erreicht, und meine Leistung dokumentiert, daß ich besser bin, als manch anderer.

Aber ihr weigert euch, das zu akzeptieren. Ihr lauert darauf, daß ich Fehler mache.

Nun habe ich es getan, und es scheint euch zu freuen.

Ich habe nicht gewußt, was uns hier erwartet. Ich hatte Jordan Lorimers Andeutung. Konkrete Beweise aber waren das nicht. Er hingegen hatte mein Wort, Stillschweigen zu bewahren. Mein Ehrenwort, Gentlemen! Und daran fühlte ich mich gebunden, so, wie Sie es getan hätten.

Oder sind Sie am Ende der Meinung, daß es einer Frau nicht zusteht, dem Ehrenkodex zu folgen?«

Kein Beifall, keine »standing ovation« hätte mir wohler getan, als diese Reaktion nachdenklicher Stille.

Einzig Marvin blieb völlig unbeeindruckt. Ich sah es und beschloß, ihn zu ignorieren. Auch ich war nicht fähig, an zwei Fronten gleichzeitig zu kämpfen, und die Schlacht, in der ich mich befand, war noch keinesfalls geschlagen.

Sorgfältig bereitete ich meine nächste und, wie ich hoffte, letzte Attacke vor.

»Hätte nur einer, nur ein einziger von euch den Mut bewiesen zu einem Alleingang. Wäre doch Donald, Hal, Franklin oder wer auch immer zu mir gekommen mit dem Verdacht, den ihr ja angeblich über lange Zeit so mannhaft unterdrückt habt. Glaubt ihr wirklich, ich hätte auch dann noch geschwiegen oder die Sache verharmlost?

Dankbar wäre ich gewesen, für die kleinste Unterstützung!

Doch alles, was ihr getan habt, war den Kopf in den

Sand zu stecken und mir die schwarze Sieben der Verantwortung zu überlassen. Mir. Einer Frau!«

Ich wartete und fluchte insgeheim auf meine Unfähigkeit, wohlberechnete Glyzerintränen weinen zu können, so, wie es die wunderschöne Sterrin einst vermocht hatte.

Sie wären der krönende Abschluß gewesen und hätten — davon bin ich überzeugt — meinen Sieg noch strahlender erscheinen lassen. So aber mußte ich ohne den Hermelin der grenzenlosen Tapferkeit auskommen. Leider! Doch ich spürte, ich hatte gewonnen, und dieses Hochgefühl ließ mich den Wunsch nach einem theatralischen Finale vergessen.

Trotzdem. Ein klein wenig Monarchie mußte sein, und ich beschloß, meine reuigen Untertanen für ihren Versuch einer Revolte zu strafen.

»Euch dürfte nicht entgangen sein«, sagte ich, »daß es seit Wochen keinen neuerlichen Anschlag mehr gegeben hat. Warum wohl?«

Schweigen, wohin ich auch sah. Ich wiederholte meine Feststellung.

»Vielleicht sind sie zur Vernunft gekommen.«

Auf diese Antwort hatte ich gewartet, und ich stieß darauf herab, wie ein Adler auf seine Beute. »Diese Menschen haben unsere Arbeit sabotiert. Sie waren bösartig genug, den Tod eines Unschuldigen mit ihren Parolen zu rechtfertigen. Und solch ein Abschaum soll zu Vernunft fähig sein?

Ich habe sie genau beobachtet, diese vermummten Gestalten, und ich sage euch: Sie warten. Warten auf einen neuen Punkt, an dem sie uns torpedieren können. Und je länger sie diesen Punkt hinauszögern, um so größer ist die Wahrscheinlichkeit, daß sie uns schaden werden, mehr denn je.«

»In gut drei Wochen beginnt der Vorschub«, überlegte Donald.

Ich strahlte ihn erleichtert an wie ein Hilfsschullehrer, der feststellen darf, daß wenigstens einer seiner Schüler mit gewisser Intelligenz gesegnet ist.

»Genau!« bestätigte ich überschwenglich. »Und wir dürfen nicht dasitzen und die Hände in den Schoß legen.«

»Wenden wir uns an Greenwood.«

»Unsinn! ›Canadian Steel‹ ist eine Tochter der Lorimer Holding. Unsere Gesprächspartner sitzen in Vancouver.«

»Und wenn sie alles abstreiten? Denkt daran, was Ann über diesen Lorimer Sproß gesagt hat.«

Plötzlich war das Eis gebrochen. Alle redeten durcheinander.

Es war wie beim »brain storming« längst vergangener Tage. Ich beteiligte mich nicht an der Diskussion. Mit halbem Ohr hörte ich zu und verfolgte dabei meine eigenen Überlegungen.

»Ich bin auch der Meinung, wir sollten Vancouver aus dem Spiel lassen. Wir haben gegen sie nicht die geringste Chance.« — »Donald hat recht. Wenn sie bei Lorimer ihre Gründe haben, außen vor zu bleiben, werden sie nichts unternehmen, bis auf die Tatsache, daß wir alle sang- und klanglos entlassen und durch andere ersetzt werden.« — »Und wenn wir uns weigern, erwarten uns hübsche kleine Konventionalstrafen. Dafür werden die Rechtsabteilungen schon sorgen. Es findet sich immer ein Weg.« — »Was ist mit der

Polizei?« — »Zwecklos. Uns fehlen die Beweise. Außerdem würde es uns die Presse auf den Hals hetzen. Diese Burschen haben überall ihre Zuträger. Selbst hier, am Ende der Welt.« — »Und dann würde genau das eintreten, was sie in Vancouver verhindern wollen.« — »Womit wir wieder beim Thema wären.« — »Aber was sollen wir tun? Wir werden wie auf einem Pulverfaß sitzen. Und verdammt! Diese Vorstellung behagt mir ganz und gar nicht!« Es war Franklin, der mit dieser unangenehmen Prognose die Debatte beendete.

Alle Augen richteten sich auf mich, und als ich eine Zigarette aus der Schachtel nahm, hatte ich fünf Feuerzeuge zur Auswahl, sie anzuzünden.

Meine Antwort stand fertig formuliert. Ich brauchte sie nur noch abzulesen. Doch ich ließ mir Zeit. Das Image der tapferen Frau, der so übel mitgespielt worden war, verlangte es so.

»Ich bin mit Donald der Ansicht, daß die Polizei unser falscher Ansprechpartner ist«, sagte ich schließlich. »Und was wir von Greenwood zu halten haben, darüber lohnt es sich nicht, auch nur ein einziges Wort zu verlieren.

Jordan Lorimer ist der, an den wir uns wenden müssen. Ich mich wenden muß«, verbesserte ich. »Er kennt die Hintergründe, und welcher Art sie auch immer sein mögen — noch ein Anschlag, und Lorimer Holding bekommt genau die Publicity, die sie so ängstlich vermeiden wollen.«

Während der Pause, die ich mir nun gestattete, fühlte ich mich wie ein Monarch im Augenblick der Krönung.

»Wenn es zum Äußersten kommt, werde ich dafür sorgen, daß ihr mit der Sache nicht in Verbindung gebracht werden könnt, und daß eure Verträge eingehalten werden, denn ich allein werde für unsere Entscheidung geradestehen, und darum muß ich euch bitten, über dieses Gespräch absolutes Stillschweigen zu bewahren.«

Ich griff nach Zepter und Reichsapfel, nahm die Krone und setzte sie mir selbst aufs Haupt.

»Ich leite dieses Projekt. Mir obliegt die volle Verantwortung, und ich bin bereit, sie zu tragen.«

Nun endlich erscholl donnernder Applaus von den Rängen.

Meine Vasallen beugten die Knie und schworen mir ewige Treue.

Ich ließ sie gewähren.

Nur widerstrebend gab ich der warnenden Stimme in meinem Innern nach, die mir zuflüsterte, daß es Zeit war, die Stätte des Triumphes zu verlassen. Ich tat es. Gerade noch rechtzeitig, bevor Donald oder Franklin auf den Gedanken kommen konnten, mir die Frage zu stellen, die ich bisher so erfolgreich unbeantwortet gelassen hatte: Die Frage nach Marvin Gates und der Verbindung, die zwischen ihm und mir bestand.

Ein letztes Mal blickte ich hinauf. Die beiden Trapeze unter der Zirkuskuppel hingen einsam und verlassen im Scheinwerferlicht. Es wurde schwächer und erlosch.

Die Show war zu Ende.

## 30

Den Rest der Nacht verbrachte ich in einem Gefühl innerer Zerrissenheit.

Für diejenigen unter Ihnen, denen ein solcher Zustand fremd ist, hier die Erklärung: Mein Verstand war mit einem klaren Sieg belohnt worden. Im Gewirr des Für und Wider hatte er mich dazu gebracht, den einzig richtigen Weg zu gehen. Den Weg, der mir vielleicht die Chance gab zu überleben, auf jeden Fall aber das Gesicht zu wahren.

Und ihm gegenüber war da mein Herz, jenes Organ, das man fälschlicherweise verantwortlich macht für unerklärliches Handeln und Gedanken, fern jeder Vernunft. Dieses Herz drängte mich, zurückzukehren in das Labyrinth, aus dem ich mich gerade befreit hatte. Es lockte mit der Erinnerung an Forillion Park und an Marvin, Marvin Gates.

»Er hat mich stehenlassen. Nicht umgekehrt! Er hat mich eine frustrierte Ziege genannt, und er will meine Hilfe nicht.«

Mein Herz ließ keines dieser Argumente gelten und konterte in sachlicher Bosheit:

»Du hast sie ihm gar nicht angeboten. Sagst ihm statt dessen, daß niemand von uns wissen darf. Pah! Auf eine dümmere Art und Weise konntest du deinen Vorschlag überhaupt nicht beginnen. Kein Wunder, daß er dich falsch verstanden hat. Er konnte gar nicht anders darauf reagieren. Begreif das endlich, und zieh die Konsequenz daraus! Es geht nicht nur um seine, es geht auch um deine Zukunft. Und wenn du nicht den Rest deines Lebens mit der Frage verbringen willst, wie es anders hätte laufen können, dann mußt du dieses Mißverständnis aus dem Weg räumen, und zwar, bevor du in Vancouver die Heldin spielst.«

Der fast schon obligatorische Griff nach der Zigarette, und dann machte ich mich an die Aufgabe, mich selbst zu überzeugen. Ängstlich vermied ich es dabei, den Namen des Mannes auszusprechen, um den es ging, und doch sah ich sein Bild vor mir, zum Greifen nah und doch so unendlich weit entfernt.

»Wenn ich mit ihm sprechen wollte, müßte ich ihn erst einmal finden«, sagte ich. »Wie, bitte schön, soll ich das anstellen? Etwa, in dem ich mich zu einer dieser vermummten Gestalten schleiche und nach seiner Adresse frage? Was, wenn ich dabei ausgerechnet an Pescara gerate? Ich habe ihn noch nie gesehen, also würde ich ihn selbst ohne seine Verkleidung nicht erkennen. Er aber wird genau wissen, wer ich bin, und wenn meine Vermutung stimmt und er von Lorimer geschickt worden ist, wird er eins und eins zusammenzählen. Seine Informationen werden Voncouver vor mir erreichen. Und in dem Moment wäre meine Mission gescheitert.

Und das alles, um einem Traum hinterherzujagen und dem Mann, der untrennbar damit verbunden ist?!«

Ich schüttelte den Kopf, erteilte meinem Herzen eine entschiedene Absage und verschloß meine Ohren vor weiteren Versuchen, mich umzustimmen. Das Risiko war einfach zu groß.

Als ich zu Bett ging und das Licht löschte, tat ich es in der festen Absicht, Marvin Gates für immer aus meinen Gedanken zu streichen.

## 31

Donald brachte mich zum Flughafen von Percé. Ich hatte den Platz in einer Linienmaschine gebucht, die mich nonstop an mein 3.000 Meilen entferntes Ziel bringen würde.

Es war das erste Mal, daß ich mich einem Flugzeug anvertraute. Die verwirrende Prozedur des Einchekkens stellte große Ansprüche an mein schauspielerisches Talent. Um nichts in der Welt wollte ich, daß Donald oder sonst jemand etwas von meiner Unsicherheit bemerkte. Es schien mir ausgesprochen wichtig angesichts dessen, was ich in Vancouver zu tun gedachte.

Auch dort würde ich spielen müssen und zwar die Rolle der selbstbewußten Karrierefrau, jene Rolle, die ich mir in den Forillions geschworen hatte, nie wieder zu spielen.

Nun erkannte ich, wie leichtfertig es von mir gewesen war, die Kunstfigur Ann Griffith zu verstoßen und aus meinem Leben zu verbannen. Demütig bat ich sie, zu mir zurückzukehren.

Sie zierte sich, doch dann überwog ihre Gier nach Anerkennung, und sie tat mir den Gefallen. Sie tat es gerade in dem Moment, in dem ich das Terminal betrat.

Mit ihrer Hilfe gelang es mir, Donald zu täuschen. Sie verscheuchte die Angst, die sich in mir breitmachen wollte, als die Maschine vom Boden abhob. Die Erde raste unter mir dahin und blieb zurück. Die Landschaft mitsamt den Häusern und den Menschen wurde zu einer Spielzeugwelt degradiert, und Ann brachte mich dazu, diesem Schrumpfungsprozeß fasziniert zu folgen.

Acht Stunden dauerte der Flug. Ich nutzte die Zeit, um das, was ich Jordan sagen wollte, abschließend zu überdenken. Satz für Satz und Wort für Wort durchliefen die Endkontrolle, wurden abgeklopft auf Ungereimtheiten, eventuelle Widersprüche, Fakten, die ich vielleicht übersehen haben mochte.

Aufmerksam verfolgte Ann meine Präzisionsarbeit. Sie enthielt sich dabei jeglichen Kommentars, doch als sich die Maschine im Anflug auf Vancouver befand, nickte sie anerkennend und verabschiedete sich.

»Du wirst es schaffen«, sagte sie. »Du hast alle Trümpfe in der Hand. Dieses Spiel zu verlieren — so ungeschickt kannst selbst du nicht sein.«

Mit diesen ermunternden Worten überließ sie mich meinem Schicksal und dem unerträglichen Druck, der auf meinen Ohren lastete, als die Boeing zur Landung ansetzte.

Wer von Ihnen noch nie geflogen ist, und wer sich jetzt entschließen sollte, dieses Abenteuer einzugehen, der sei gewarnt vor dem Gefühl des zerplatzenden Trommelfells in den Momenten kurz vor dem Aufsetzen der Maschine. Der Körper übersteht diesen Schmerz, ohne Schaden zu nehmen. Er geht vorbei und ist vergessen, noch bevor Sie Ihr Gepäck in Empfang genommen haben. Aber höllisch weh tut es doch!

Vancouver, die Millionenstadt direkt an der Grenze zum amerikanischen Bundesstaat Washington gelegen, tat alles, um auch mir gegenüber ihrem Ruf als schönste Metropole des Nordens gerecht zu werden.

Schon während des Anflugs erlebte ich sie, trotz Ohrensausen, als ein farbenprächtiges Juwel, eingerahmt von schneebedeckten Bergen und nur durch die Vancouver Islands vom Blau des Pazifik getrennt.

Anders als im antiquierten Percé bereitete mir das modern konstruierte Flughafengebäude des Vancouver Airport keinerlei Schwierigkeiten. Mühelos erledigte ich die Formalitäten und begab mich zum Taxistand vor dem gläsernen Portal der Eingangshalle.

Der Fahrer des knallgelben Chevrolet stieg aus und öffnete zuvorkommend die Wagentür für mich. Ich nannte die Adresse in der Burrand Street. Sie lag direkt im Geschäftszentrum, der sogenannten »City«.

Das Taxi setzte sich in Bewegung. Sekundenlang beschlich mich der Verdacht, der Fahrer könnte wie sein Kollege damals in Boston versuchen, das angegebene Ziel erst über viele Umwege zu erreichen.

Ich entschied mich, es darauf ankommen zu lassen. Mir stand ein anderer, weitaus wichtigerer Kampf bevor als der Streit um die kürzeste Route.

Also lehnte ich mich entspannt zurück, genoß die vielleicht unfreiwillige Sightseeing Tour und stellte anerkennend fest, daß Vancouver auch dem näheren Betrachter gegenüber hielt, was sie dem Flugpassagier versprochen hatte.

Eine gute dreiviertel Stunde später erreichten wir die Burrand Street. Ich stieg aus, bezahlte und griff dann nach der board-case, die ich neben mir auf dem Bürgersteig abgestellt hatte.

Eine vierspurige Schnellstraße verlief zwischen mir und dem Lorimer Building. Sie unterschied sich durch nichts von Abertausenden anderer Highways, die sich wie ein Netz grauer Bänder durch den Asphaltdschungel der Großstädte ziehen. Und doch war sie etwas besonderes. Jedenfalls für mich. Denn mir erschien sie wie eine Grenze, eine Demarkationslinie, errichtet einzig zu dem Zweck, das Individuum Ann Griffith von der Schaltzentrale der Lorimer Holding zu trennen.

Das kalte Anthrazit der Fassade verlieh dem Gebäude einen abweisenden Glanz. Ich blickte hinauf zu einer schier endlosen Folge von Stockwerken. Sie schützten die Macht, die sie umschlossen, vor allzu neugierigen Blicken. Die langen Reihen dunkelgetönter Fenster wirkten auf mich wie die Schießscharten einer mittelalterlichen Festung.

Noch immer strahlte die Sonne vom Himmel. Ich jedoch stand im Schatten der Burg und fror.

Laut und deutlich fluchte ich mein Lieblingsschimpfwort: »Verdammt!«

Ich lebte nicht im Mittelalter, sondern wir schrieben das 20. Jahrhundert. Und der Mann, zu dem ich gehen würde, war ein denkender kultivierter Mensch und kein unzivilisierter Raubritter. Dem schüchternen Hinweis, daß Jordan Lorimer in Boston alles andere gewesen war als edelmütig und galant, begegnete ich mit der lapidaren Feststellung, daß seit jener Zeit bereits wieder vier, fast fünf Jahre vergangen waren. Um den Worten Nachdruck zu verleihen, setzte ich hinzu, daß auch ich damals Fehler gemacht, und daß auch ich meine Lehren daraus gezogen hatte.

Ein massives Eingangstor aus mattpoliertem Kupfer versperrte dem Lärm der Straße seinen Weg.

Ich hingegen wurde eingelassen.

## 32

Indirekte Beleuchtung erhellte die Empfangshalle, in der Chrom und Glas dominierten, ohne aufdringlich zu sein.

Meine Schritte auf dem Marmorparkett verursachten ein Geräusch, das ich selbst als so störend empfand, daß ich drauf und dran war, mich dafür zu entschuldigen.

So schnell es eben ging, überbrückte ich die Entfernung zu der weißglänzenden Kommandobrücke, die von einer jungen Frau, etwa in meinem Alter, befehligt wurde.

Wäre sie mir auf der Straße begegnet, hätte ich sie als Filmstar eingeschätzt, als Modell oder als eines jener Traumwesen, die unter dem Decknamen »Hostess« zu Geld und Reichtum gelangten. Eines aber hätte ich ihr niemals zugetraut: Den Beruf einer Sekretärin, und genau das schien sie zu sein. Nun musterte sie mich mit gutgelernter Skepsis. Sie entschied, daß ich würdig war, von ihr bemerkt zu werden, und beehrte mich daraufhin mit einem Lächeln, das ausdrücken sollte, wie sehr sie es herbeigesehnt hatte, mich endlich begrüßen zu dürfen.

»Kann ich irgend etwas für Sie tun?«

Allein, wie sie es sagte, machte deutlich, daß sie notfalls auf der Stelle tot umfallen würde, sollte ich den Wunsch dazu äußern.

Ich verschonte ihr Leben und bat sie statt dessen um eine weit weniger dramatische Gefälligkeit.

»Wären Sie bitte so freundlich, mich bei Mister Jordan Lorimer anzumelden? Hier ist meine Karte.«

Weit davon entfernt, mir dankbar zu sein, nahm die Schönheit meine Karte zwischen die pinkfarbenen Krallen und hielt sie in sicherem Abstand zu ihrem Körper.

»Ann Griffith.« Die Stimme hatte in überraschend kurzer Zeit überraschend viel ihrer hingebungsvollen Opferbereitschaft verloren. »Mr. Lorimer ist ein vielbeschäftigter Mann. Ohne Voranmeldung läßt sich da leider gar nichts machen. Aber ich kann gern versuchen, einen Termin für Sie zu arrangieren.«

Froh, sich des ekligen Objektes entledigen zu können, reichte sie mir die Karte zurück. Ich machte ihr nicht die Freude, sie davon zu befreien. Ich hatte nicht die Absicht, diesem mondänen Schmuckstück überhaupt irgendeine Freude zu machen.

Ich wurde herrisch. Ich wurde wütend. Und ich wurde arrogant. Für einen Wimpernschlag gedachte ich in tiefer Dankbarkeit meiner Lehrmeisterin Joan, unter deren strenger Aegide ich seinerzeit gelernt hatte, diese drei Attribute zu einer tödlichen Waffe zu vereinen.

»Ich glaube, mein Kind, Sie haben mir nicht zugehört«, sagte ich, und meine Stimme war weicher als Samt. »Ich möchte keinen Termin. Ich möchte zu Jordan, und zwar jetzt und hier.«

Ich bemerkte das Zögern und wies auf die Klaviatur

der Telefonanlage. »Und bitte gleich die Durchwahl. Ich habe weder Zeit noch Lust, einer weiteren ... hm, Schreibkraft mein Anliegen vorzutragen.«

Es war eine herrliche Abfuhr, und sie hätte unweigerlich zum Erfolg geführt. Der letzte Satz aber war zuviel gewesen.

Er brachte, wie man so schön sagt, das Faß zum Überlaufen. Das Schmuckstück fuhr die Krallen aus.

»Tut mir leid, Miss ... Griffith. Ich habe meine Anweisungen, und daran halte ich mich.« Zwei Perlenschnüre ebenmäßig weißer Zähne glitzerten zwischen blaßrosa geschminkten Lippen.

In diesem Moment meiner Niederlage ertönte ein leises Klingeln, und die Stahltüren des Lifts gegenüber der Kommandobrücke glitten zur Seite.

»Jordan!«

Meine Erleichterung war größer als das Gefühl der Schadenfreude, und sie bewahrte das Goldkind vor dem vernichtenden »Aus«.

Jordan hatte mich erkannt. Hastig verabschiedete er sich von den vier Herren in seiner Begleitung — besser formuliert, er ließ sie einfach stehen — und eilte mir entgegen.

Meiner Nichtachtung gewiß sank das Schmuckstück in sich zusammen.

»Ann Griffith!« Jordan begnügte sich nicht damit, mir die Hand zu schütteln. Nein. Er zog mich an sich und küßte mich tatsächlich auf beide Wangen.

Heute weiß ich, daß eine solche Art der Begrüßung in gewissen Kreisen als selbstverständlich dazugehört. Damals nahm ich es als ehrliche Freude und vielleicht auch etwas mehr.

»Ich muß mit dir sprechen, Jordan«, sagte ich und fügte hinzu: »Tut mir leid, deine kostbare Zeit in Anspruch zu nehmen. Aber es ist wichtig.«

Im selben Moment hätte ich mich ohrfeigen können. 3.000 Meilen lagen hinter mir und machten deutlich, mehr als deutlich, daß mein Anliegen dringlich war. Absolut unnötig, es nochmals zu betonen. Und es tat mir auch absolut nicht leid, Zeit dafür zu beanspruchen. Mochte sie nun kostbar sein oder nicht.

Während ich noch mit mir haderte, zog mich Jordan bereits in Richtung Lift. Dezente Hintergrundmusik begleitete uns auf unserer Fahrt in den 12. Stock.

»So, da wären wir.«

Heute brauche ich nicht mehr nach dem Grund für Jordans erleichtertes Aufatmen zu fragen, mit dem er die Tür seines Büros hinter sich schloß. Dummerweise tat ich es auch nicht an jenem Wintertag vor nunmehr vier Jahren.

Jordan bot mir etwas zu trinken an, was ich ablehnte, und eine Zigarette, der ich zustimmte.

Als wir uns in den teuren, dafür aber unbequemen Designersesseln gegenübersaßen, überlegte ich, wie spurlos die Jahre an dem Mann vorbeigegangen waren. Noch immer umgab Jordan das Flair des ewigen Jungen. Noch immer waren seine dunklen Locken ungekämmt.

In diesem Augenblick lächelte er und sagte: »Du bist noch schöner geworden, seit wir uns das letzte Mal getroffen haben. Sag mir, Ann. Wie machst du das nur?«

Niemand von Ihnen wird es mir verübeln. Deshalb gebe ich zu: Ich war geschmeichelt.

Marvin hatte mich niemals schön genannt. Doch. Einmal. Allerdings im Rahmen einer Aufzählung, die er noch dazu mit der niederschmetternden Analyse meiner Gemütsverfassung beendet hatte.

»Wie ich von Greenwood höre, macht ihr große Fortschritte in Escuminac. Tatsächlich seid ihr dem Zeitplan um einiges voraus. Gratulation.«

»Unser Ehrgeiz war eher eine Flucht vor dem Winter«, korrigierte ich. »Seit der erste Schnee gefallen ist, kommen wir dafür um so langsamer voran.«

»Du wirst es schon schaffen.« Jordans Stimme klang zuversichtlich, und es gehörte weder Phantasie noch die Suche nach weiteren Komplimenten dazu, um in seinen Augen Bewunderung zu entdecken.

Doch ich war nicht hier, um mich feiern zu lassen. Dementsprechend trocken war meine Antwort. Sie bestand aus exakt vier Worten: »Wenn man mich läßt.«

Der bewundernde Blick wich einem fragenden Ausdruck. Das genügte mir. Es bedurfte keiner weiteren Aufforderung.

Trotzdem hielt mich etwas davor zurück, meine Verdachtsmomente zu einem Blumenstrauß zu bündeln und als Gastgeschenk zu überreichen.

Fragen Sie mich nicht, warum ich so handelte. Nennen wir es Intuition, eine Begabung, die mir, wie Sie wissen, bis zu diesem Zeitpunkt nur sehr selten zur Seite gestanden hatte. Ich begann vorsichtig.

»Weißt du, Jordan. Ich habe da ein Problem, besser gesagt, eine Verständnisschwierigkeit, mit der ich nicht oder nur sehr schwer fertigwerde.«

»Wenn es sich um technische Details handelt, wendest du dich an Greenwood. Er ist mit der Materie bestens vertraut.« Jordan lächelte entwaffnend. »Ich bin und bleibe ein Theoretiker.«

Meine Verachtung für den Befehlsempfänger samt seiner Bleistiftnase brachte mich dazu, vom eigentlichen Thema abzuweichen.

»Ich kann mir nicht vorstellen, daß du weniger praxisbezogen denkst, wie diese ... diese Karikatur von einem Fachmann. Stell ihn vor einen Bewehrungskorb, und er wird ihn als Fahrstuhl verwenden! Gib ihm ein geologisches Gutachten, und er benutzt es als Wanderkarte!«

Jordan verzog sein Gesicht zu einem gequälten Grinsen. »So schlimm ist es mit ihm? Ich gebe zu, wir hatten in letzter Zeit nicht oft Kontakt miteinander, aber in der Vergangenheit habe ich mich schon des öfteren gefragt, wie lange dieser Mann für uns noch tragbar sein wird. Leider genießt er etwas, das ich als Mumienschutz bezeichnen möchte.

Mein Großvater hat ihn eingestellt. Damals war das Unternehmen noch meilenweit von dem entfernt, was es heute darstellt. Greenwood hat den Aufstieg miterlebt. In seiner Glanzzeit galt er als einer der gefragtesten Männer auf dem Markt. Doch er blieb, wo er begonnen hatte: bei Lorimer.

Heute ist er so etwas wie ein lebendes Denkmal für Treue und Zuverlässigkeit. Und Denkmäler pflegen wir nicht zu stürzen, selbst wenn sie nicht dazu fähig sind, sich innovatives Gedankengut anzueignen. Dies ist die Philosophie unseres Hauses, und auch ich erkenne sie an ... wenn auch nur widerwillig.«

»Greenwood erhält also sein Gnadenbrot«, faßte ich zusammen und hoffte, Jordan damit zu provozieren.

Gleichzeitig aber hatte ich fast ein wenig Angst davor, wie er reagieren würde.

Auch Marvin hatte ich nicht schuldig sehen wollen, und ich hatte recht behalten. Ebenso erging es mir jetzt mit Jordan, und nichts hätte mich glücklicher machen können, als bei ihm zum selben Ergebnis zu kommen.

Der unbekannte Miguel Pescara, respektive die dunkle Macht, die hinter ihm stand, waren und blieben die Verbrecher meiner Wahl. Leider sollte ich nur allzubald eines besseren belehrt werden. Schon Jordans nächste Worte bildeten den, wenn auch vordergründig harmlosen Anfang. »Nennen wir es Menschlichkeit. Jeder verdient sie, und ganz besonders ein Mann, der sich Respekt erworben hat durch Leistung.«

Es war eine sanfte Erinnerung an das schöne Wort »Fairplay«, und ich war gerne bereit zu glauben, daß Lorimer Holding mittlerweile in der Lage war, von Zeit zu Zeit solch rührende Anwandlungen zu verkraften. Doch auch gute Taten haben ihren Preis, und somit war eine philantropische Denkweise im harten Alltagsgeschäft des Konzerns garantiert die letzte Charaktereigenschaft, die den Managern an der Spitze unterstellt werden konnte.

»Diese menschenfreundliche Einstellung wird tatsächlich jedem zuteil?« fragte ich interessiert.

»Selbstverständlich.« Jordan antwortete im Brustton der Überzeugung, und doch war da ein Zaudern, das auch mir nicht verborgen blieb. Er selbst schien es ebenso zu spüren. »Allerdings gebe ich zu, daß die Loyalität eines Phillip Greenwood eher Beachtung findet als die eines einfachen Arbeiters.

Deshalb bemühe ich mich seit Jahren um eine, sagen wir, ausgleichende Gerechtigkeit. Anfangs stieß ich mit meinen Ideen auf ablehnende Skepsis. Mittlerweile aber habe ich mich durchgesetzt, zumindest in einigen Punkten. Mein Ziel ist es, Lorimer zu einem Musterbeispiel zu machen. Ich will beweisen, daß soziales Engagement das Streben nach Profit nicht zwangsläufig behindert. Im Gegenteil: daß es sich positiv auf die Leistungsbilanz auswirkt. Und der Erfolg gibt mir recht.

Während andere Konzerne gegen den steigenden Einfluß der Gewerkschaften zu kämpfen haben, geht bei uns die Anzahl der organisierten Mitglieder drastisch zurück. Die Leute fangen an zu begreifen, daß ihre Interessen bei uns besser aufgehoben sind als bei irgendwelchen Agitatoren, die dem Kapitalismus den Kampf angesagt haben.«

Ich glaubte, meinen Ohren nicht zu trauen. Jordan Lorimer, der Freund des einfachen Mannes? Es war nur schwer nachvollziehbar, und doch. Der Eifer, die Begeisterung, in die Jordan sich hineingesteigert hatte – das war nicht gespielt. Übergangslos hatte er das Thema bei der ersten sich bietenden Gelegenheit aufgegriffen. Dabei stand es in absolut keinem Zusammenhang mit dem Ausgangspunkt unserer Diskussion.

Ich analysierte das, was er gesagt hatte, und stellte fest, daß seine Worte frei waren von idealistischen Tagträumen. Er wollte eine zufriedene Belegschaft, und zwar zum Wohle des Konzerns und nicht etwa aus einer menschenfreundlichen Anwandlung heraus.

Wenn es noch einer Sache bedurft hatte, ihn glaubhaft erscheinen zu lassen, so war es diese Erkenntnis.

»Gib den Leuten das Gefühl, verstanden zu werden. Kümmere dich um ihre Belange, bevor es ein anderer tut. Damit erreichst du mehr, als mit jeder Lohnerhöhung, denn du machst sie zufrieden, und nur zufriedene Leute sind gute Leute.

Weißt du, wer das gesagt hat?«

Ich verneinte.

»Mein Großvater. Jordan Lorimer I. Er war seiner Zeit weit voraus, der alte Herr. Er hat Dinge getan, die auch heute noch als revolutionär gelten. Nichts ist unmöglich, und alles ist machbar. Auch das hat er gesagt. Wer dieser Theorie widersprach, den hat er ausgelacht, und dann ist er hingegangen, hat das jeweilige Problem genommen und es so lange geschüttelt, bis die Lösung quasi von selbst herausfiel.«

»Du scheinst ihn sehr zu bewundern.«

»Das stimmt«, bestätigte Jordan. »Manchmal wünschte ich, er wäre noch am Leben und könnte mir helfen, die richtige Entscheidung zu treffen.«

Der Grund meiner Reise nach Vancouver scharrte ungeduldig mit den Füßen. Noch hatte ich ihn mit keinem Wort erwähnt, und dabei saß ich bereits seit einer geschlagenen Stunde Jordan gegenüber.

Ich stellte mich taub. Ich fühlte mich wohl in der Nähe des Jungen, der nachdenklich und mit einer Spur von Hilflosigkeit seine Ideologie von Macht und Profit skizzierte. Ich wollte ihn nicht eintauschen gegen den Mann, der aller Wahrscheinlichkeit nach in kurzer Zeit mein Feind sein würde.

Das Telefon schrillte. Verärgert blickte Jordan auf den unschuldigen Apparat. Dann zuckte er resigniert mit den Schultern und griff zum Hörer. »Ja?«

Ich besitze keine telepathischen Fähigkeiten, doch die Nervosität, die Jordan von einer Sekunde zur anderen überfiel, stand so deutlich in sein Gesicht geschrieben, daß selbst ich es bemerkte.

»Auf gar keinen Fall! Sagen Sie ihm, ich rufe später zurück.«

Er legte den Hörer zurück auf die Gabel. Dann sah er mich an. Er tat es mit dem entwaffnenden Lächeln eines Schuljungen, und ... plötzlich verfehlte es nicht nur seine Wirkung, sondern erreichte das genaue Gegenteil.

Fragen Sie mich nicht, wieso. Auch ich habe mir diese Frage tausendmal gestellt. Und da wir gerade von unbegreifbaren Tatsachen sprechen: In jenem Moment wußte ich, daß es bei dem Gespräch um etwas gegangen war, das in direktem Zusammenhang stand mit den Ereignissen rund um die Chaleur Bay. Auch dafür fehlt mir jede Erklärung. So war es eben.

Zurück zu Jordan.

Nun lag es an ihm, an seinem Verhalten und an seinen Worten.

War er immer noch der Junge, mit dem ich gemeinsam den Weg zur Lösung unseres Problems gehen konnte, oder hatte er sich bereits in den Mann verwandelt, den es galt zu bekämpfen und zwar mit allen Mitteln, die mir zur Verfügung standen?

»Du kannst mir vertrauen. Ich will keinen Krieg.« Die stumme Botschaft meiner Augen verfehlte ihr Ziel.

»Entschuldige bitte. Ich hatte vergessen, dafür zu sorgen, daß wir nicht gestört werden.«

»Wegen mir brauchst du keinen Termin abzusagen.« Es war keine Feststellung. Es war eine flehentliche Bitte. Jordan bemerkte es nicht.

»Die Sache kann warten. Aber ich habe eine andere, viel bessere Idee. Was hältst du davon, wenn wir unser Gespräch an einem anderen Ort fortsetzen? Unverzeihlich, daß ich nicht eher daran gedacht habe! Nach der langen Reise mußt du halb verhungert sein. Also werden wir essen gehen. Das Carte d'or liegt ganz in der Nähe, und ich bin überzeugt, es wird dir gefallen.«

Gegen sein Lächeln war ich immun, nicht aber gegen den Hunger, den ich tatsächlich verspürte.

Ein leerer Magen ist keine gute Voraussetzung, um Kriege zu gewinnen. Also stand ich auf und sagte: »Einverstanden«.

## 33

Das »Carte d'or« erwies sich als ein französisches Restaurant der allerersten Kategorie. Jordan hatte es nicht als nötig erachtet, einen Tisch reservieren zu lassen. Dies in Verbindung mit der servilen Aufmerksamkeit, die uns zuteil wurde, ließ mich erkennen, daß er zweifelsohne zu den Stammgästen des Tempels kulinarischer Kostbarkeiten gehörte.

Das Essen war hervorragend, oder, um dem Ursprungsland gastronomischer Ästhetik gerecht zu werden, formidable.

Es fiel mir inmitten dieser Anhäufung von Kultur und Lebensart nicht leicht, auf den Anlaß meines

Besuchs zurückzukommen, und ich ahnte, daß Jordan genau dies mit seiner Einladung bezweckt hatte.

Wir verzehrten das Menue, welches aus vier Gängen bestand, in redseligem Schweigen. Ich teilte meine Aufmerksamkeit zwischen der harmonischen Komposition an Köstlichkeiten auf dem Teller vor mir und den hoffnungslos verstrickten Gedankengängen in meinem Gehirn.

Von Zeit zu Zeit blickte ich zu Jordan. Er wirkte ruhig und gelassen. Im Gegensatz zu mir schien für ihn die Entscheidung zwischen zwei erlesenen Weinsorten das einzige Problem zu sein. Als der Mokka serviert wurde, hatten all meine Überlegungen zu nichts geführt.

Ihr Knäuel war zum gordischen Knoten geworden, jenem Ungetüm, das bekanntermaßen nur mit einem Schwertstreich getrennt werden kann. Ich beschloß, meine aussichtslose Filigranarbeit zu beenden, zog mein Schwert, hielt es hoch über dem Kopf ... Jordan warf sich dazwischen.

»Was wirst du tun, wenn die Arbeiten in Gaspé abgeschlossen sind?« fragte er. »Hast du schon Pläne für die Zeit danach?«

Ich verharrte in meiner Bewegung. Ich wollte mich zwingen, das Schwert niedersausen zu lassen. Statt dessen waren es meine Arme, die herabsanken. Vorsichtig legte ich die Klinge beiseite.

»Darüber habe ich mir wirklich noch keine Gedanken gemacht«, antwortete ich wahrheitsgemäß. »Mich beschäftigen im Moment ganz andere Dinge.«

»...über die du mit mir reden wolltest.« Jordan nickte. »Ich weiß, und wir werden es auch tun, das verspreche ich dir.

Doch zuvor und unabhängig davon möchte ich, daß du mir zuhörst, denn ich habe dir ein Angebot zu machen.«

Das Alarmsignal in meinem Kopf war in seiner Lautstärke nur zu vergleichen mit den Trompeten von Jericho.

Jordan ahnte nicht, warum ich zu ihm gekommen war. Er hatte es die ganze Zeit über gewußt! Also mußte er informiert worden sein, und dafür kamen nur zwei Männer in Frage: Pescara oder Greenwood. Einer von beiden hatte den Zuträger gespielt und so Jordan Gelegenheit verschafft, sich entsprechend zu wappnen.

In den grellen Blitz dieser Erkenntnis hinein hörte ich Jordans Stimme. So und nicht anders hatte ich sie schon einmal gehört: in Québec, in der Zimmerflucht des »Trois Rivières«.

»Ann«, sagte er in beschwörendem Ton, »Ende des Monats beginnen wir mit dem Bau einer Straße auf den Vancouver Islands. Die Endpunkte sind Port Alice im Norden und Duncan im Süden. Sie werden auf direktem Weg miteinander verbunden. Eine Maßnahme, die laut Ansicht der Experten helfen wird, die Infrastruktur der Insel zu verbessern.

Um es kurz zu machen: Ich möchte, daß du die Leitung dieses Projekts übernimmst.«

Ich wagte ein letztes Stichwort für Jordan, den ewigen Jungen: »Und Gaspé?«

»Wir werden jemanden finden, der den Job für dich erledigt.«

Es war Jordan Lorimer III., der mir Antwort gab. Ich haßte ihn, haßte ihn für das, was er sagte und wie er es sagte. Nur mühsam gelang es mir, Ruhe zu bewahren.

Noch war ich nicht eine seiner willfähigen Kreaturen! Noch war ich keine der Marionetten, die er auf dem Schachbrett seiner Machtpolitik nach Belieben hin- und herschieben konnte.

Und genau das würde ich ihm sagen, und zwar jetzt und hier!

»Es ist mehr als nur ein Job«, stieß ich hervor. »Und man kann ihn nicht einfach erledigen. Das weißt du so gut wie ich. Vorhin, in deinem Büro, hast du gesagt, du bist zufrieden mit dem bisherigen Ergebnis meiner Arbeit.

Interessiert es dich zu erfahren, warum wir so rasche Fortschritte erzielen? Ich wil es dir verraten: Weil ich es geschafft habe, aus dem zusammengewürfelten Haufen, wie du die Männer seinerzeit genannt hast, ein funktionierendes Team zu machen.

Es sind meine Leute, und ich werde sie nicht enttäuschen, denn sie vertrauen mir. Ich bleibe in Gaspé, und zwar bis zu dem Tag, an dem der erste verdammte Wagen über diese elende Brücke rollt.«

Ich spürte die Tränen in meinen Augen, und ich fühlte, wie Jordan nach meiner Hand faßte. Ich riß meine Hand zurück und wischte die Tränen fort.

Einen krasseren Gegensatz als den zwischen meiner zitternden Erregung und Jordans kalter Fassungslosigkeit konnte es nicht geben.

Und doch waren wir uns noch nie so einig gewesen wie in diesem Moment, in dem die Masken fielen. Einig in dem Wissen, daß nun die Zeit gekommen war, unser Katz- und Maus-Spiel zu beenden. Vorbei war es nun mit sorgfältig versteckten Drohungen, mit verbalen Ausweichmanövern, mit abtastenden Formulierungen. Ab jetzt zählte für jeden von uns nur die Anzahl der beweisbaren Tatsachen, mit denen wir versuchen würden, uns gegenseitig in die Enge zu treiben.

## 34

An dieser Stelle möchte ich, daß Sie sich erinnern an meine Bemerkung über die Unterschiedlichkeit von Kriegsschauplätzen.

Sollten Sie auf jene Passage mit befremdlichem Kopfschütteln reagiert haben, so erhalten Sie jetzt Gelegenheit, ihr – entschuldigen Sie – vorschnelles Urteil zu revidieren.

Es ist eine gespenstische Szene. Zwei Menschen sitzen sich gegenüber und mustern sich schweigend inmitten der charmant dezenten Heiterkeit des »Carte d'or«. Niemand achtet auf sie. Die Konversation an den übrigen Tischen perlt durch den Raum wie Champagner. In der Nähe der beiden Menschen weicht sie erschreckt aus und weht an ihnen vorbei. Ohne sie zu erreichen, gleitet sie über die bösartig leere Hülle hinweg, welche die beiden von der Welt abkapselt.

Sie wird die Hülle zurückerobern, so, als wäre sie nie dagewesen, sie vergessen machen in dem Moment, in dem einer der beiden Menschen zerstört am Boden liegt.

»Ein Junge ist ums Leben gekommen. Er hieß Jim und war 19 Jahre alt.«

Jordan senkte den Blick. »Greenwood hat es erwähnt. Scheußliche Sache.«

»Er hat es ... erwähnt? Du hast es ... gewußt?«

»Und du arbeitest erst zum zweiten Mal auf einer Großbaustelle. Solche Unfälle sind bedauerlich, aber sie kommen vor.

Du kennst den Hoover Dam am Lake Mead. Geh hin und zähl die Kreuze an der Südwand. Ich will dir sagen, wieviele es sind: Genau sieben. Sieben Männer, die im Schacht gearbeitet haben, als die Schleusen für den Beton geöffnet wurden. Niemand hat sie gesehen. Niemand hat sie gehört. Sie sind irgendwo in dieser Mauer, erstickt und begraben unter dem flüssigen Beton. Das ist alles, was man von ihnen weiß ... Soll ich fortfahren?«

Ich schüttelte den Kopf. Jordan hatte recht mit dem, was er sagte. Es waren Unglücksfälle, und sie waren unvermeidlich, und allein, wenn ich daran dachte, wurde mir übel. Eines aber waren sie nicht: ein kalkulierter Mord.

»Ponton 3 war kein Unfall. Es war Sabotage. Doch auch darüber dürftest du bereits informiert sein.«

Jordan zog die Augenbrauen hoch. Sein ungläubig überraschter Blick war eine schauspielerische Meisterleistung und hätte jeden überzeugt. Selbst ich, die ich die Wahrheit kannte, geriet für Bruchteile von Sekunden in Zweifel über mein eigenes Wissen. Ich spürte es wie Treibsand unter meinen Füßen und flüchtete mich in die Beweisführung, ehe Jordan eine Chance hatte, auch nur mit einem Wort, einer Silbe seine Stellung zu festigen.

»Du hast mich seinerzeit zum Stillschweigen verpflichtet. Erinnerst du dich? Wie kannst du annehmen, daß ich dem zuwiderhandele? Selbst Greenwood gegenüber habe ich nichts verlauten lassen. Rein gar nichts, verstehst du? Er konnte nichts davon wissen, denn ich habe ihm sogar Jims Tod verschwiegen. Und trotzdem hast du davon gewußt, also ...«

»Also, was?« Jordans Augen hatten ihre melancholische Trägheit verloren, und — wäre dies ein Kriminalroman — so würde ich ihr Glitzern als mordlüstern beschreiben.

So aber belasse ich es dabei zu sagen, daß mit der Melancholie auch der allerletzte Rest des Jungen verschwand, der es nie verstanden hatte, seine Locken zu bändigen, und den zu lieben ich mir einmal eingebildet hatte.

Ich registrierte es ohne Furcht. Schließlich gilt es als ungezogen, in der Öffentlichkeit einen Mord zu begehen.

Und ich registrierte es in tiefer Dankbarkeit. Jordan Lorimer III. war mir unbekannt — ein skrupelloser Fremder, den ich überführen und schuldigsprechen konnte, ohne Tränen, ohne Gewissensbisse.

»Also muß der loyale Dr. Greenwood, der schon deinem Großvater so ergeben war, seine Informationen von dem bekommen haben, der für den Mord verantwortlich ist!«

Meine Stimme war laut geworden und drohte, die Wände unserer schalldichten Kabine zu durchdringen. Jordans unruhiger Blick zu den Nachbartischen machte mich glücklich.

Doch ich hatte mich zu früh gefreut. Mein Gegner war viel zu erfahren, um sich schon sobald zu einem Geständnis oder zumindest einem Teilgeständnis erpressen zu lassen.

»Glaub nicht, du bist die einzige im Camp, mit der Greenwood in Kontakt steht«, zischte er.

Genau das hatte ich bisher angenommen, aber ich hütete mich, Überraschung zu zeigen und gestattete mir ein Lächeln.

Dann zündete ich meine erste und einzige Atombombe. Ganz spontan hatte ich mich dazu entschlossen, und nichts verriet meine innere Hochspannung.

»Natürlich nicht. Warum sollte er auch? Weit interessanter allerdings dürfte sein, was ihm außerhalb der Baustelle zugetragen wird ... Zum Beispiel von ... Miguel Pescara.«

Die Bombe traf ihr Ziel. Sie explodierte. Ihre verheerende Wirkung war die eines Konfettiregens.

»Ich habe den Namen schon einmal gehört. Doch in welchem Zusammenhang? Laß mich nachdenken.« Und Jordan legte tatsächlich seine Stirn in Falten.

»Pescara ... Pescara ... Jetzt erinnere ich mich! Ein Verbrecher, ein Söldner, der sich anwerben läßt, um Unruhe zu stiften.

Texas Industries hatte mit ihm zu tun, unten in Tula. Dayton Fox hat es mir erzählt. Pescara und sein Terrorkommando haben ihnen schwer zu schaffen gemacht. Es hat Unsummen gekostet, das Projekt doch noch zum Abschluß zu bringen, und es hat dem Ruf des Unternehmens sehr geschadet. Fox war überzeugt davon, daß politische Machenschaften dahintergesteckt haben.

Beweisen allerdings konnte er nichts, denn zu dem Zeitpunkt war Pescara bereits verschwunden, und alle Nachforschungen verliefen im Sand.«

Mit einem goldenen Löffel verrührte Jordan glitzrige Zuckerkristalle in seinem Mokka. Die Aufgabe schien ihn völlig in Anspruch zu nehmen. Doch gleich würde er aufstehen und mir die Gegenfrage stellen, die ich selbst provoziert hatte.

Meine Bedenkzeit entsprach genau der, die es brauchte, um den Zucker aufzulösen. Fasziniert beobachtete ich das Kreisen des Löffels, den Strudel, in dem die Kristalle versanken.

Der Löffel schwebte über der Tasse. Jordan wartete geduldig, bis auch der letzte Tropfen von dem goldenen Metall abgefallen war. Erst dann legte er den Löffel beiseite und stellte die Frage:

»Darf ich wissen, wann und wo du selbst die überaus fragwürdige Bekanntschaft dieses Menschen gemacht hast?«

Das wann und wo war schnell erklärt. Es bedurfte nur zweier Worte: »Überhaupt nicht.«

Das Schweigen danach war um so ausführlicher, und es beschrieb meine Niederlage. Die Strategie, Greenwood als Mitwisser zu entlarven und somit Jordan in die Enge zu treiben, hatte versagt. Der Befehlsempfänger schützte den Enkelsohn des Mannes, der ihn zur Loyalität verpflichtet hatte, schützte ihn durch die aalglatte Inkompetenz, die jede seiner Handlungen rechtfertigte, und die jeden Verdacht an sich abgleiten ließ.

Jordan verlangte keine weitere Erklärung. Warum sollte er auch? Er brauchte mich nur anzusehen, um zu wissen: Er hatte gewonnen. Ich spürte die Müdigkeit des Verlierers in mir. Ich fühlte mich leer, wie ausgebrannt. Ähnlich wie Marvin, damals, als er den Entschluß gefaßt hatte, sich zu stellen, die Schuld allein zu tragen.

Nun hatte uns dieses elende Spiel besiegt. Uns beide. Genau besehen, hatten wir schon oft das Gleiche zur gleichen Zeit erlebt. Einsamkeit und Verständnis, hoffnungslose Verzweiflung und Glück, das uns hatte schweben lassen, hoch über den Sternen und jenseits aller Welten.

Ich sah diese Sterne vor mir. Sie rückten enger zusammen, wurden zu einem silbrig glänzenden Band. Es kam näher und verdrängte die Müdigkeit aus meinem Herzen und dann aus meinem Gehirn. Da war eine Chance, eine winzige letzte Chance. Ich mußte mich beeilen. Ich mußte sie ergreifen, ehe es zu spät war, und sie hieß Forillion Park.

Ich formulierte meine Sätze nicht, ich stieß sie hervor. Ich achtete nicht auf die Worte, die über meine Lippen kamen. Ich ließ meine Gedanken sprechen, ich gab ihnen die Freiheit, das auszudrücken, was ich empfand.

Mag sein, ich habe geschrien oder geflüstert, gelacht oder geweint. Ich weiß es nicht.

Jordan Lorimer III. hörte mir zu. Er unterbrach mich nicht ein einziges Mal. Ich vermied es, ihn anzusehen. Dann tat ich es doch, und in dieser Ewigkeit eines Wimpernschlages sah ich Jordan, den Jungen, sah die ironische Melancholie in seinen Augen, die mir zurief: »Hör auf, Mädchen! Ich kann dich verstehen, aber glaub mir, es ist zwecklos.«

Ich hörte nicht auf. Ich sprach weiter, erzählte das Bild, den Zauber der Forillions und seine Bedeutung für die Menschen von Gaspé, die bereit gewesen waren, ihre Seelen dem Teufel zu verkaufen, um das Paradies zu erhalten.

Soweit ich mich erinnere, hatten meine Sätze folgenden Wortlaut: »Marvin und seine Freunde waren verzweifelt. Sie hatten alles versucht und nichts erreicht. Pescara war ihre letzte Hoffnung, und wenn du ihn auch, genau wie ich, persönlich nie kennengelernt hast, so weißt du doch: solche Menschen verstehen es zu argumentieren. Die Leute von Gaspé haben ihm vertraut. Sie sind ihm gefolgt ohne zu wissen, was für ein skrupelloser Verbrecher er ist.«

Die Worte erreichten einen nachdenklichen Jordan.

Wenn ich ein einziges Mal in meinem Leben gebetet habe, dann war es in diesem Moment. Ich flehte darum, daß dieser berechnende kalte Manager vor mir noch einmal, noch ein einziges Mal zu dem Jungen werde möge, den ich gekannt hatte, und den ich in einem verborgenen Winkel irgendwo in meinem Inneren immer noch liebte. Nur er konnte und würde Verständnis haben, und zwar trotz des menschenverachtenden Sarkasmus, der auch ihm zu eigen war.

Mein Gebet wurde erhört.

»Wie ich dich kenne, wirst du jeden Eid darauf schwören, daß es sich so und nicht anders abgespielt hat.«

»Das würde ich, Jordan, jederzeit und vor jedem Gericht der Welt.«

Ich nickte mit dem Kopf, um meinen Worten Nachdruck zu verleihen. Jordan hatte seine Ellenbogen auf dem dunkelgrünen Tischtuch aufgestützt. Seine Hände lagen übereinander. Es drängte mich, danach zu greifen, sie in Dankbarkeit festzuhalten, vielleicht begleitet von einem kindlich naiven »Jetzt wird alles wieder gut, nicht wahr?«

»Ich an deiner Stelle würde mir das noch einmal gründlich überlegen!«

Meine Hände zuckten zurück.

»Es ist deine Wahrheit. Möglicherweise auch die von diesem Ranger.«

Nie wieder würde ich ein Gebet sprechen. Nie wieder!

»Du glaubst, daß ich gewußt habe, daß Pescara nach Gaspé kommen wird. Die logische Schlußfolgerung daraus wäre, daß Lorimer Holding ihn bezahlt. Aber aus welchem Grund sollten wir das tun? Um unser eigenes Projekt zu torpedieren?

Ich bitte dich! Das ergibt doch absolut keinen Sinn.«

Jordan lehnte sich zurück. Unter halbgeschlossenen Lidern verfolgte er das zerstörerische Werk seiner Worte. Er ließ ihnen Zeit, sich in meinem Gehirn festzukrallen. Dann fuhr er fort.

»Tatsache ist und bleibt: Pescara und seine Leute sind in Escuminac. Also muß irgend jemand sie gerufen haben. Jemand, der ein ureigenes Interesse daran hat, das Unternehmen zu stoppen. Ich überlasse es dir, die Antwort darauf zu finden.«

»Aber niemand dort hat die Verbindungen, um an einen solchen Menschen heranzukommen und schon gar nicht das Geld, ihn zu bezahlen.«

»Ach, wirklich?«

An dieser Stelle hätte Jordan lächeln sollen. Daß er es nicht tat, stärkte seine Glaubwürdigkeit.

»›Friends of the Forillion.‹ Du weißt nichts über sie, nur das, was dir ein Marvin Gates gesagt hat. Kennst du sie? Ich meine, persönlich? Nein! Hast du je mit einem einzigen von ihnen gesprochen? Nein! Und trotzdem willst du in ihnen harmlose Weltverbesserer sehen, die einem Demagogen zum Opfer gefallen sind. Das mag sogar zutreffen, zumindest auf einige von ihnen. Und auch sie sind getäuscht worden, genau wie du und Gates, und zwar von denjenigen, die Pescara gerufen und bezahlt haben.«

Die Macht der Logik erstickte meinen Willen zum Kampf. Das Feuer war erloschen, und mein gestammeltes »Aber auch du hast gewußt, daß es so kommen würde« war ein kümmerliches Aufflackern, die Bitte meiner Illusionen um einen kurzen schmerzlosen Tod. Selbst jetzt war Jordan klug genug, den ernsten Blick nicht gegen ein Lächeln zu tauschen.

»Ich habe es geahnt«, verbesserte er. »Lorimer Holding hatte schon öfters mit solchen Leuten zu tun. Man sieht es ihnen nicht an. Aber es sind und bleiben Fanatiker. Wenn ihre Argumente scheitern, flüchten sie sich in die Gewalt.

Das zu erleben, wollte ich dir ersparen. Darum habe ich davor gewarnt, den Auftrag anzunehmen.«

»Aber was soll ich tun?« Ich fühlte mich so hilflos wie noch nie zuvor. Wohin ich auch blickte, sah ich die niedergebrannten Ruinen dessen, an was ich geglaubt, was ich als gut und richtig empfunden hatte. Wenn je das maßlose Wort von der abgrundtiefen Verzweiflung angebracht war, dann für mich und in diesem Moment.

»Das Team. Die Arbeiter. Ich kann sie doch jetzt nicht im Stich lassen. Ich muß zurück nach Gaspé. Ich muß ...«

»Du mußt gar nichts.« Jordan faßte nach meinen

Händen, und ich ließ es geschehen. Ich registrierte es. Nicht mehr und nicht weniger. Ich glaube, selbst wenn er mich geküßt hätte, wäre ich zu keinerlei Reaktion fähig gewesen. Aber ich hörte seine Stimme. Sanft und eindringlich zugleich eröffnete sie mir eine Zukunft, in der kein Platz war für Niederlage und Schmerz.

»Du bist eine wunderbare Frau, Ann. Du bist geboren, um zu siegen, um Erfolg zu haben, und ich bin überzeugt davon, du würdest auch Gaspé zu einem guten Ende führen, allen Problemen zum Trotz. Aber ich will nicht, daß du dich noch einmal dieser Gefahr aussetzt. Bleib hier. Hier in Vancouver. Es gibt so viele reizvolle Aufgaben für dich. Die Straße, von der ich gesprochen habe, ist nur ein Projekt unter Dutzenden. Du kannst daraus wählen, was immer du willst. Aber geh nicht zurück. Ich bitte dich darum. Ich kenne jetzt den Sachverhalt, und ich verspreche dir, ich werde das Unternehmen in deinem Sinne fortführen lassen. Notfalls übernehme ich selbst die Leitung, und wenn es Probleme geben sollte, mit denen ich nicht fertig werde, so habe ich dich, um mir Rat geben zu lassen.«

Jetzt gestattete Jordan seinem Mund zu lächeln, und als es seine Augen erreichte, lächelte ich zurück.

»Ich will dich in meiner Nähe wissen, Ann. Es hat lange gedauert, bis ich es erkannt habe, und hoffentlich ist es noch nicht zu spät. Aber ich brauche dich.

Wenn du mich also nicht total verachtest, wenn du mich ein klein wenig gern hast, dann sag ja.«

Gedankenlos und gehorsam flüsterte ich »Ja«.

Es war eine Flucht vor mir selbst. Weg von dem endlosen Fragen nach richtig und falsch, nach gut und böse. Hin zu der glasklar umrissenen Welt einer sicheren Zukunft.

Die Person des Jordan Lorimer spielte dabei eine eher untergeordnete Rolle. Später mußte und würde ich darüber nachdenken. Nun aber wollte ich die Auflösung, den sauberen Schlußstrich unter die verwirrende Gleichung mit Namen Gaspé. Das Ergebnis mußte korrekt sein. $X = ?$

Kein wenn, kein aber, kein eventuell durften hinter dem Gleichheitszeichen geschrieben stehen.

»Du mußt herausfinden, wer Pescara bezahlt«, sagte ich. »Doch wer es auch ist: einer hat garantiert keinen Cent dafür hergegeben, und das ist Marvin. Ich habe dir erzählt, daß er sich stellen will und auch warum. Deshalb ...«

» ...möchtest du, daß ich Mittel und Wege finde, um ihn von diesem Vorhaben abzubringen«, vollendete Jordan meinen Satz. »Dieser Ranger scheint dir ja einiges zu bedeuten.« Er sah, daß ich auffuhr und winkte ab. »Lassen wir das. Es ist deine Privatangelegenheit, und es geht mich nichts an.

Aber da du offenbar von seiner Unschuld überzeugt bist, vertraue ich deiner Menschenkenntnis und hoffe, daß die Liebe dich nicht blind gemacht hat.

Er wird keinen Polizisten finden, keinen Richter, der seiner Aussage Glauben schenkt. Dafür werde ich sorgen.«

Die Worte sprachen von der Macht, zu der ein Jordan Lorimer fähig war. Ein Telefongespräch von ihm würde genügen, um Marvins selbstzerstörerische Absichten zu vereiteln. Ich fragte mich, warum er es tat, aber seltsamerweise fühlte ich auch keine Dankbarkeit. Ich glaube, ich sagte so etwas wie »In Ordnung« oder »Dann ist es gut«.

Die altvertraute Müdigkeit, die mich kurz vor Ende des Krieges überfallen hatte, ergriff erneut von mir Besitz. Nun war ich nicht mehr in der Lage, mich dagegen zu wehren.

Meine brillante Strategie der Beweisführung. Warum war sie nicht zum Einsatz gekommen? Hatte ich nun gewonnen oder verloren? Ich konnte die Antworten nicht finden, und ich wollte es auch nicht.

Alles, wonach ich mich sehnte, war ein Platz für mich allein, ein Ort des Vergessens und der Ruhe.

»Ich denke, wir sollten gehen.« Mit diesen Worten stand ich auf, und Jordan tat es mir nach. Er beglich die Rechnung mit seiner Unterschrift.

Lautlos zerplatzte das Vakuum des Krieges, der nicht stattgefunden hatte. Die leise Musik dröhnte in meinen Ohren, die gedämpfte Konversation verwandelte sich in brüllendes Schreien und Lachen. Eilig strebte ich dem Ausgang zu und überließ es Jordan, mir zu folgen.

»Alles in Ordnung?« fragte er besorgt, als sich die Türen des »Carte d'or« hinter uns geschlossen hatten. Ich nickte. Die frostige Luft eines kanadischen Winterabends schlug mir entgegen. Schneeflocken glitzerten im Lichtkegel der Straßenbeleuchtung. Ich zog meine Lammfelljacke fester um die Schultern und hauchte warmen Atem in meine erstarrten Handflächen.

»Meine Stadtwohnung liegt nur zwei Häuserblocks entfernt. Irgendwo mußt du die Nacht verbringen. Also warum nicht bei mir?«

Mittlerweile zitterte ich vor Kälte. Doch es hatte nicht nur mit dem eisigen Wind und Temperaturen von minus 10° zu tun.

»Ich halte das für keine gute Idee«, antwortete ich. »Bitte versteh mich nicht falsch. Aber ich möchte in ein Hotel.«

Jordan war enttäuscht. Das konnte man deutlich sehen.

»Bitte, Jordan.«

»Irgend etwas habe ich falsch gemacht, und ich wünschte, du würdest mir sagen, was es ist. Aber gut. Dein Wille ist mir Befehl.«

Er hob die Hand, winkte ein Taxi herbei und nannte dem Fahrer die Adresse. Als ich einsteigen wollte, hielt er mich zurück.

»Ich würde morgen gern mit dir auf die Vancouver Islands fahren, um dir unser Projekt zu erläutern. Wirst du dasein, wenn ich dich um 14.00 Uhr abhole? Oder hast du insgeheim beschlossen, mit dem ersten Flieger nach Gaspé zurückzugehen?«

Ich schüttelte lächelnd den Kopf. Meine Zähne klapperten den Takt dazu.

»Du hast mich überzeugt, das Richtige zu tun. Ich habe mich entschieden. Ich gehöre nicht zu den Frauen, die ihre Meinung wechseln wie die Kleidung, die sie tragen.

Ich werde auf dich warten und, um deine Frage zu beantworten: Du hast nichts falsch gemacht. Absolut gar nichts. Aber ich bin müde, und das ist alles.«

Jordans erleichtertes Aufatmen gab mir das Gefühl, ihn gerade von einer zentnerschweren Schuldenlast befreit zu haben. Die Lippen, die meine Stirn zum

Abschied berührten, hinterließen eine angenehm weiche Erinnerung auf meiner Haut.

Als der Wagen sich in Bewegung setzte, erkannte ich im Rückspiegel Jordan, den Jungen mit den ungekämmten Locken. Er sah mir nach, bis mich die nächste Straßenbiegung seinen Blicken entzog.

## 35

»Dawntree House«, das Hotel, welches Jordan für mich ausgewählt hatte, lag in einem weitläufigen Park in unmittelbarer Nähe der Simon Fraser Universität. Das ihr angeschlossene Heritage Village Museum genießt Weltruf. Dieser Tatsache schenkte ich ebensowenig Beachtung wie der imposanten neoklassizistischen Architektur des Hotels.

Was ich wollte, war ein Bett und abgeschiedene Dunkelheit. Und wäre diese nur in einer Besenkammer zu finden gewesen, ich glaube, auch dann hätte ich keinen Einspruch erhoben. Die Hoteldirektion wußte nichts von meinen Gedanken. Allerdings hätte man sich auch entschieden dagegen verwehrt. Etwas so profanes wie eine Besenkammer in den Mauern von »Dawntree House« auch nur zu vermuten, war eine unentschuldbare Beleidigung des traditionsbeladenen Gemäuers.

Der Portier musterte mich mit dem Blick wohlerzogener Unverschämtheit. Angelegentlich erkundigte er sich nach meinem Gepäck. Eine gutsortierte Auswahl an Koffern der Marken Gucci oder Vuitton hätte meinem Ansehen zu kometenhaftem Aufstieg verholfen. Da ich aber nichts vorzuweisen hatte als ein boardcase undefinierbarer Herkunft, war und blieb ich suspekt.

Es stand zu befürchten, daß der uniformierte Erzengel vor mir nicht die Absicht hatte, mir ein Zimmer — egal ob Besenkammer oder nicht — zu überlassen.

In dieser ausweglosen Situation entschloß ich mich, die Probe aufs Exempel zu wagen und festzustellen, ob die Macht eines Jordan Lorimer ausreiche, um mir den Weg zu ungestörter Nachtruhe im »Dawntree House« zu ebnen.

Auffordernd blickte ich in Richtung Telefon. »Verbinden Sie mich mit Lorimer Holding und verlangen Sie Mister Jordan Lorimer.«

Der Erzengel zögerte. Er wand sich vor Verlegenheit. Mein »Sesam, öffne dich« begann, Wirkung zu zeigen. Ein letzter taxierender Blick. Ein letztes Abwägen des Risikos zwischen der Beherbergung eines weiblichen Wesens ohne Gepäck und dem Bannstrahl, der ihn treffen würde, sollte eben dieses Wesen tatsächlich mit dem Multikonzern in Verbindung stehen.

Die Waagschale senkte sich zu meinen Gunsten, und wenige Minuten später war ich Besitzerin eines luxuriös ausgestatteten Zimmers samt Bad und Ankleideraum.

Ich ließ mich auf das Bett fallen, so, wie ich war. Nach einer Weile entschloß ich mich zu einer letzten Kraftanstrengung und schleuderte die Schuhe von meinen Füßen. Ihr dumpfer Aufprall bewies, daß sie in der Nähe der Fenster gelandet sein mußten, wo ein weicher chinesischer Seidenteppich das Geräusch mildern konnte.

Eine Phase absoluten Nichtdenkens hüllte mich ein, und ich gestattete mir bereitwillig, mich diesem Zustand zwischen schlafen und wachen hinzugeben.

Bevor ich endgültig im Reich der Träume unterging, stellte ich mir eine Frage. Es geschah plötzlich und ohne jeden Zusammenhang.

»Marvin oder Jordan. Wen von beiden bist du fähig zu lieben?« Etwas in mir verlangte energisch die Antwort. Ein anderer Teil weigerte sich, einem solch müßigen Thema auch nur das Bruchstück eines Gedankens zu widmen.

Ich selbst wollte nichts, als meinen paradiesischen Schwebezustand beibehalten und entschloß mich zu einer abschließenden Erklärung.

Dafür hatte ich ein Vorbild, ein großartiges Vorbild, dem ich schon so oft nachgeeifert hatte.

Es war eine Frau. Es war Katie Scarlett. Und was sie gesagt hatte, machte ich jetzt zu meiner eigenen Sprache. »Ich werde darüber nachdenken. Aber nicht jetzt. Nicht heute. Verschieben wir's ... auf morgen.«

Dann fiel ich in tiefen traumlosen Schlaf, und weder Marvin noch Jordan störten mich dabei.

## 36

Als ich erwachte, fühlte ich mich so frisch und ausgeruht, daß ich überzeugt davon war, mindestens zwölf, wenn nicht mehr Stunden geschlafen zu haben. Ein Blick auf die Uhr an meinem Handgelenk belehrte mich eines besseren. Die Zeiger standen auf viertel vor neun. Erleichtert ließ ich mich zurücksinken. Ein solcher Luxus war mir in der Vergangenheit ausgesprochen selten vergönnt gewesen, und auch in Zukunft würde sich daran wohl kaum etwas ändern. Der heutige Tag war eine klare Ausnahme, und warum sollte ich ihn eher beginnen, als es unbedingt notwendig war?

Ich schloß die Augen und erwartete, zurückgetragen zu werden in die Schwerelosigkeit, die ich als so angenehm empfunden hatte. Doch es wollte mir nicht gelingen.

Wer von Ihnen sich je in einer solchen Situation befunden hat, wird dies nachvollziehen können. Man ist unfähig, still zu liegen, man spürt die Nervosität, und schließlich gibt man nach und steht auf.

Ich ging ins Bad, duschte, zog den hoteleigenen schneeweißen Frotteemantel über und bestellte mir dann mein Frühstück.

Parallelen zu Ereignissen, die bereits Monate zurücklagen, stiegen in mir auf.

Das »Trois Rivières«, das Frühstück, welches ich mir beim Etagenkellner erkämpft hatte, und das unerwartete Wiedersehen mit Jordan.

Damals hatten meine Knie gezittert. Damals war ich sicher gewesen, zumindest in ihn verliebt zu sein. Damals hatte es auch noch keinen Marvin Gates für mich gegeben.

Die Erinnerung führte mich zu der Frage der vergangenen Nacht: »Marvin oder Jordan. Wen von beiden bist du fähig zu lieben?« Ich versuchte, mich davon zu überzeugen, daß dieses Problem den geringsten Stellenwert hatte in der langen Reihe von Entscheidungen, die zu treffen waren. Mehr noch. Daß ich keinen größeren Fehler begehen konnte, als meine Zukunft von Gefühlen abhängig zu machen, von denen ich noch nicht einmal wußte, ob sie überhaupt erwidert wurden.

Was war nur aus ihr geworden, aus der eigenständigen Ann Griffith mit all ihrem Selbstbewußtsein und dem unbedingten Willen, an die Spitze zu gehen, allein an die Spitze zu gehen?!

Karriere, Macht und Erfolg, das Bewußtsein, es aus eigener Kraft heraus geschafft zu haben. War sie wirklich bereit, all diese Ideale aufzugeben und gegen ein Dasein einzutauschen, das sie nie hatte führen wollen?

Ich verstand mich selbst nicht mehr.

Mein Gehirn forderte eine Ruhepause und versicherte mir, danach mit doppeltem Elan zur Verfügung zu stehen.

Ich ging auf den Handel ein und verzehrte mein Frühstück in der Rolle eines Sanguinikers, der frei von Gedanken den neuen Tag willkommen heißt.

Bei der vierten Tasse Kaffee hörte ich das energische »Jetzt ist aber Schluß!«, mit dem meine Probleme nachdrücklich auf ihre Anwesenheit aufmerksam machten. Sie verlangten, endlich und endgültig gelöst zu werden. Also überzeugte ich mein Gehirn, daß nun die Zeit gekommen war, eben dies zu tun. Und die kleinen grauen Zellen in meinem Kopf hielten ihr Versprechen. Willig folgten sie meiner Aufforderung und versetzten mich in die Lage, meine Arbeit zu beginnen.

Ich tat es mit der Akribie eines Analytikers, einer Vorgehensweise, die ich schon oft erprobt, und die stets zu einem befriedigenden Ergebnis geführt hatte.

Daß ich meine Suche nach dem richtigen Weg in den Forillions begann, hatte den Beigeschmack einer masochistischen Veranlagung, der ich mir zuvor noch nie bewußt gewesen war.

Ich tat es trotzdem. Vielleicht, weil ich ahnte, daß hier der Dreh- und Angelpunkt, das auslösende Moment für meinen unbegreiflichen Sinneswandel zu finden war.

Es war eine Methode des Fragens und Antwortens. Mein weiteres Vorgehen würde abhängig sein von der Summe der Ja-Stimmen.

»Dort oben hast du dich verändert. Die neue, ungeschminkte Ann — hat sie dir gefallen?« — »Ja.«

»Warst du glücklich in der Wildnis?« — »Ja.«

»Könntest du dir vorstellen, dein ganzes Leben in den Forillions zu verbringen?« — »Ja ... Nein. Vielleicht.«

»Du machst es abhängig von Marvin Gates?« — »Er gehört dazu. Er ist ein Teil dieser Welt.«

»Red nicht drumherum! Liebst du ihn?« — »Ich weiß es nicht.«

»Ich warne dich! Lüg mich nicht an.« — »Verdammt: Ja. Aber ...«

»Kein Aber!« Meine Gedanken lehnten sich zurück und grinsten verständnisvoll.

»Dieser Punkt wäre geklärt. Doch nun weißt du nicht, ob Marvin deine Liebe erwidert, und du bist zu stolz, ihm nachzulaufen. Es bleiben dir also zwei Möglichkeiten: Überwinde dich selbst, geh hin, und frag ihn. Vielleicht wird er dich verspotten und zurückweisen. Das Risiko mußt du tragen. Doch dann weißt du wenigstens, woran du bist.«

»Oder aber?«

»Du packst deine Liebe in die Rumpelkammer der Illusionen. Von Zeit zu Zeit holst du sie hervor und träumst davon. Statte sie aus wie ein Märchen. Nimm Edelsteine, Juwelen und rosaroten Zuckerguß. Niemand wird es dir verwehren. Es ist dein ureigener Traum. Er gehört dir. Er wird nie gezwungen sein, der Realität standzuhalten und ist somit unzerstörbar.«

Meine Gedanken waren klug genug, keine sofortige Entscheidung von mir zu verlangen. Ich registrierte es voller Dankbarkeit.

»Aber wie steht es nun mit Jordan?« — »Was soll mit ihm sein?«

»Stell dich nicht dümmer, als du bist! Du lebst, und du bist hier, um deine Zukunft zu entscheiden. Wir sind nicht in irgendeinem Roman, und du bist auch nicht die Heldin der Seifenoper ... falls dir das noch nicht aufgefallen sein sollte! Du bist Ann Griffith, und wenn du dich auch — Gott sei Dank! — endlich dazu entschieden hast, das Rollenspiel aufzugeben und ganz einfach du selbst zu sein, so hast du doch genug bewußte Eigenständigkeit, um dein Tun nicht von der Liebe eines Mannes abhängig zu machen.

Du bist gekommen, weil du überzeugt davon warst, daß Lorimer Holding in einem wie auch immer gearteten Zusammenhang steht mit Pescara und seinen Machenschaften.

Jordan hat dich eines besseren belehrt. Daß er bereit ist, deine Position einzunehmen, daß er seine

Machtstellung dazu verwendet, deinen Märchenprinzen vor sich selbst zu bewahren — all das sind eindeutige Beweise.

Er bietet dir eine glänzende Zukunft, und er tut es, weil er dich anerkennt und bewundert. Er hat es dir gesagt, und er hat es auch so gemeint.

Durch ihn hast du die Chance, deiner Karriere Flügel zu verleihen. Und es ist doch noch immer dein Ziel, Karriere zu machen, Erfolg zu haben ... oder etwa nicht?« — »Unsinn! Natürlich will ich das!«

Ich sprach die Wahrheit und verschwieg mir dabei, daß ich mich selbst belog.

Meine Gedanken durchschauten mein doppeltes Spiel, aber sie ließen es dabei bewenden und hofften auf die wunderbare Heilkraft der Zeit.

»Liebe ist ein schlechtes Fundament, um sein Leben darauf zu gründen«, versicherten sie mir. »Sie ist keine stabile Basis, sondern Treibsand, der jedes Gebäude, das darauf errichtet wird, über kurz oder lang zum Einsturz bringt. Und wenn du trotzdem glaubst, ohne dieses Gefühl nicht auskommen zu können, dann weißt du genau, an wen du dich auch in diesem Fall zu wenden hast.« — »Jordan?«

»Genau. Jordan Lorimer. Kein Zweifel, er ist in dich verliebt, und nun erinnere dich gefälligst daran, daß deine Knie jedes Mal gezittert haben, wenn du vor ihm gestanden hast. Benutz deine Intelligenz. Verwende das, was man die ›Waffen einer Frau‹ nennt, und du wirst in ihm den Jungen finden, der dir schon in Boston alles andere als gleichgültig gewesen ist.« — »Aber ich liebe ihn nicht, und hier in Vancouver haben meine Knie absolut nicht gezittert.«

»Weil du an niemand anderen denken kannst als an Marvin. Tu dir den Gefallen und vergiß ihn. Alles andere ergibt sich von selbst.«

Die fünfte Tasse Kaffee. Die sechste oder siebte Zigarette. Dann entschloß ich mich zur Kapitulation und folgte dem Rat meiner Gedanken.

Behutsam verstaute ich die Erinnerung an Marvin und an Forillion Park in einem abgelegenen Winkel meiner Seele. Zum Abschied bedachte ich sie mit einem letzten liebevollen Blick. Dann zog ich leise die Tür hinter mir zu und bemerkte dabei nicht, daß ich vergessen hatte, den Schlüssel abzuziehen und fortzuwerfen. Später, als ich mich daran erinnerte, beruhigte ich mich damit, daß meine Gedanken mir gestattet hatten, aus dem, was sich hinter der Tür befand, ein Märchenschloß zu errichten.

Die Zeiger der Uhr machten deutlich, daß der Vormittag längst nicht so weit fortgeschritten war, wie ich es erwartet hatte. Unangenehme Rastlosigkeit ergriff erneut von mir Besitz und ließ sich nicht abschütteln. Die Aussicht, weitere fünf Stunden in diesem Zustand verbringen zu müssen, erfüllte mich mit Widerwillen. Jordan hatte versprochen, mich gegen 14 Uhr abzuholen. Doch warum, zum Teufel, sollte ich hier ausharren?

Keine Abhängigkeit von einem Mann. Das war die Forderung meiner Gedanken an mich gewesen. Also auch nicht ergebenes Warten auf Jordan Lorimer.

Ich wußte, wo ich ihn antreffen würde und beschloß, zu ihm zu fahren. Wenn es stimmte, daß er tatsächlich in mich verliebt war, würde ich ihm mit dieser Überraschung sogar eine Freude bereiten. Sorgfältig kleidete ich mich an.

Mein Bild im Spiegel war das einer modernen jungen Frau, die Attribute wie gutaussehend und selbstsicher ohne weiteres für sich in Anspruch nehmen konnte.

Ich nickte zufrieden und lächelte mir zu. Meine Gedanken klatschten Beifall. Sie gratulierten mir zu meiner Entscheidung und verabschiedeten mich mit einem aufmunternden »Du wirst es schaffen«.

## 37

Die Schönheit auf der Kommandobrücke erkannte mich wieder. Ihre veilchenblauen Augen glänzten vor Diensteifer.

»Guten Morgen, Miss Griffith. Ich werde Mr. Lorimer mitteilen, daß Sie hier sind. Es dauert nur eine Sekunde.«

»Lassen Sie nur. Ich kenne den Weg.«

Seidenschwarze Wimpern flatterten in demutsvoller Ergebenheit. Ich lächelte das Lächeln verzeihenden Großmuts und bewahrte so die Schönheit vor ewiger Verdammnis.

Begleitet von den leisen Klängen einer Violinsonate — der Name des Komponisten ist mir leider entfallen, tut aber auch nichts zur Sache — schwebte ich hinauf in das 12. Stockwerk.

Die Fahrt dauerte kaum eine Minute. Ich ertappte mich bei der Vorstellung, wie es sein würde, den gleichen Weg als Misses Jordan Lorimer zu wiederholen.

Meine Gedanken baten lachend um etwas mehr

Realitätsbewußtsein. Trotzdem schienen sie selbst diese alberne Entgleisung als Schritt in die richtige Richtung zu werten, denn als ich den Lift verließ, wünschten sie mir nochmals »Viel Glück«.

Der Weg zu Jordans Büro lief vorbei an einer endlosen Reihe verschlossener Türen. Die Räume, zu denen sie führten, waren Zellen der Macht.

Selbst hier draußen auf dem breiten Gang empfand ich etwas von der elektrisch aufgeladenen Atmosphäre, die überall da zugegen ist, wo Entscheidungen überdimensionaler Tragweite geboren werden.

Von meinem gestrigen Besuch her wußte ich, daß Jordans Zelle von zwei Eingängen aus zu erreichen war.

Der eine führte durch das Büro seiner Sekretärin. Um meine Überraschung perfekt zu machen, wählte ich den anderen.

In dieser Sekunde ahnte ich nicht, wie perfekt mir der freudige Überfall gelingen sollte.

Heute bin ich dankbar dafür. Damals? — Ich weiß es nicht. Doch! Auch dann hätte ich den verchromten Griff der Türklinke heruntergedrückt.

»Wie Sie sehen können, Gentlemen, besteht nunmehr absolut kein Grund zur Besorgnis. Die Probleme, denen wir noch vor fünf Jahren gegenüberstanden haben, werden sich nicht wiederholen. Sie haben sich gewissermaßen selbst erledigt.«

Das zustimmende Gemurmel glich dem einer Gangsterbande, deren Boss gerade einen genialen Coup ausgearbeitet hat.

Ort der Handlung war das stickige Hinterzimmer einer üblen Kaschemme, und mein Part war der des

Inspektors, der überraschend in die Verschwörung hineinplatzt.

»Ann! Das muß Gedankenübertragung gewesen sein. Gerade wollte ich einen Wagen zu dir schicken. Dies ist eine der seltenen Möglichkeiten, um dich mit dem kompletten Führungsteam unseres Unternehmens bekanntzumachen. Solch eine Chance wird mir so schnell nicht wieder geboten. Es wäre geradezu verantwortungslos, sie ungenutzt verstreichen zu lassen.«

Um bei dem eben beschriebenen Bild zu bleiben:

Vor den Augen des erstaunten Gesetzeshüters verwandelten sich acht hochkarätige Ganoven in ehrbare Bürger, die nichts getan hatten, als an einer harmlosen Partie Whist teilzunehmen ... so, wie jeden Donnerstag.

»Darf ich also vorstellen ...«

An dieser Stelle erspare ich Ihnen und mir die Auflistung von acht Namen, die für den weiteren Verlauf der Handlung vollkommen unerheblich sind. Denn die Männer, zu denen sie gehörten, spielen dabei eine Rolle, die weniger bedeutend ist als die von Komparsen. Jeder von ihnen ist austauschbar und durch einen anderen zu ersetzen.

Allein ihre Anwesenheit ist wichtig, und die Tatsache, daß Dr. Phillip Greenwood nicht zu ihnen gehörte.

Auch damals, an jenem schneeglänzenden Dezembermorgen, registrierte ich die Namen, um sie im nächsten Moment zu vergessen. Dafür sah ich etwas anderes. Es bestand aus Holz und Kunststoff, ausgearbeitet bis in Detail. Die Bäume waren grün, die Seen und Flußläufe blau, die Berge grau mit weißen Spitzen ... die Häuser waren von leuchtendem Rot.

Maßstabgetreu hatte es Platz auf der Fläche einer Tischtennisplatte.

Es war eine Horrorvision. Ein Alptraum, der sich anschickte, Wahrheit zu werden. Und auch ich hatte meinen Teil dazu beigetragen. Die Brücke über den Chaleur Bay war selbst im Modell nicht zu verkennen.

Ich kann nur vermuten, was für ein Ausdruck auf meinem Gesicht lag, als ich aufblickte und zu Jordan hinübersah.

Ich nehme an, ich war so weiß wie die Wand hinter mir, und was in meinen Augen geschrieben stand, vereinigte Enttäuschung, Wut und Entsetzen in gleichen Teilen.

»Sie haben es schon einmal versucht, vor fünf Jahren. Damals genügte ein Brief, um den Wahnsinn aufzuhalten, und die Regierung hat uns sogar unterstützt.«

Wissen Sie, was es heißt, in schwindelnder Höhe an einem Abgrund zu stehen? Die Augen zu schließen vor der Wahrheit und gleichzeitig zu erkennen, daß sie die einzig verbleibende Chance darstellt, dem tödlichen Sturz in die Tiefe zu entgehen?

Wenn ich je in meinem Leben die Fähigkeit besessen habe, innerhalb von Bruchteilen einer Sekunde Fakten zu addieren, so war das in diesem Moment.

Ich sah die verständnislosen Blicke der Männer. Ich sah, daß Jordan nicht darauf reagierte. Ich hörte das abwartende gefährliche Schweigen, das mich belauerte.

Nun lag es an mir, mich entweder in die Jagd nach

Profit einzureihen, in der jedes Mittel erlaubt, in der jede Lüge gerechtfertigt ist, oder aber mich abzuwenden, gegen den Strom zu schwimmen und den Kampf für das verlorene Paradies aufzunehmen.

»Du selbst hast gesagt, daß eine gottverlassene Gegend wie Gaspé für jeden Fortschritt dankbar sein muß.« Jordans Stimme klang leise und zögernd, so, als wisse er bereits, daß ich mich gegen ihn entschieden hatte.

»Unser Vorhaben schafft Hunderte neuer Arbeitsplätze. Wir geben den Leuten die Möglichkeit, sich an den allgemeinen Wohlstand ihres Landes anzuschließen.«

»Es hat schon lange aufgehört, ihr Land zu sein, Jordan. Es ist euer Land, und der allgemeine Wohlstand ist in Wirklichkeit euer Reichtum — deiner, und der von all jenen, die genauso denken. Was du sagst, klingt wunderbar menschenfreundlich, und ich gebe zu, ich habe deine Ansichten geteilt.

Aber nun stellt sich heraus, daß selbst du dabei ein schlechtes Gewissen hast, mein Freund. Warum sonst hättest du mich belügen sollen? Mich! Eine Frau, die weder die Kraft noch die Macht hat, dir im Wege zu stehen!

Es war Lorimer Holding, die vor Jahren versucht hat, Forillion Park in Disneyland umzuwandeln. Damals seid ihr gescheitert, und das hat euch verdammt viel Geld gekostet.

Ihr seid wie Elefanten. Ihr vergeßt niemals!

Wie war das doch gleich? Das Unmögliche möglich machen?!

Glaubst du, ich bewundere dich dafür? Ich tue es nicht. Im Gegenteil. Ich verachte dich.

Ihr brauchtet nichts tun als abzuwarten, bis sich irgendein Senator gefunden hatte, der bereit war, euch zu unterstützen. Wie verbucht ihr die kleinen Gefälligkeiten, mit denen ihr so einen Mann überzeugt? Wie verbucht ihr den Sold an Pescara? Unter Erschließungskosten? Oder auf dem Sonderkonto ›Planungsbedingte Investitionen‹?

Und ihr habt ihn bezahlt! In eurem Auftrag ist er nach Gaspé gegangen, und er fand die Handvoll Leute, die er in die Aggression treiben konnte, bis hin zum Mord.

Nun haben sie Angst. Sie wagen es kaum, sich zu rühren, und wenn in ein oder zwei Jahren die ersten Fahrzeuge der Lorimer Holding über die Brücke rollen und ihr Zerstörungswerk an den Forillions beginnen, wird keiner dieser Menschen aufstehen und euch Einhalt gebieten.

Du hast gewonnen, Jordan. Dein Großvater kann stolz auf dich sein. Die Welt, deine Welt wird dir applaudieren.

Aber auf mich wirst du bei deinem Triumphzug verzichten müssen!«

»Würden Sie uns bitte einen Moment allein lassen, Gentlemen?«

Die Mitglieder des Wolfsrudels gehorchten. Widerspruchslos akzeptierten sie das Recht ihres Anführers, den Feind eigenhändig und ohne ihre Hilfe zu töten.

Jordan begleitete sie zur Tür. Gleich würde er sich umdrehen. Ein kurzer taxierender Blick, und dann würde er mich anspringen, mich bis zur Unkenntlichkeit zerreißen.

Und Jordan wandte sich um. Und er taxierte mich.

Und ... seine Augen glitzerten nicht, sie blickten traurig.

»Warum?« fragte er. »Sag mir, Ann. Warum hast du das getan?«

Ich öffnete den Mund, um zu antworten, aber Jordan ließ mir keine Gelegenheit. Vielleicht wäre nun alles ganz anders verlaufen. Aber Jordan beherrschte nicht die Kunst, durch Schweigen zu siegen.

»Ich war bereit, dir eine goldene Zukunft zu schenken«, sagte er, und seine Stimme klang unsicher und zornig zugleich. »Weißt du eigentlich, aus welchem Grund ich es getan hätte? Nicht, weil ich dich als gleichwertig ansehe. Nicht, weil ich dich bewundere. Sondern weil ich dich liebe.

Du hast es nicht nötig, irgend etwas zu beweisen, und ich hatte gehofft, daß du aufhörst, deinem Ehrgeiz hinterherzurennen, wenn ich dir helfe, dein Ziel zu erreichen. Und daß du dann endlich damit beginnst, ganz einfach das zu sein, was du bist: eine Frau!«

Ich wich zurück, und als Jordan mir folgte, hob ich die Hand, als sei ich geschlagen worden. Das betrunken blöde Bild der »sexless chick« tauchte vor mir auf, aber es war nichts im Vergleich zu der Erniedrigung, die ich jetzt empfand.

Ich spürte das Holz des Türrahmens in meinem Rücken und lehnte mich dagegen.

»Und was muß ich tun, um deinen Ansprüchen gerecht zu werden?« Mein Lachen war das einer 20 Dollar-Hure. »Gepflegt von Kopf bis Fuß, immer ein Lächeln auf den Lippen und von grenzenloser Phantasie im sanften Schein der roten Lichter? Ist es das, was du von mir erwartest? Dann nenn mir den Preis, den du bereit bist zu zahlen. Aber ich warne dich, mein Freund. Unter 1.000 Dollar pro Nacht läuft nichts bei mir, gar nichts!«

Jordan sah mich an. Nein, er glotzte mich an. Glotzte mit der fassungslosen Ungläubigkeit eines Prinzen, der feststellt, daß sein Lieblingsspielzeug statt aus Gold aus ordinärem Blech gefertigt ist.

Ich beeilte mich, ihm selbst diese Illusion zu rauben. Jetzt und hier ließ ich ihn bezahlen für das, was er, was alle Männer dieser Welt mir angetan hatten.

»Und dabei wäre es ein leichtes gewesen für dich. The miracle of the truth — das Wunder der Wahrheit — mehr bedurfte es nicht dazu.

Aber dieses Risiko war entschieden zu hoch, denn ich bin eine Frau und somit ein dummes Geschöpf ohne jede Intelligenz. Es ist allgemein bekannt, daß Frauen kein Geheimnis für sich behalten können. Ich hätte deine Machenschaften meistbietend an die Presse verschleudert.

Nicht wahr, mein Freund? Genau das hast du befürchtet. Und wenn nicht das, so gab es immer noch die Möglichkeit, daß ich von einer sentimentalen Liebe zur Natur auf die Barrikaden getrieben werde, wo es doch im Augenblick geradezu en vogue ist, dies zu tun. Und ich soll doch mit der Mode gehen. Oder etwa nicht?«

Ich gestattete meiner Stimme, sich mit greller Ironie zu färben. »Armer Jordan. Welch ein Gewissenskonflikt! Ob euer willfähriger Senator ähnliche Qualen erlitten hat, als er euer Projekt zum Regierungsauftrag hochstilisierte? Bestimmt hast du ihm die richtige Einstellung plausibel gemacht. Und du würdest auch mir dazu raten, davon bin ich überzeugt, denn schließlich bist du als Mann prädestiniert für die richtige Entscheidung im richtigen Moment.«

Wissen Sie, was geschieht, wenn ein wohlerzogener Collegeboy seine Beherrschung verliert? Nein? Seien Sie froh darüber. Es ist kein schöner Anblick.

Tödlicher Haß und bodenlose Verachtung sind eine niedliche Umschreibung für den Ausdruck, mit dem Jordan mich am Türrahmen festnagelte. Er schnappte nach Luft wie ein Fisch auf dem Trockenen, und ich erkannte, daß es Zeit für mich war, den Rückzug anzutreten.

Ich riß die Tür auf und hetzte den Flur entlang. Der Lift öffnete sich in dem Moment, als mich der Bannstrahl erreichte, mit dem Jordan Lorimer III. den Schlußpunkt setzte.

»Du glaubst, dein Hinterwäldler nimmt dich mit offenen Armen auf, ja? Ich garantiere dir, er wird es nicht tun! Und noch eines kann ich dir versprechen: Solltest du dich je wieder in Vancouver blicken lassen, mache ich dich fertig!«

## 38

Ariel, der Geist der Lüfte, hatte beschlossen, meinem Rückflug nach Percé den passenden Rahmen zu verleihen. Sturmböen erfaßten die Boing und machten die tonnenschwere Maschine zum Spielball der Elemente.

Unnötig zu erwähnen, daß diese Turbulenzen nichts waren gegen den Taifun, der in meinem Innern tobte.

Einzig im Zentrum, im Auge des Drachen, wie die Chinesen es in ihrer blumenreichen Sprache beschreiben, herrschte absolute Windstille.

Ich versuchte, all mein Denken auf diesen Punkt zu konzentrieren. Als wir Percé erreichten, war der Zustand meiner Nerven nur mehr katastrophal zu nennen, aber immerhin war es mir gelungen, meinen Körper vor der totalen Auflösung zu bewahren.

Jordans Drohung war unmißverständlich gewesen. Keine Sekunde zweifelte ich daran, daß er meinte und durchführen würde, was er mir nachgeschrien hatte.

Auch in Escuminac würde man bereits über meine verräterischen Absichten informiert sein.

Trotzdem. Ich mußte mit Donald, Franklin und den übrigen sprechen. Zumindest versuchen mußte ich es. Das war ich ihnen, unserer gemeinsamen Arbeit und letztlich auch mir selbst schuldig.

Nach einer schlaflosen Nacht in Percé brachte mich ein Taxi am nächsten Morgen nach Escuminac.

In der Nähe des Camps ließ ich den Fahrer anhalten und bezahlte. Noch während ich ausstieg, spürte ich, daß sich irgend etwas veränderte. Prüfend ließ ich meinen Blick über das Gelände schweifen. Alles schien so, wie es noch vor zwei Tagen gewesen war. Das Camp. Die Baumaschinen entlang der Bay ... Etwas fehlte. Ich blickte hinüber zum Waldrand. Die Demonstranten! Sie waren fort. Nicht einer der roten Umhänge leuchtete zwischen den Bäumen.

Jordan hatte also Wort gehalten. Falls man diesen

schönen, edlen Ausspruch überhaupt für ein so schmutziges Geschäft verwenden darf. Er hatte Pescara den Befehl zum Rückzug erteilt. Dann allerdings hatte er mich als vogelfrei erklärt. Und auch dieses Versprechen würde er bereits in die Tat umgesetzt haben. Ich wandte mich ab und lief auf das Haupttor zu.

Ein Mann vertrat mir den Weg. Es war Quincey Jones, und er trug etwas in der Hand.

Nein! Nicht, was Sie denken! Es war kein MG und auch keine leinwandübliche Beretta. Es war ein simples Funkgerät, und doch diente es demselben Zweck.

»Miss Griffith.«

»Hallo. Darf ich wissen, was das zu bedeuten hat?«

Jones blickte verlegen zu Boden. Dann besann er sich auf seine Order. »Die Sache ist die, Miss ...«

»Schon gut.« Mein Lachen entsprang nicht dem Drang nach Fröhlichkeit. Wie hatte ich erwarten können, daß Jordan nicht umgehend alle Register seiner Macht dazu verwenden würde, mich zu verleumden, mir meine Glaubwürdigkeit zu nehmen, kurz: mich zu ruinieren?

Im Zeitalter weltumspannender Kommunikation hatte es auch hierfür nur eines Telefongesprächs bedurft.

Ich sah Donald auf das Baubüro zugehen. Die Entfernung zwischen uns betrug Rufweite, also etwa 30 Yards. Denkbar unwahrscheinlich, daß er mich nicht bemerkt hatte, und trotzdem ging er weiter ... Sein Verhalten ließ mich erkennen, daß es sinnlos war, mit ihm oder mit einem der anderen Männer ein klärendes Gespräch zu führen.

Elende Feiglinge, das waren sie! Die Stimme aus

dem fernen Vancouver, die Stimme eines Mannes, dem sie noch nie begegnet waren, hatte genügt.

War ich tatsächlich dazu verpflichtet, mich vor einer Herde von Ja-Sagern zu rechtfertigen? Sollte ich eine Diskussion erzwingen, gegen das Bollwerk einer vorgefaßten Meinung kämpfen?

In meinem Kopfschütteln lag nicht die Spur von Resignation.

Ich faßte in die Innentasche meiner Jacke und zog meinen Schlüsselbund hervor.

»Geben Sie das dem Gentleman, sobald er mutig genug ist, seinen Kopf aus dem Sand zu ziehen.«

Ich behauptete nicht, daß Jones den tieferen Sinn meiner Worte begriff, aber er nahm die Schlüssel und musterte sie nachdenklich.

»Keine Ahnung, was hier gespielt wird, Ma'am. Aber eines weiß ich genau. Ihre Arbeit war okay, und was die jetzt mit Ihnen machen, ist eine Riesenschweinerei.«

»Schon in Ordnung«, murmelte ich. Dann wandte ich mich ab. Jordans Haß hatte mir nichts anhaben können. Von Donald und Franklin verachtet zu werden, ließ mich kalt. Aber daß ein einfacher Mann wie Jones zu mir hielt, daß er mir mit schlichten Worten zu verstehen gab, ich sei betrogen worden ...

Es war einfach zuviel!

## 39

Ich weinte nicht. Ich heulte. Heulte Tränen der Wut und der Verzweiflung. Ihre Spur folgte mir auf meinem Weg zum Ortsrand von Escuminac. Als ich die ersten Häuser erreichte, blieb ich stehen und putzte mir die Nase. Ein Wagen kam neben mir zum Halten. Ich achtete nicht darauf.

»Ann?«

Ich brauchte keinen Spiegel, um zu wissen, daß mein Gesicht verschmiert war von Tränen, Wimperntusche und Lidschatten. Mit einem Wort: Ich sah abscheulich aus.

»Ann?!«

Ich wollte ihn nicht. Nicht jetzt! Nicht so! Verdammt, ich wollte nicht.

»Ann, bitte! Ich habe dich überall gesucht. Im Camp sagten sie mir, du hättest gekündigt. Ich ... ich hatte Angst, dich nie wiederzusehen.«

»Jetzt hast du mich gefunden.« Die Sachlichkeit meiner Stimme war reiner Selbstschutz, und sie kam einer Ohrfeige gleich.

»Wir müssen miteinander reden. Ich habe damals einen Fehler gemacht, und ich will mich jetzt bei dir entschuldigen.«

Noch immer hatte ich nicht den Mut, mich umzuwenden. »Ich habe auch einen Fehler gemacht. Er besteht aus Stahl und Beton. Und in einem Jahr wird er fertiggestellt sein.«

»Ich weiß.«

»Er ist der Anfang vom Ende. Disneyland. Es wird gebaut.« Ich hatte geglaubt, keine Tränen mehr zu haben. Es war ein Irrtum.

»Ich weiß.«

»Verdammt mit deinem ›Ich weiß‹! Gar nichts weißt du. Absolut gar nichts!«

»Doch, mein Mädchen, und, um deine eigenen Worte zu gebrauchen: Verdammt! Sieh mich endlich an.«

Wer will es verübeln, daß ich es nun nicht mehr wagte, mich dem Befehl zu widersetzen?

Marvin und ich sahen uns an. Und wäre dies das Happyend einer Filmromanze aus der Traumfabrik in den Bergen von Los Angeles, so hätten wir uns in diesem Moment geküßt.

Nun. Wir taten es wirklich.

Die neugierig erstaunten Blicke, die uns trafen, waren uns gleichgültig, und auch der kalte Schneematsch, in dem wir standen.

Diesem Kuß sind im Laufe der Jahre noch viele gefolgt. Ebenso wie grimmiges Schweigen, nächtelange Debatten, Streit und am Ende Versöhnung.

Daraus können Sie leicht entnehmen, daß Marvin und ich noch immer zusammen sind, und daran soll sich nichts ändern, auch wenn kein Trauschein unseren gemeinsamen Weg ummäntelt.

Heute leben wir auf den Southhampton Islands, wo Marvin eine neue Anstellung gefunden hat, denn auf Gaspé wollte er nicht bleiben. Ich konnte das nachfühlen und ging mit ihm in die Einsamkeit.

Wenn ich an mein früheres Dasein zurückdenke, meine Zeit als constdructional engineer, tue ich es mit einem Lächeln und ohne Verbitterung.

Alles in allem waren es gute Jahre. Doch nun finde ich es schön, Bücher zu schreiben und … ganz einfach glücklich zu sein.

## *Ein Roman über Mohammeds Lieblingsfrau*

Als Band mit der Bestellnummer 11833 erschien:

Sie beeindruckt nicht nur durch ihre Schönheit, sondern auch durch ihre Klugheit und Gefolgschaftstreue. Deshalb wird sie Mohammeds Lieblingsfrau. Doch ihre Macht als »Mutter der Gläubigen« stört ihre Gegner. Sie wollen ihr den Prozeß machen ...

# MADELEINE BRENT

10008

10483

10753

10943

# Ihre Romane
## voller Romantik und Abenteuer
# JETZT
## in Neuausstattung

10 966

11 327

11 207

10 973

11 439

# *In den Fängen der Rennsport-Mafia*

Als Band mit der Bestellnummer 11886 erschien:

Obwohl er weiß, daß die Rennen, an denen er teilnimmt, manipuliert werden, spielt Ron McLasky das abgekartete Spiel mit. Doch nach dem Tod seines besten Freundes will er aussteigen. Auf der legendären Strecke von Indianapolis will er sein letztes Rennen fahren. Aber wie weit ist er noch Herr seiner Entscheidungen?